HINZMANN • DIE DUNKLE SEITE DER BUCHT

SILVIJA HINZMANN

Die dunkle Seite der Bucht

Prohaskas dritter Fall in Istrien

Wieser Verlag

Wieser Verlag GmbH

A-9020 Klagenfurt/Celovec, 8.-Mai-Straße 12
Tel. + 43(0)463 37036, Fax + 43(0)463 37635
office@wieser-verlag.com
www.wieser-verlag.com

Lektorat: Dr. Carsten Schmidt
ISBN 978-3-99029-317-1

Die Handlung und Personen in diesem Roman sind mit einigen Ausnahmen frei erfunden. Eventuelle Ähnlichkeiten mit lebenden oder verstorbenen Personen wären zufällig und sind nicht beabsichtigt.

Samstag

In wilder Fahrt zerpflügte das Motorboot die Wellen, der Wind wurde immer stärker und die Gischt spritzte bis zur Kabine hoch. Im Osten leuchtete ein schmaler Lichtstreifen der aufgehenden Sonne. Der Fahrer steuerte auf die Bucht zu, die noch im tiefen Schatten lag und hielt etwa hundert Meter vor der Mole, die von den Wogen immer wieder überspült wurde. Das Boot schwankte und glitt noch ein Stück weit mit der Strömung in Richtung Küste. Der Fahrer wankte nach hinten, zog die Decke weg, packte den Toten an den Schultern, hievte ihn über den Bootsrand und ließ ihn ins Wasser gleiten. Dabei rutschte ein Schuh vom Fuß des Toten und fiel auf den Bootsboden. Der Fahrer warf ihn auf die Decke und rollte sie schnell zusammen. Er würde sie draußen im Meer versenken. Das hätte er mit dem Mann auch tun sollen. Doch hier in der Bucht würden ihn die Wellen an Land spülen, man würde ihn finden und beerdigen. Das war das Mindeste, was er noch tun konnte. Streng genommen müsste er das Boot sofort zurückbringen und an der gleichen Stelle verstecken, aber auch das hatte er sich während der Fahrt anders überlegt. Er würde sich von diesen Scheißtypen nie wieder zu etwas zwingen lassen. Seine Schuld war beglichen.

Er trank den Rest des abgestandenen Mineralwassers und schleuderte die Flasche über Bord. Wenn ihn jetzt einer sah, würde er ihm den Stinkefinger zeigen. Ja, er war ein Nichts und Niemand, und jetzt auch noch ein Umweltverschmutzer, der nicht nur Plastikmüll, sondern auch einen Toten im Meer versenkt hatte. Aber er war der Welt egal und folglich sie ihm auch. Auge um Auge, Zahn um Zahn, etwas anderes gab es ab jetzt nicht mehr. Außer, ja, außer wenn er Glück hatte und aus dieser verdammten Sache heil herauskam. Ihm würde schon etwas einfallen. Er musste von vorne beginnen. Das war ein guter Gedanke. Der Sprit müsste noch mindestens eine Stunde reichen. Zeit genug, um vor der slowenischen Grenze an Land zu gehen, Proviant zu besorgen und vollzutanken.

Er setzte sich ans Steuer und merkte erst jetzt, dass er am ganzen Körper zitterte. Sein Magen krampfte sich zusammen. Er spuckte den galligen Speichel aus und gab Gas. Der Motor heulte auf, das Boot drehte ab und jagte davon.

*

Joe Prohaska hatte alle Zeit der Welt und konnte tun und lassen, was immer er wollte, dennoch wachte er auch an diesem Morgen viel zu früh auf. Das hatte er Bello zu verdanken, der darauf bestand, auf Prohaskas Füßen zu schlafen und ihn in aller Frühe zu wecken. Der Foxterriermischling war ihm letzten Winter zugelaufen, als er auf einer Fototour im Karst unterwegs war und die buchstäblich ins Wasser gefallen war. Das Städtchen, in dem er eine Rast eingelegt hatte, war wie so viele in Istrien von den Venezianern gegründet worden. Es stand auf einer bewaldeten Bergkuppe und war einst ein wichtiger militärischer Posten, wovon eine mächtige Burgruine zeugte. Nach dem Ersten Weltkrieg war Istrien der bettelarme Hinterhof Europas, eine nahezu entvölkerte Region, die sich erst mit dem Aufkommen des Tourismus allmählich erholte. Die Küstenstädte blühten auf, doch das Hinterland blieb noch lange »dem Gott im Rücken«, wie man hier zu sagen pflegt. Dafür findet der Wanderer eine unberührte Natur und Orte, in denen die Zeit stehen geblieben zu sein scheint. Das Dörfchen, in dem Prohaska eine Rast einlegen wollte, hatte knapp dreißig Einwohner. Viele der mehrstöckigen alten Häuser standen seit Jahrzehnten leer, waren dem Verfall überlassen. Ihre überwiegend italienischen Besitzer, die sich dem faschistischen Regime angeschlossen hatten, wurden vertrieben, kamen bei Massakern um oder wanderten aus. Prohaska lernte dort Bartolo Monti kennen, einen aus Amerika zurückgekehrten Emigranten. Der alte Mann feierte an jenem Tag seinen Geburtstag, der dann sein letzter wurde.

Es war ein Zufall, dass er dort eingekehrt war. Wäre er weitergefahren, wäre er nicht in den Fall hineingezogen worden und auch Bello wäre nicht hier.

Er lehnte sich an das mit einem geschnitzten Blumenstrauß verzierte Kopfteil des Betts. Dass er dieses Prachtstück besaß, war ebenfalls ein Zufall. Die Kinder der früheren Hausbesitzer hatten nach deren Tod keine Verwendung für das altmodische Mobiliar und hatten das Bett aus Walnussholz, das vor dem Zweiten Weltkrieg gebaut wurde, zerlegt und mit anderen Möbeln und Krempel in den Holzschuppen gestellt. Es sollte als Feuerholz im Kamin landen. Als er das Haus renoviert hatte, baute er das Bett, eine Truhe und zwei Nachttischchen wieder zusammen. Durch die blauen Klappläden fiel etwas Licht ins Zimmer, in dem winzige Staubpartikel schwebten. Auf dem Korbsessel stapelte sich seine ungebügelte Wäsche. Er war froh, dass er keinen Terminkalender mehr führen musste, er hatte keine Besprechungen, musste keine Vernehmungen führen oder sich mit Verwaltungskram oder Vorgesetzten ärgern. Am Wochenende würde er das Haus aufräumen und weitere Bilder für seinen Istrien-Bildband aussuchen und bearbeiten. Er hatte inzwischen mit einem Verlag Kontakt aufgenommen und dort zeigte man sich sehr interessiert. Für heute hatte er sich nur zwei Dinge vorgenommen: Nach Rovinj zu fahren und einzukaufen und bei Ivo im Fotoladen vorbeizuschauen.

Dass er die Hausarbeit selbst erledigte, behielt er für sich. Die Männer, die er hier inzwischen kannte, vor allem die Betonköpfe, die sich auf traditionelle Sitten und Bräuche beriefen, würden ihn für verrückt erklären. Der Haushalt sei Frauenarbeit, sagten sie. So war es immer schon gewesen und dabei sollte es sich auch bleiben. Die Emanzipation sei eine Illusion, habe nur Probleme geschaffen und sei widernatürlich. Solche und ähnliche Ansichten posaunten sie heraus, oft begleitet von sexistischen Witzen und Gelächter. Er kannte zwar auch Männer, die Frauen als gleichberechtigte Partnerinnen behandelten, doch sie hielten sich bedeckt, damit man sie nicht als Pantoffelhelden oder Waschlappen hinstellte. Frauen und Männer seien aber per Gesetz gleichberechtigt, argumentierte Prohaska. Das wollten die anderen nicht hören. Solche Gesetze gehörten abgeschafft, sie seien nicht das Papier wert, auf dem sie gedruckt wurden. In anderen Ländern sei doch die Lage auch nicht anders. Von wegen gleicher Lohn für gleiche Arbeit. Seine Tochter habe Betriebswirtschaft studiert, konterte Prohaska, sie habe einen sehr guten Abschluss gemacht und eine Stelle bekommen, verdiene aber weniger als ihre männlichen Kollegen. Das ärgerte nicht nur sie, sondern auch ihn als Vater. Leider, sagten die alten Paschas, aber so sei die Welt halt geschaffen. Frauen bekommen Kinder und bleiben zuhause. Also sei es doch logisch, dass die Männer mehr verdienen müssten. Wenn Prohaska widersprach, schüttelten sie den Kopf, bemitleideten ihn oder wurden ausfallend, wenn sie über den Durst getrunken hatten. Später behaupteten sie, das sei doch nur »Spaß« gewesen. Solchen Spaß genossen sie umso mehr, wenn sich in der Runde Frauen befanden.

So viel Arroganz und Dummheit ertrug Prohaska nicht, also mied er solche Typen und Gespräche, wann er nur konnte. Der neu erstarkte Rechtspopulismus in Europa, der Machismo, die Heuchelei, Bigotterie und Ungerechtigkeit gingen ihm furchtbar auf die Nerven. Vom verborgenen oder gar offenen Rassismus ganz zu schweigen. Männer, die ihre Hemden selbst bügelten, das Bad oder, Gott bewahre, die Toilette putzten, waren doch keine richtigen Männer. Basta! Erst neulich, als er mit Ivo und einigen Bekannten bei einem Glas Bier saß und sie über Fußball, Politik und das Leben im Allgemeinen philosophierten, hatte ihm einer von ihnen geraten, sich eine Haushälterin oder zumindest eine Putzfrau zu suchen. Es gebe genug junge Frauen, die sich etwas dazu verdienen wollten. Die Zeiten seien schlecht und er sei ein reicher Jugoschwabe, Witwer und sehe blendend aus. Es wäre doch gelacht, wenn sich nicht morgen schon ein Dutzend Kandidatinnen für die Stelle meldeten. Frauen müssten das Gefühl haben, gebraucht zu werden. Und bei »guter Führung«, das sagte der Idiot tatsächlich und grinste süffisant, könnte Prohaska vielleicht noch mehr »herausschlagen«. Als er wütend erwiderte, dass er es nicht nötig habe, mit Frauen so umzugehen und auch nicht zu denen gehöre, die bei Frauen »etwas herausschlugen«, lachte der Mann und sagte, so etwas wäre normal und Prohaska sei selbst schuld, wenn er allein bliebe. »Ich habe noch nie, weder bei meiner Mutter noch in meiner Ehe, auch nur einen Löffel gespült. Mein Vater, mein Großvater und Urgroßvater auch nicht. Ich kann doch meiner Frau nicht die Arbeit abnehmen. Das nennt man geordnete Verhältnisse. Eine Frau muss wissen, wo ihr Platz ist, dann gibt's keinen Stress.«

Ivo hatte Prohaska von der Seite angesehen und den Kopf geschüttelt, was heißen sollte, es lohne sich nicht, mit diesen Leuten zu diskutieren oder sich aufzuregen.

Prohaska zuckte zusammen. Er war tatsächlich wieder eingenickt. Bello krabbelte auf seinen Bauch und kläffte ihn fröhlich an. Prohaska warf einen Blick auf den Wecker.

»Mensch, es ist noch nicht einmal sieben Uhr«, murmelte er verschlafen.

Bello legte den Kopf zur Seite und sah ihn treuherzig an.

»Okay, okay, du hast gewonnen.«

Bello sprang vom Bett und trippelte in die Küche. Prohaska schlug die Decke zurück, schlüpfte in den Morgenmantel und folgte ihm. Dann schaltete er das Radio ein und machte Kaffee. Während Bello sein Frühstück hinunterschlang, als hätte er seit Tagen nichts zu Fressen bekommen, öffnete Prohaska die Schiebetür und als der Kaffee fertig war, schenkte er sich ein und nahm den Becher auf die Terrasse mit. Der Wind rüttelte an der Weinlaube, unter der der große Tisch und vier Stühle standen. Die knorrigen Äste hatten zwischen den Holzpfosten und Querstreben ein dichtes Netz geflochten. In der linken Ecke der Terrasse stand der alte Oleander, übersät mit weißen Blüten und Knospen. Prohaska zündete sich eine Zigarette an und ging ein paar Schritte in den Garten. Das Gras – von einem gepflegten Rasen konnte keine Rede sein – war knöchelhoch. Dazwischen blühten Gänseblümchen, Löwenzahn und irgendwelches Unkraut, dessen Namen er nachschlagen müsste. In der Hecke, die er vor einigen Tagen gestutzt hatte, blühte eine Clematis. Bello rannte an ihm vorbei, verschwand hinter dem Komposthaufen, tollte dann herum und holte sich seine Streicheleinheiten ab.

›Hund müsste man sein‹, dachte Prohaska, ging ins Haus und schenkte sich noch einen Kaffee ein. Im Lokalradio *Rovinj FM* lief *Bohemian Rhapsody*. Als Freddy »*Mama, I just killed a man, put a gun against his head*« sang, kam Prohaska ein Mordfall in den Sinn, den er bearbeitet hatte, als er noch bei der Stuttgarter Mordkommission seinen Dienst versah. Es war mindestens fünfzehn Jahre her. Ein Kroate, dessen Name ihm entfallen war, was wohl der Beweis für seine allmählich nachlassende geistige Frische war, dabei war er doch noch keine fünfzig, dachte Prohaska, hatte seinen besten Freund erschossen, weil er ihn verdächtigte, ein Verhältnis mit seiner Freundin angefangen zu haben.

Da die Identität des Opfers bekannt war, brauchten sie nicht lange, um auf die Spur des Täters zu kommen. Er wurde ein paar Tage später festgenommen, leugnete aber die Tat. Bei der Gerichtsverhandlung einige Monate danach machte er keine Angaben und überließ die Verteidigung seinem Anwalt. Die Ermittlungen hatten ergeben, dass die Tatwaffe, die man unter dem Fahrersitz seines Autos gefunden hatte, aus dem ehemaligen Jugoslawien stammte. Seine Ex-Freundin gab unter Tränen an, er habe sie misshandelt und vergewaltigt, weil er sie zur Prostitution zwingen wollte. Außerdem habe er mit Drogen gehandelt und ihr welche aufgezwungen. Sie habe seinen besten Freund um Hilfe gebeten, aber der habe sich nicht einmischen wollen. Nachdem zahlreiche Zeugen und zwei Gutachter angehört wurden, wurde der Mann zur lebenslangen Strafe verurteilt. Als er abgeführt werden sollte, rief jemand aus dem überfüllten Gerichtssaal, er solle auf ewig in der Hölle schmoren. Die Mutter des Opfers brach weinend zusammen. Man rief nach einem Arzt, Flüche und Verwünschungen erfüllten den Saal. Prohaska, der mit seinem Kollegen Heinrich Schimmelpfennig in der letzten Reihe gesessen war, wollte nur noch weg. Da brüllte der Verurteilte: »Prohaska, ich finde dich, egal wann, egal wo, und dann bist du ein toter Mann!« Es war nicht die einzige Drohung, die Prohaska im Laufe seiner Dienstzeit zu hören bekam. Und immer, wenn er diesen Song von *Queen* hörte, kam sie ihm in den Sinn. Wenn ihm jetzt noch die Namen der Beteiligten einfielen, würde er sich vielleicht besser fühlen.

Das Lied ging zu Ende und der Moderator kündigte schon das nächste Stück an. »Und jetzt etwas für die Romantiker unter euch.« Er senkte die Stimme. »Es ist ein Angebot, das ihr kaum ablehnen könnt. Es folgt der wunderbare *Godfather Sicilian Song Brucia la terra* aus dem *Paten*. Gänsehautfeeling. Und noch schnell zum Wetter: Es weht ein starker *Jugo* bei zwanzig Grad Celsius, aber im Laufe des Tages wird es wärmer und der Wind soll sich legen. Habt ein schönes Wochenende, trefft euch mit Freunden und genießt das Leben. Macht, was ihr wollt, aber macht es. Das Leben ist zu kurz, um nur Trübsal zu blasen.«

›Ein beneidenswerter Mensch‹, dachte Prohaska. ›Immer positiv und witzig, als würde das Übel, das in der Welt herrschte, an seiner Studiotür Halt machen.‹

Die Musik setzte ein, leise Gitarrenklänge, dann eine melancholische Männerstimme.

Prohaska starrte auf das verworrene Muster aus Rillen und Kerben auf dem Küchentisch aus massivem Eichenholz. Verblasste Spuren der ehemaligen, längst verstorbenen Hausbesitzer, Kerben von Messern und Kratzer vom Stahldraht, mit dem die Bäuerin den Tisch gescheuert hatte. Da wo er jetzt saß, war sie auch gesessen und hatte Gemüse, Fisch oder Fleisch geschnitten.

Prohaska kochte gern, aber nur, wenn er Gäste hatte, was selten genug vorkam. Dann zog er alle Register, kaufte die besten Zutaten und benutzte zum Schneiden das Brett aus Olivenholz, das ihm Nino, der alte Tischler, geschenkt hatte. Joes schwäbische Mutter hatte darauf bestanden, dass er selbstständig wurde und auch kochen lernte, und so konnte er mit zehn oder elf Jahren Gerichte wie Spaghetti Bolognese, Eierspeisen in verschiedenen Variationen oder Bratkartoffeln zubereiten, da sie erst am späten Nachmittag von der Arbeit nach Hause kam. Wenn sie in den Sommerferien Vaters Verwandtschaft in Slawonien besuchten, fand Joe es spannend, wenn Spanferkel oder Lamm am Spieß gebraten oder in einem Kupferkessel über offenem Feuer der »ungarische Fischpaprikasch«, eine höllisch scharfe Suppe aus Süßwasserfischen, gekocht wurde. Das war Männersache, ein Ritual, und darauf bildeten sich seine Onkel und der Großvater eine Menge ein. Dabei floss reichlich Sliwowitz oder selbst gekelterter Wein. Dass ihre Frauen oder Schwestern jeden Tag das Essen auf den Tisch brachten, verstand sich von selbst. »Es schadet dir nicht, wenn du kochen kannst, man weiß nie, was das Leben mit sich bringt«, pflegte sein Vater zu sagen, der sich in seiner ersten Zeit, als er Anfang der 60er nach Stuttgart kam und beim Daimler am Band im Akkord arbeitete, überwiegend von Bohnensuppe aus der Dose oder geräuchertem Speck, Zwiebeln und Spiegelei ernährte. Er wohnte mit drei Landsleuten in einer Holzbaracke, sie schliefen in Metallstockbetten, ihre Habseligkeiten hingen in einem Spind, sie hatten einen kleinen Tisch und kochten auf einem Elektrokocher. Er erzählte oft von dieser Zeit. Nicht die kaltfeuchten Winter oder die schwülen oder verregneten Sommer in der Fremde waren das Problem, der Mensch gewöhnt sich bekanntlich an alles. Das Schlimmste war das Heimweh.

Als Joe geheiratet hatte, kochten seine Frau und er gemeinsam, und natürlich half er im Haushalt mit, vor allem nach der Geburt der Tochter. Doch das alles gehörte zu seinem früheren Leben.

Er schenkte sich Kaffee nach und ging ins Bad. Als er unter die Dusche steigen wollte, hielt draußen ein Auto an und fuhr gleich wieder mit quietschenden Reifen davon. Jemand hatte es anscheinend eilig, von hier wegzukommen. Bello fing an zu kläffen, kam zu Prohaska ins Bad, rannte zur Haustür und bellte, bis Prohaska dazu kam.

»Aus! Du weckst noch das ganze Dorf auf«, sagte er, aber er war sicher, dass seine Nachbarn Enzo und Josefina längst auf den Beinen waren.

Er öffnete Bello die Tür und blieb an der Schwelle stehen. Das kleine Haus nebenan stand seit dem letzten Sommer leer. Martha Schön, eine Schriftstellerin aus Wien, hatte es damals gemietet. Sie war auf der Suche nach ihrer verschollenen Cousine gewesen, die er dann eher ungewollt gefunden hatte.

Bello zwängte sich unter dem Hoftor durch, schnappte eine zusammengerollte Zeitung, die am Straßenrand lag und kam damit im Maul zurück. Aber Prohaska hatte keine Zeitung abonniert, und der Postbote, der trotz Bitten und Ermahnungen seinen Briefkasten mit Werbeprospekten vollstopfte, kam normalerweise erst gegen elf Uhr ins Dorf.

Bello lief ins Haus und ließ die Zeitung im Wohnzimmer auf den Boden fallen. Prohaska ging ins Haus.

»Ja, bist ein Braver, aber das ist nur Müll.«

Er hob die Zeitung auf und wollte sie in den Korb neben dem Kamin werfen, als er sah, dass sie an den Kanten mit durchsichtigem Klebeband festgemacht war.

Die Neugier siegte. Er drehte das Ding in den Händen und fragte sich, was das zu bedeuten hatte. Und da Vorsicht besser als Nachsicht war, ging er in die Küche, streifte sich ein paar Einweghandschuhe über und kehrte ins Wohnzimmer zurück.

Bello beobachtete ihn neugierig. Prohaska schmunzelte.

»Alte Gewohnheit«, erklärte er.

Aber seine innere Stimme, die sich in letzter Zeit viel zu oft Gehör verschaffte, flüsterte mit leisem Spott: ›Joe, du musst aufpassen, du redest mit einem Hund.‹

›Na und? Er versteht mich wenigstens.‹

Er riss das Klebeband weg und wickelte das Papier auseinander. Zum Vorschein kam ein abgegriffenes Holzkäschen, das früher jedes Schulkind hatte, und in welchem Bleistifte oder Federgriffel aufbewahrt wurden. Der Schiebedeckel war mit einer verblassten roten Blumenranke verziert.

»Ich glaube nicht, dass da eine Bombe drin ist, aber geh lieber zur Seite.«

Bello kroch rückwärts unter den Couchtisch. Prohaska musste lachen.

»He, das war nur ein Scherz.«

Gleichwohl hielt er das Kästchen von sich weg und öffnete es. Aber da lag ein Malpinsel. Der Griff war mit Farbresten besprenkelt, die zerzausten Pinselhaare waren rot. Er berührte sie mit dem Zeigefinger und roch daran. Bello legte die Vorderpfoten auf den Tisch.

»Wenn du mich fragst, ist das keine Ölfarbe.«

Er legte den Pinsel ins Kästchen und schob den Deckel zurück. »Damit beschäftigen wir uns später. Ich geh jetzt duschen, also Pfoten weg.«

Kaum war er im Badezimmer, machte sich Bello daran, das auf dem Boden verstreute Zeitungspapier in Fetzen zu reißen. Als Joe aus dem Bad kam, saß der Hund, mit seinem Werk sichtlich zufrieden, auf der Couch. Nur unter dem Holzkästchen auf dem Tisch lag eine zerknüllte Seite, die er verschont hatte.

»Gute Arbeit«, sagte Prohaska, wobei er sich nicht sicher war, ob Bello wusste, was Ironie war. Er sammelte die Schnipsel auf und warf sie in den Korb. Das Kästchen wickelte er in die übrig gebliebene Zeitungsseite, ging in die Küche und steckte es in eine Plastiktüte. Dann stellte er eine Schale mit Trockenfutter für die Katze auf die Terrasse und verschloss die Schiebetür. »Na, dann wollen wir mal.«

Er warf die Plastiktüte in den Rucksack, nahm die Autoschlüssel und Kameratasche vom Kaminsims, schnappte seine alte Lederjacke und die Hundeleine vom Garderobehaken und ließ Bello den Vortritt. Sein altes Mercedes Cabrio, das er seit fast zwei Jahrzehnten besaß und auch nicht vorhatte, sich davon zu trennen, bis dass der Rost sie trennte, stand unter dem Carport. Die cremeweiße Karosserie und das schwarze Stoffverdeck waren mit gelbem Pollenstaub bedeckt. Der Carport flatterte im Wind auf, als wollte es gleich abheben. Bello sprang auf den Beifahrersitz, Prohaska öffnete das Hoftor und fuhr auf die Straße.

*

Hätte ihm einer gesagt, er würde an einem Samstagmorgen durch den Wald radeln, hätte Mario nur müde gelächelt. Die meisten hielten ihn für einen Eigenbrötler, der seine Freizeit am Computer verbrachte. Dass er einer der besten in der Klasse war, trug nicht zu seiner Beliebtheit bei. Er wusste, dass man ihn hinter seinem Rücken einen Streber nannte. Doch als Belinda neulich die Bemerkung fallen ließ, dass sie an Wochenenden morgens zwischen acht und neun Uhr an der Punta Corrente joggte, hatte er nur noch einen Gedanken: Er musste sie sehen – und falls er den Mut aufbrachte, mit ihr reden, ohne dass es jemand mitbekam.

Vor allem Leon Morena, der sich einbildete, etwas Besseres zu sein, nur weil sein Alter plötzlich so viel Geld hatte, dass sie sich ein Haus mit Swimming-Pool, drei Autos, darunter einen Porsche Cayenne, leisten konnten. Leons Vater hatte eine Baufirma, aber man musste schon auf den Kopf gefallen sein, um sich nicht zu fragen, ob man damit tatsächlich so reich werden konnte. Leon brüstete sich sogar damit, schon einige Male richtigen Sex gehabt zu haben, dabei war er nur ein paar Monate älter als Mario. Das Schlimmste war, dass er sich an Belinda heranmachte. Er überschüttete sie mit Komplimenten, und wenn er Mario in ihrer Nähe sah, hatte er sofort einen dummen Spruch parat, über den sich die anderen kaputtlachten. Nur Mario nicht. Doch das schien niemanden zu kümmern, da er für Leon keine Konkurrenz sein konnte.

Belinda war das schönste Mädchen, das er je gesehen hatte. Sobald er an sie dachte, bekam er Herzklopfen. Keiner wusste genau, woher sie und ihre Mutter stammten. Einen Vater gab es nicht, jedenfalls hatte Belinda ihn noch nie erwähnt. Vermutlich waren ihre Eltern geschieden. Belinda war in Deutschland geboren. Mario verstand ein paar Brocken der für seine Ohren so sperrig klingenden Sprache und hatte gehört, wie sich Belinda mit ihrer Mutter in einem lustig klingenden Dialekt unterhielt. Vielleicht hatte sie in der Schweiz gelebt. Sie sprach fließend Italienisch, Kroatisch mit einem Akzent, als hätte sie es viel später gelernt. Manchmal suchte sie nach Worten und meldete sich wohl deshalb im Unterricht nur selten. Und gerade wegen ihrer Schüchternheit mochten sie alle. Ein paar Mädchen tuschelten hinter vorgehaltener Hand, sie tue nur so und sei eine raffinierte Zicke. Die Jungs himmelten sie an. Leon gebärdete sich, als hätte er besondere Rechte. Er saß in der Reihe hinter ihr und wenn sie sich im Stuhl zurücklehnte, zupfte er an ihren Haaren, ohne dass sie es sich verbat.

Mario wünschte sich, irgendwann den Mut aufzubringen, dem Blödmann eine Ohrfeige zu verpassen. Aber das würde die Sache nur verschlimmern. Wenn er einen Blick von Belinda erhaschte, lächelte sie und sah sofort weg. Es waren magische Momente. Doch offensichtlich mochte sie Leon gut leiden, sonst würde sie sich sein Benehmen nicht gefallen lassen. Hatten sie etwas miteinander? Nicht auszudenken! Oder mochte sie den Kerl vielleicht deshalb, weil er sich wie ein Macho benahm? Die Ungewissheit machte Mario ganz krank. Aber das ahnte niemand, am allerwenigsten seine Mutter. Er konnte es ihr auch nicht erzählen. Es wäre zu peinlich. Sie hatte es auch so schon schwer genug. Für seinen Stiefvater, den er insgeheim »der Alte« nannte, war er Luft. Und das beruhte auf Gegenseitigkeit. Dass Mutter mit ihm überhaupt zusammenlebte, war ihm ein Rätsel. Es war ihnen besser gegangen, als sie noch allein lebten. Der Mann war unerträglich. Er benahm sich je nach Laune und Alkoholspiegel wie ein Pascha oder ein Feigling. Vermutlich war er beides. Warum ließ sich er sich von Sandro alles gefallen? Der wohnte erst seit ein paar Monaten bei ihnen, tat aber nichts. Der Alte gab ihm Geld, ohne zu fragen, wozu er es brauchte, und wollte auch nicht wissen, mit wem er herumhing und wann er sich eine Arbeit suchen würde. Wenn im Haus dicke Luft herrschte, saß der Alte nach der Arbeit stundenlang in irgendeiner Bar und kam betrunken nach Hause, schlug die Türen zu, dass die Wände wackelten oder brüllte Mutter an, er habe genug von ihr, sie sei eine Hure, kümmere sich einen Dreck um ihn und seine Probleme, sondern verwöhne ihren kleinen rothaarigen Bastard und irgendwann werde ihm der Kragen platzen, dann könnten sie ihre Sachen packen. Nach solchen Szenen schlief er auf der Couch, schnarchte wie ein Walross und war am nächsten Tag mürrisch und zerfloss in Selbstmitleid. Mario ging ihm aus dem Weg, schloss sich nach der Schule in sein Zimmer ein und fragte sich, wie lange Mutter das alles ertragen wollte. Früher, als sie noch zu zweit waren, waren sie zwar arm wie Kirchenmäuse, wohnten in einer winzigen Wohnung in der Altstadt, aber Mutter war ganz anders gewesen. Sie arbeitete in einem Restaurant in der Nähe, hatte viele Freundinnen und war fröhlich und ausgeglichen.

Nach der Schule konnte er bei einer alten Nachbarin, die er Oma nannte, essen und seine Hausaufgaben machen und danach mit anderen Kindern auf der Gasse spielen. Doch dann lernte Mutter den Alten kennen, der ihr das Blaue vom Himmel versprach. Sie zogen in dieses alte Haus, das längst renoviert werden müsste. Die Besitzer lebten im Ausland und ließen nur das Nötigste reparieren. Mario hatte jetzt ein eigenes Zimmer im ersten Stock, aber seine Freunde aus der Altstadt konnte er nicht nach Hause bringen, weil der Alte seine Ruhe haben wollte. Sandro wohnte in einem viel größeren, so genannten Gästezimmer, das keiner außer ihm betreten durfte. Das Wohnzimmer im Erdgeschoss war düster, weil die Rollläden meistens heruntergezogen waren. Ebenso im Schlafzimmer, von dem man zum verwilderten Garten blicken konnte. Mario betrat im Grunde nur das Badezimmer und die Küche, wenn er sich morgens ein Sandwich machte.

Er räumte immer hinter sich auf und nach der Schule kaufte er sich eine Pizza oder fuhr mit dem Fahrrad zu Mutter, die in der Bäckereiabteilung im Supermarkt arbeitete. Neulich hatte er versucht, mit ihr zu reden, fragte sie, ob sie sich nicht endlich vom Alten trennen könne. Sie sagte, so einfach sei das nicht, das Leben sei eben kompliziert. Aber das wusste er selbst. Er hätte sie am liebsten angeschrieen, weil sie sich so behandeln ließ. Sie drückte ihn an sich und sagte, das Einzige, was er tun könnte, sei, ihr keinen Kummer zu machen.

Wenn er bloß schon erwachsen wäre, und natürlich reich, würde er ein Haus kaufen und Mutter bekäme das schönste Zimmer mit einem Balkon mit Blick aufs Meer. Er wäre mit Belinda verheiratet und sie hätten mindestens drei Kinder. Das war sein Ziel. Und eines Tages wird es so kommen, auch wenn er Tag und Nacht schuften müsste, dachte er, als er das Ende der Straße am Waldrand erreichte und durch das schmiedeeiserne Tor in den Parkwald fuhr.

Irgendwo in den Baumkronen hämmerte ein Specht, als wollte er eine wichtige Nachricht durchgeben. Mario trat in die Pedale, den Blick nach vorne gerichtet wie ein Profifahrer. Das Rad holperte über Baumwurzeln, die unter dem Schotter wie unheimliche Schlangen aussahen. An einer Stelle, wo die Bäume den Blick auf die Küste und das Meer freigaben, sah er in der Ferne ein Motorboot nach Norden fahren. Bei diesem Wetter, dachte Mario, war der Fahrer entweder lebensmüde oder ein Vollidiot. Hinter windzersausten Kiefern und Lorbeerbüschen rauschten die Wellen, krachten gegen das felsige Ufer, rollten zurück, um sich gleich wieder aufzutürmen und nach vorne zu preschen. Ein ewiges Hin und Her, älter als die Menschheit.

Ein paar Minuten später tauchte das Gebäude aus hellen Steinquadern auf, in dem das Lokal *Lovor-Grill* untergebracht war. Mit dem Vestibül sah es wie ein antiker Tempel aus. Doch es war kein Tempel, sondern wurde vor über hundert Jahren von einem Österreicher erbaut, der damals die Halbinsel gekauft hatte, die Maccia roden und auf dem Gelände seltene Baumarten bepflanzen ließ.

Vor dem Lokal wurde der Weg breiter, die Terrasse war mit einer niedrigen Mauer umschlossen. Die Sonnenschirme lagen auf einem Haufen in der Ecke, die Stühle waren an die Tische angekettet.

Mario sprang vom Fahrrad, lehnte es an die Mauer und rannte zur Rückseite des Gebäudes, wo sich die Toiletten befanden. Aber weil das Lokal geschlossen hatte, waren diese natürlich auch zu. Er ging an einem Müllcontainer vorbei, wo sich Holzpaletten und leere Getränkekisten stapelten, stapfte durch kniehohes Gestrüpp zum Waldsaum und erleichterte sich.

Er ging zurück zum Weg und schaute dem Spiel der Brandung zu. In ein paar Wochen würde er hier wieder schwimmen können. Belinda wird bei ihm sein, sie werden auf der Terrasse Eis essen oder

Limonade trinken, sich in die Augen sehen und über alles reden. Auf dem Heimweg werden sie sich an den Händen halten, er wird ihre Badetasche tragen und dann werden sie sich zum Abschied auf den Mund küssen, vor allen Leuten. Er lächelte. Ja, genau so wird es sein.

Von der Mole, die von Brechern überspült wurde, flogen Möwen hoch. Mario zog seine Turnschuhe und Socken aus, ging die Stufen zum Strand hinunter, krempelte die Hosenbeine bis über die Knie und ging langsam den Wellen entgegen.

Der Wind wehte so stark, dass er ihm fast den Atem nahm. Das Wasser war kalt, aber nach einer Minute fand er es richtig angenehm. Mit ausgebreiteten Armen umging er Felsen und Steinplatten, an die sich winzige Muscheln klammerten. Eine Welle bäumte sich auf, rauschte heran und überschlug sich vor seinen Füßen. Er lachte laut, wich zurück und wäre auf dem Hosenboden gelandet, wenn er sich nicht an einem Felsbrocken festgehalten hätte. Da rollte schon die nächste Welle heran, überschlug sich, die Gischt spritzte hoch und fiel wie ein schäumender Schleier auf ihn. Pitschnass stieß er sich vom Felsbrocken ab, ging rückwärts, schwankte und schaute sich um. In einer Mulde zwischen den Felsbrocken dümpelte etwas Dunkles und wurde von der Brandung gegen die Steine gedrückt. Das gehörte nicht hierher, nicht an seinen Strand. Er nahm die Brille ab, putzte die Gläser am T-Shirt ab und setzte sie wieder auf. Aber es war da wie der Wind und die Brandung, wie die Möwen über ihm und die salzige Luft auf seinen Lippen.

Er starrte auf die Gestalt eines Mannes, der mit dem Gesicht nach unten im Wasser lag. Die Hose und Jacke klebten an seinem Körper, seine Arme bewegten sich, als würde er schwimmen. Doch er war tot, daran gab es keinen Zweifel.

Mario riss sich von dem Anblick los, und während er die Treppe hochsprang, versuchte er die aufsteigende Übelkeit zu unterdrücken. Mit zitternden Fingern zog er sein Smartphone aus der Hosentasche und tippte die Notrufnummer der Polizei.

*

Prohaska stieg aus, machte das Hoftor zu und ging zum Auto. Enzo lehnte am Gartenzaun. Prohaska winkte und ging zu ihm rüber.

»Buon Giorno, Enzo.«

»Buon Giorno, na, schon so früh auf den Beinen? Wie geht's?«, fragte Enzo.

»Bene, bene, und selbst?«

»Solange mich die Beine tragen und der Verstand funktioniert, ist alles in Ordnung. Wo geht's denn hin? Wieder mal auf eine Fotosafari?«

Der alte Mann lächelte, wobei unter seinem Bart, der Prohaska an den von Giuseppe Verdi erinnerte, seine makellosen dritten Zähne blitzten. Das Gesicht war von Fältchen durchzogen, die Brille saß ein wenig schief auf der Nase und der hagere Körper zeugte vom jahrelangen Schuften im Steinbruch und auf dem eigenen Stückchen Land. Enzos graue Latzhose schien mindestens zwei Nummern zu groß, seine Füße steckten in Gummistiefeln und über einem weiß-roten gestreiften T-Shirt trug er eine alte Lammfellweste.

»Nein, leider keine Fotosafari«, erwiderte Prohaska. »Ich muss einkaufen und geh danach in den Fotoladen. Soll ich euch etwas mitbringen?«

»Nein, danke, wir haben alles da. Aber wenn du schon fragst, vielleicht ein Päckchen Tabak.«

»Okay.«

Enzo deutete mit der Hand in Richtung der Straße, die sich zwischen den Obstbäumen abzeichnete. Dort befand sich vor einem ehemaligen Hotel, das seit Jahrzehnten geschlossen war, ein Zeitungskiosk.

»Der Kiosk ist schon wieder zu, angeblich hat Franjo die Grippe. Aber wahrscheinlich hat er sich nur wieder einmal volllaufen lassen und schläft seinen Rausch aus.«

»Hoffentlich nichts Ernstes«, sagte Prohaska. Er kannte Franjo recht gut und blieb gerne auf ein Schwätzchen bei ihm stehen, wenn er Zigaretten oder eine Zeitung kaufte. Franjo war früher Seemann gewesen. Er hatte die große weite Welt gesehen, und wenn er von seinen Abenteuern erzählte, funkelten seine blauen Augen und sein Gesicht hellte sich auf. Aber die meisten Leute im Dorf hielten ihn schlicht für einen alten Säufer und seine Geschichten für reinstes Seemannsgarn.

Seine Frau hatte ihn vor vielen Jahren verlassen, der einzige Sohn lebte mit seiner Familie in Australien und kam ihn alle zwei, drei Jahre besuchen. Franjo bezog eine kleine Rente und lebte bei seiner verwitweten Schwester und ihren Katzen am anderen Ende des Dorfes.

»Willst du eine bestimmte Tabaksorte?«

»Die billigste. Und eine Zeitung vielleicht.«

»Okay.«

»Komm zum Abendessen, Josefina macht heute Rosmarinbrathähnchen, außerdem haben wir wilden Spargel gepflückt. Den gibt es als Vorspeise.«

»Klingt gut. Ich weiß allerdings nicht, wann ich zurück bin.«

»Wenn du da bist, bist du da.«

»Sag mal, hast du zufällig gesehen, was es für ein Auto war, das vorhin bei mir angehalten hat?«

»Es war kein Auto.«

»Nicht?«

»Es war ein Motorroller, eine Vespa, glaube ich. Ich habe gerade die Hühner rausgelassen, als sie nur kurz stoppte und gleich wegfuhr. Ich dachte mir noch: Die fährt aber, als säße ihr der Teufel im Nacken.«

»Es war eine Frau?«

»Ja, eine mit langen blonden Haaren.«

»Es gibt aber auch blonde Männer mit langen Haaren.«

»Joe, ich bin zwar alt, aber ich kann immer noch einen wohlgeformten Frauenpopo von einem Männerarsch unterscheiden, das kannst du mir glauben.«

»Davon bin ich überzeugt. Würdest du sie wiedererkennen?«

»Nein, sie trug einen Helm. Aber warum fragst du?«

»Ich war nur neugierig, weil ich den Lärm gehört habe. Ich muss los. Wir sehen uns.«

Prohaska ging zum Auto, stieg ein, ließ den Motor an und fuhr los. Enzo ging zurück in den Hof.

Josefina stand mit hochrotem Gesicht an der Türschwelle mit einer Espressotasse in der Hand. Sie litt an hohem Blutdruck und anderen Wehwehchen, schluckte allerdings ihre Medikamente, wann es ihr in den Kram passte, und verließ sich im Übrigen auf die Madonna, einige weitere Heilige und auf ihre Tarot-Karten, die sie täglich legte.

Und heute hatte sie die Karte der Liebenden gezogen, was ein gutes Zeichen war.

»Was ist passiert?«

Sie reichte Enzo die Tasse und stemmte ihre Hände an die rundlichen Hüften.

Enzo leerte den Espresso in einem Zug, wischte sich den Bart ab und gab ihr die Tasse zurück.

»Nichts, wieso?«

»Aber du hast doch gerade mit jemanden geredet.«

»Das war Joe. Er fährt nach Rovinj und bringt mir Tabak mit. Ich habe ihn übrigens zum Abendessen eingeladen.«

»Gut, und sonst war nichts?«

»Aber nein.«

»Wie geht's ihm denn?«

Sie hatte Joe vom ersten Tag ins Herz geschlossen, weil sie denselben Vornamen und somit denselben Schutzpatron hatten, und ließ keine Gelegenheit aus, ihn zu bemuttern. Wenn sie Kuchen gebacken hatte, lud sie ihn zum Kaffee ein oder legte Gemüse und Obst aus ihrem Garten oder ein Körbchen mit frischen Hühnereiern auf seine Türschwelle. Joe mochte die beiden und revanchierte sich, indem er ihnen etwas aus dem Supermarkt oder der Apotheke mitbrachte oder sie zum Arzt kutschierte. Enzo hatte zwar einen alten Fiat Punto im Schuppen stehen, fuhr aber nur noch selten. An Sommerabenden saß Joe öfter bei ihnen auf der Veranda und die beiden alten Leute erzählten von frühen Zeiten.

»Es geht ihm gut, sagt er. Aber er braucht eine Frau. Das ist so klar wie das Amen in der Kirche.«

Enzo öffnete das Türchen im Maschendrahtzaun, der ein großes Stück Rasen um den Hühnerstall absperrte, ging hinein und schloss es.

Josefina, die in letzter Zeit nicht mehr gut hörte, dies jedoch verschwieg, kam zum Zaun, während Enzo versuchte, eines der Hühner, das heute sein Leben lassen musste, in die Enge zu treiben. Die Tiere hatten sein Vorhaben durchschaut und stoben flatternd und gackernd auseinander, dass die Federn nur so flogen. Enzo sprang ihnen mit ausgebreiteten Armen schimpfend hinterher.

»Er hat eine Frau gefunden? Das sind ja schöne Neuigkeiten«, rief Josefina in das Gegacker hinein.

»Was?«

»Du wirst sehen. Wenn er heiratet, dann kirchlich, obwohl er behauptet, ein Atheist zu sein. Schließlich ist er katholisch getauft, das hat er mir selbst erzählt. Und deshalb kann er gar nicht anders. Das macht er dann seiner Zukünftigen zuliebe.«

Enzo war zu abgelenkt, um wirklich hinzuhören. Als es ihm schließlich gelang, ein rotbraunes Huhn zu packen, das wie wild um sich schlug und ihm die Hände verkratzte, kam er heraus und drückte es Josefina in den Arm.

»Wer heiratet?«, fragte er atemlos.

»Na, unser Joe.«

»Davon weiß ich nichts.«

»Aber du hast es doch gerade gesagt.«

»Ich?«

»Aber ja, du hast gesagt, er hätte eine Frau gefunden und würde heiraten, das sei sicher wie das Amen in der Kirche.«

»Ich sagte, er braucht eine Frau wie das Amen in der Kirche.«

»Und er heiratet.«

»Dann weißt du mehr als ich. Mir gegenüber hat er kein Wort darüber verloren.«

»Das sieht ihm ähnlich.«

»Aber nein, du hast da etwas falsch verstanden. Er hat sich nur nach einer Frau erkundigt, die auf einem Motorrad hier war.«

»Ah, du hast sie also schon gesehen? Und sie fährt ein Motorrad? Ist das nicht sehr gefährlich?«

»Ja, ja, aber die wird er doch nicht heiraten. Es war eine andere.«

Josefina sah ihren Mann pikiert an.

»Von mir aus. Dann heiratet er eben die Andere. Und ich glaube, ich weiß auch, welche.«

»Und wer soll das sein?«

»Na, diese hübsche Rothaarige. Wie heißt sie noch gleich?«

»Meinst du die Martha?«

»Si-si, genau die.«

»Die kann er nicht heiraten, weil sie schon verheiratet ist.«

»Als ob das heutzutage ein Hindernis wäre. Dann lässt sie sich halt scheiden.«

»Das glaube ich nicht.«

»Du wirst schon sehen, eines Tages wird er sie heiraten, natürlich nur standesamtlich. Eine Frau wie ich spürt so etwas, glaub mir.«

»Von mir aus.«

»Du hast ihm hoffentlich gesagt, dass er seine Verlobte jederzeit mitbringen kann?«

»Zum letzten Mal: Er hat keine Verlobte!«

»Dio mio, regt dich nicht so auf, das ist nicht gut für dein Herz.«

»Madonna mia«, murmelte Enzo.

Josefina lächelte.

»Und jetzt sei so gut und bring mir noch ein Huhn. Ich habe nicht den ganzen Tag Zeit.«

*

Kaum war Prohaska um die Ecke gebogen, hielt er auch schon auf dem menschenleeren Platz vor der Zufahrt zur Hauptstraße an und rief Inspektor Giovanni Rossi an. Aber Rossi meldete sich nicht.

Zwanzig Minuten später stellte er den Wagen auf dem Parkplatz am Nordhafen ab. Der Wind blies heftiger und die Wellen schlugen gegen die Kaimauer, an der zwei große Fischerboote festgemacht waren. Die bronzene Statue der Euphemia auf der Spitze des Kirchturms hatte der Stadt den Rücken zugekehrt, was ein untrügliches Zeichen für schlechtes Wetter war. Er leinte Bello an und ging zum Markt, wo er etwas Obst und Gemüse kaufte. Im Supermarkt nebenan holte er die restlichen Sachen, die in seinem Haushalt fehlten. Als er nach zehn Minuten zurückkam, kläffte Bello, der vor dem Eingang warten musste, aus Leibeskräften. Prohaska konnte inzwischen gut unterscheiden, ob das Gekläffe fröhlich oder alarmierend klang. Aber außer den beiden Männern, die am Kiosk vor dem Supermarkt lehnten und mit dem Verkäufer über Fußball und Politik diskutierten, gab es nichts Besonderes zu sehen. Prohaska löste Bellos Leine, ging zu ihnen rüber, kaufte eine Tageszeitung, mehrere Päckchen Zigaretten und eine Dose Tabak für Enzo, ohne sich in die Diskussion der drei hineinziehen zu lassen. Der Hund bellte weiter.

»Jetzt ist aber gut!«, sagte Prohaska streng. Bello verstummte und starrte zu den Marktständen.

Prohaska folgte seinem Blick.

Eine alte Frau kam auf ihn zu. Der wadenlange schwarze Wollmantel, den sie sommers wie winters trug, unter welchem ein bunter Rock hervorlugte, schien sie niederzudrücken. Das Kopftuch mit Rosenmuster war nach hinten gerutscht und bedeckte die dunklen Haare kaum. Ein Stoffbeutel hing ihr von der Schulter quer über den Bauch.

Weil das Betteln verboten war, bot sie stets freundlich lächelnd jedem ihre Wahrsagekunst an, der ihr passend erschien. Prohaska war ihr schon oft begegnet und ging ihr möglichst aus dem Weg. Wenn sie ihn dann doch anhielt, gab er ihr ein paar Kuna, vermied aber, sich die Zukunft aus der Hand lesen zu lassen. Sie hatte es einmal getan und das sollte reichen, denn obwohl er keine Sekunde an solchen Hokuspokus glaubte, hatte sie damals Recht behalten.

»Bei Fuß, wir verschwinden«, raunte er Bello zu, aber da stand sie schon vor ihm. Ihre Wangen waren eingefallen und von unzähligen Fältchen durchzogen, aber ihre schönen Augen funkelten ihn freundlich an.

»Guten Tag, mein Sohn, wie ich sehe, hast du das Hündchen immer noch.« Sie schaute zu Bello, der sich brav hingesetzt hatte und hinter dem Ohr kratzte.

»Ja, hab ich.«

»Ein Hund ist des Menschen bester Freund.«

»Stimmt«, erwiderte Prohaska, während er einen Zehner aus der Geldbörse nahm und ihn der Frau in die Hand drückte.

Sie steckte ihn in die Stofftasche.

»Danke, der Herr wird es dir vergelten.«

»Schon recht.« Prohaska wandte sich zum Gehen.

»Es war die Vorsehung, dass dich der Hund gefunden hat.«

»Woher weißt du, dass er mich gefunden hat?«

Die Frau wackelte mit dem Kopf, als wollte sie sagen, er solle sich nicht so dumm stellen.

»Na, ich weiß es eben.«

Weil Prohaska sie um fast zwei Köpfe überragte, legte sie den Kopf in den Nacken und sah ihm in die Augen.

»Bitte, lass mich dir die Zukunft sagen.«

»Danke, aber heute nicht.«

»Ich sag dir trotzdem was: Manchmal kommt man eher ans Ziel, wenn man sich Zeit lässt.«

»Ja, ja, von mir aus. Wiedersehen.«

Und weil er die Schlagzeilen überflog, ging Prohaska tatsächlich sehr langsam zum Hauptplatz.

Dann faltete er die Zeitung zusammen und stopfte sie in die Einkaufstüte. Er selbst las die Nachrichten meistens im Internet, obwohl ihn die Regierungskrisen, nicht enden wollende Kriege, obskure Verschwörungstheorien, Korruption und Verbrechen aller Art seit langem nur noch deprimierten. Und da sein Bücherregal inzwischen gut bestückt war, ging er viel lieber mit einem Buch ins Bett. Er hatte ja alle Zeit der Welt.

Seit seinem Dienstunfall war er ein Wrack. Sein linker Unterschenkel war schwer verletzt worden. Er hatte Glück, dass man es nicht amputiert hatte. Nach der Reha, der Frühpensionierung und dem plötzlichen Tod seiner Frau fuhr er nach Istrien. Und als er von den finanziellen Sorgen erfuhr, die sein Jugendfreund Ivo mit dem alten Fotoladen hatte, half er ihm aus der Klemme und wurde dann sein stiller Teilhaber. Letztes Jahr ließen sie den Laden renovieren, kauften eine moderne Fotoausrüstung und eine elektronische Registrierkasse. Ivo kümmerte sich um die kaufmännischen Dinge und machte Passfotos, während Joe als Fotograf fungierte. Inzwischen hatte es sich herumgesprochen, dass er ein begnadeter Portraitfotograf war und so wurde er für Familienportraits, Kindergeburtstage, Kommunionen oder Hochzeiten gerne engagiert. Je länger er das tat, desto mehr gefiel es ihm. Er kam viel herum, lernte neue Menschen kennen, und obendrein verdiente er noch etwas hinzu.

»He, was machst du denn für ein Gesicht?«, fragte Ivo zur Begrüßung, als Prohaska den Fotoladen betrat.

Joe wünschte ihm ebenfalls einen guten Morgen.

»Was ist passiert?«

Prohaska zog die Plastiktüte mit dem Päckchen aus dem Rucksack und legte es auf die Theke.

»Das da.«

»Oh, ist das etwa für mich?«

»Ganz bestimmt nicht.«

»Dacht' ich mir, aber ich habe auch keinen Geburtstag heute«, witzelte Ivo, aber als er Joes finsteren Gesichtsausdruck sah, wurde er ernst. »Und, was ist es?«

Prohaska packte das Holzkästchen aus und schob den Deckel zurück. Ivo warf einen Blick darauf und nickte verständnislos.

»Aha, interessant.«

»Finde ich auch.«

»Wo hast du das Ding her?«

»Man hat es mir vor die Tür geworfen, anonym.«

Ivo runzelte die Stirn.

»Aber warum schickt dir jemand einen wertlosen, mit Ölfarbe verschmierten Pinsel?«

»Das ist keine Farbe.«

»Du meinst, es ist Blut?«

Prohaska sagte nichts.

»Du machst doch Witze.«

»Sehe ich so aus?«

»Nein. Ist das Menschenblut?«

»Keine Ahnung, es kann auch von einem Tier sein.«

»Das gefällt mir nicht.«

»Mir noch weniger.«

»Und was nun?«

»Ich muss den Blödmann finden, der mir das geschickt hat und ihn nach dem Grund fragen.«

»Na, viel Spaß. Und wie willst du das anstellen?«

»Ich habe nicht die leiseste Ahnung.«

»Vielleicht ist das eine Warnung, du weißt schon, wie bei der italienischen Mafia.«

»Was soll ich bitte mit der zu tun haben?«

»Weiß ich doch nicht. Vielleicht hast du jemanden schief angesehen oder seine Frau oder Tochter. Es gibt tausend Gründe. Und die Mafia gibt es schließlich überall.«

»Das glaubst du doch nicht wirklich?«

»He, du bist der Polizist.«

»War ...«

Ivo blinzelte nervös.

»Andererseits, bei der Mafia ist es eher so, dass sie ihren Feinden einen toten Vogel oder eine tote Ratte vor die Tür legen.«

»Na, vielen Dank für die Aufmunterung.«

»Bitte, gerne. Aber Spaß beiseite, wie willst du herausbekommen, wer es dir geschickt hat?«

»Ich warte ab, was als Nächstes passiert.«

»Was willst du denn abwarten? Etwa, dass dich einer abknallt oder dir in einer dunklen Gasse die Kehle durchschneidet?«

»Jetzt dramatisiere nicht gleich. Es wird mir schon nichts passieren.«

Ivo stieß sich von der Theke ab und verschränkte die Arme vor der Brust.

»Mann, lass die Finger davon. Du musst das der Polizei melden.«

»Ja, ich weiß.«

»Na, also.«

Prohaska verschloss das Kästchen und wollte es wieder in das Zeitungspapier wickeln, als er plötzlich innehielt und den Text anstarrte. Ivo beugte sich vor.

»Was ist?«

»Diese Zeitung ist ja aus Stuttgart.«

»Na und? Die kriegst du an jedem Kiosk.«

»Schon, aber diese ist vom letzten Monat. Komisch, dass mir das nicht aufgefallen ist.«

Er glättete die Seite mit dem Handrücken. Unten links war ein Zweispalter mit Kugelschreiber markiert.

»Was steht da? Lies doch vor«, sagte Ivo ungeduldig.

Prohaska überflog den Text und schüttelte den Kopf.

»Es geht um einen Mann, der wegen Mordes lebenslänglich bekommen hatte und jetzt wieder draußen ist.«

»Das ist doch schön für ihn. Wo ist das Problem?«

»Einen Moment«, sagte Prohaska, las den Artikel zu Ende und übersetzte ihn, da Ivos Deutschkenntnisse eher rudimentär waren.

»Der Mann wurde wenige Tage nach seiner Entlassung aus der Justizvollzugsanstalt vor einem Lokal in Stuttgart angeschossen. Der Täter gab mindestens zwei Schüsse ab und floh in einer in der Nähe parkenden Limousine mit ausländischem Kennzeichen, in der ein weiterer Mann auf ihn wartete. Die Polizei hat zwar sofort die Fahndung eingeleitet, aber vom Wagen und dem Täter fehlt weiterhin jede Spur. Der Verletzte wurde operiert, verließ das Krankenhaus auf eigenen Wunsch und verschwand von der Bildfläche. Die Polizei geht davon aus, dass er in seine Heimat zurückgekehrt ist. Sie ermittelt in alle Richtungen. Man vermutet, dass es sich um eine Abrechnung zwischen verfeindeten Gruppen aus dem Rotlichtmilieu handeln könnte.«

»Das ist ja wie im Wilden Westen. Ich dachte, dass es nur bei uns so zugeht.«

Prohaska fuhr sich mit der Hand über die Stirn, auf der sich winzige Schweißperlen bildeten.

»Tja, so sieht es aus. Ich hatte heute Morgen schon so ein komisches Gefühl.«

»Was für ein Gefühl?«

»Ach, ich habe im Radio ein Lied gehört und dabei ..., es war wie gesagt nur so ein Gefühl.«

»Und wieso regst du dich dann auf?«

»Weil es sich um denselben Mann handeln könnte, den ich wegen Mordes eingebuchtet habe.«

»Er wird ja nicht der Einzige gewesen sein.«

»Das nicht, aber der hatte mir damals Rache geschworen.«

»Joe, du weißt doch, wie die Leute sind. Das ist Umgangssprache. Unterstes Niveau zwar, aber das Fluchen und Verfluchen gehört fast zum guten Ton, keiner nimmt das wirklich ernst. Wenn ich überlege, wie oft ich schon gedacht oder laut ausgesprochen habe, dass ich jemanden umbringen könnte. Komm, das sind doch dumme Sprüche.«

»Ich weiß, trotzdem ...«

»Es könnte ja ein ganz anderer Mann sein. Oder steht sein Name in dem Artikel?«

»Nein.«

»Na also. Aber was soll dieser alberne Pinsel bedeuten?«

Prohaska zuckte mit den Schultern.

»Darüber zerbreche ich mir schon den ganzen Morgen den Kopf. Vielleicht wollte der anonyme Idiot sichergehen, dass ich den ganzen Artikel lese.«

»Dann hätte er dir doch nur den Artikel schicken können, oder hätte dich angerufen oder dir eine E-Mail oder SMS geschickt. Aber vermutlich hat er deine Handynummer nicht. Und der Pinsel muss etwas anderes bedeuten.«

»Ich komme dahinter, verlass dich darauf.«

»Wer weiß eigentlich, dass du nun hier lebst?«

»Ziemlich viele.« Prohaska zählte sie ab. »Da wäre Anna, meine Tochter, ihr Ex-Freund, seine Eltern, meine Mutter natürlich, ihre Haushaltshilfe, eine nette junge Frau übrigens, ich habe sie kennengelernt, als ich Weihnachten in Stuttgart war. Sie ist Lehrerin, stammt irgendwo aus der Vojvodina und arbeitet nun als Altenpflegerin, vermutlich für einen Hungerlohn.«

»Moderne Sklavenarbeit«, bemerkte Ivo. »Aber sie hat wenigstens eine Arbeit. Wer noch?«

»Da wären meine Schwiegereltern und deren Verwandte, ehemalige Kollegen, mein Hausarzt, Nachbarn … Was weiß ich, wer noch?«

»Man kann also leicht herausbekommen, wo du dich aufhältst.«

»Ja, klar, aber dass der anonyme Absender meine Adresse kennt, gefällt mir trotzdem nicht.«

»Deshalb musst du sofort zur Polizei. Du bist doch mit Inspektor Rossi befreundet. Der soll sich gefälligst darum kümmern.«

»Befreundet wäre vielleicht zu viel gesagt. Wir schätzen uns als Kollegen.«

»Das ist doch fast dasselbe.«

»Und was soll er machen, mir etwa Polizeischutz geben?«

»Selbstverständlich!«

Prohaska schüttelte den Kopf.

»Das geht nicht so einfach. Es ist doch nichts passiert. Jemand hat mir das Ding da geschickt, mehr nicht. Und solange nichts passiert …«

»Jaja, noch nicht.«

Die Sorgenfalten auf Ivos Stirn waren nicht zu übersehen.

Prohaska lächelte.

»Lassen wir das blöde Thema. Was gibt es Neues?«

»Du musst mir erst versprechen, dass du heute noch zu Rossi gehst.«

»Aber ja.«

»Okay. Also, du hast einen Auftrag.«

»Wann und wo?«

»Eine Frau hat vorhin angerufen, eine kirchliche Trauung, morgen um vierzehn Uhr. Eine Familie Vizente.«

»Morgen schon, und da bestellt sie den Fotografen einen Tag vorher?«

Ivo zuckte mit den Schulten.

»Sie sagte nur, es sei etwas schiefgegangen und sie brauchen dringend einen Ersatz. Und ich hab dann zugesagt.«

»Ja, ja, das ist in Ordnung.«

»Du sollst viertel vor zwei vor an Kirche warten, die üblichen Fotos schießen und eventuell ein Video von der Trauung machen. Danach geht es zum Sektempfang und Abendessen. Aber ich weiß nicht, ob du dabei sein musst.«

»Ist gut. Wie kommt sie eigentlich auf uns beziehungsweise mich?«

»Ich nehme an, dass sie uns im Internet gefunden hat.«

»Und wie heißt die Gute?«

»Ich glaube Bianka oder Branka, sie hat aus dem Auto angerufen und so schnell gesprochen, dass ich sie kaum verstehen konnte. Hier ist ihre Nummer.«

Ivo gab Prohaska einen Zettel.

»Hat sie dir auch den Nachnamen gesagt?«

»Hab es irgendwo aufgeschrieben.«

Prohaska schmunzelte und steckte den Zettel in die Jackentasche.

»Egal, ich frage sie selbst.«

»Wie wär's mit Kaffee?«, fragte Ivo.

»Immer.«

Sie gingen ins Hinterzimmer, das als Kaffeeküche und Warenlager diente. Prohaska stellte die Einkaufstüten ab, Ivo öffnete das Fenster zum Innenhof und kochte Kaffee. Bello verzog sich unter den Tisch.

»Geh bitte zur Polizei«, sagte Ivo eindringlich.

»Ich muss erst einmal sehen, wann Rossi überhaupt Zeit hat. Ich habe ihn vorhin angerufen, aber er war nicht da.«

Ivo nahm das Kupferkännchen von der Herdplatte, goss den Kaffee in die Mokkatassen, trank einen Schluck, warf Prohaska einen strengen Blick zu, sagte aber nichts.

»Okay, ich mache ja schon«, murmelte Prohaska, nahm sein Handy und rief Rossi an.

Der Inspektor meldete sich sofort. Im Hintergrund waren Stimmen und das Rauschen von Wellen und Wind zu hören.

»Guten Morgen, Inspektor, Prohaska hier.«

»Hallo, wie geht's Ihnen?«, fragte Rossi. Er schien in Eile zu sein, denn er redete schneller als gewöhnlich.

»Geht so. Ich wollte Sie fragen, ob Sie eine halbe Stunde für mich hätten.«

»Heute?«

»Wenn möglich.«

»Ist etwas passiert?«

»Ich habe ein anonymes Päckchen bekommen und würde gerne mit Ihnen reden. Es betrifft ...«

»Was für ein Päckchen? Ach, einen Moment, bitte.« Rossi wandte sich an jemanden in seiner Nähe, man solle auch auf der anderen Seite suchen. »So, bin jetzt wieder da. Also, was ist das für ein Päckchen?«

»Ein anonymes, aber wenn es im Moment nicht passt ...«

»Ach, Sie wissen doch, es passt nie. Wo sind Sie jetzt?«

»Im Fotoladen.«

»Gut, gut, ich bin an der Punta Corrente. Ich kann nicht weg, aber Sie könnten ja herkommen.«

»Gut, dann bin ich in einer halben Stunde da. Oder ich melde mich morgen im Laufe des Tages?«

»Da werde ich garantiert noch weniger Zeit haben.«

Prohaska wollte schon fragen, was Rossi dort überhaupt machte, aber der Inspektor redete weiter.

»Hier am Strand liegt ein Toter. Ein Jugendlicher hat ihn gefunden.«

»Oh, weiß man, wer er ist?«

»Der Jugendliche? Natürlich.«

»Ich meinte den Toten.«

»Nein, aber wenn Sie da sind, können wir der Frage gemeinsam nachgehen«, sagte Rossi und Prohaska spürte, dass der Inspektor dabei lächelte.

»Sie lassen echt nicht locker, oder?«, fragte er in Anspielung auf Rossis wiederholte Anfragen, bei denen er ihm eine beratende Tätigkeit bei der kroatischen Polizei schmackhaft machen wollte. Prohaska war sich nicht sicher, ob der Inspektor es wirklich ernst meinte oder ihm damit nur schmeicheln wollte.

»Natürlich nicht«, sagte Rossi. »Aber Scherz beiseite, das hier ist eine echt üble Sache, das kann ich Ihnen versichern. Ich schicke gleich jemanden, der Sie abholt.«

»Ich möchte Sie aber nur ungern bei der Arbeit stören.«

»Joe, wie oft soll ich es noch sagen? Sie stören mich nicht, im Gegenteil, also bis später«, sagte Rossi und unterbrach die Verbindung.

»Was ist denn los?«, fragte Ivo.

Prohaska nippte an seiner Tasse.

»Am Strand von Punta Corrente wurde ein Toter gefunden.«

»Wie furchtbar! Wer ist es? Wie ist er ums Leben gekommen?«

»Das weiß ich nicht. Rossi schickt jemanden, der mich abholt.«

»Lass dich in nichts hineinziehen, hörst du?«

»Ich doch nicht.«

*

Als das Polizeimotorrad mit eingeschaltetem Blaulicht vor dem Fotoladen hielt, schulterte Prohaska seinen Rucksack und ging vor die Tür. Zwei sieben- oder achtjährige Knirpse, die Enkel des Ladenbetreibers, der ein paar Häuser weiter unten Billigklamotten und Strand-Accessoires verkaufte, kamen angerannt, um die schwere, chromglänzende Maschine zu bestaunen.

Der uniformierte Polizist schob das Visier seines Helms hoch, sagte etwas zu den Kindern, worauf sie nickten und im respektvollen Abstand stehenblieben.

»Guten Morgen, Sie sind Joe Prohaska?«, fragte der Polizist.

»Ja, bin ich.«

»Einen Moment, ich wende nur eben.«

Der Polizist wendete das Motorrad und nickte Prohaska zu. Er kletterte auf den Rücksitz und winkte Ivo zu, der mit ernster Miene und Bello an der Leine in der Tür stand. Bello kläffte, als der Polizist den Motor aufheulen ließ und losfuhr. Die Maschine dröhnte in der Gasse, die Passanten machten Platz und schauten ihnen neugierig nach.

Am Busbahnhof bog der Fahrer links ab und gab Gas. Prohaska klammerte sich am Griff fest, und obwohl der Anlass ihm sehr unpassend erschien, musste er sich eingestehen, dass er die Fahrt genoss. In seiner Jugend hatte er auch ein Motorrad gehabt, aber nach der Geburt seiner Tochter hatte seine Frau große Angst, dass er verunglücken könnte und sie mit dem Kind allein dastehen würde. Also hatte er es schweren Herzens verkauft. Doch nun sahen die Dinge anders aus, und wer weiß, vielleicht könnte er sich wieder ein Motorrad zulegen.

Ein paar Minuten später fuhren sie durch den Parkwald. Schon von weitem sah Prohaska das Polizeiabsperrband flattern. Der Motorradfahrer hielt davor, Prohaska stieg ab, bedankte sich bei ihm und ging dann unter dem Band hindurch. Zwei Polizeifahrzeuge und ein Kombiwagen der örtlichen Bestattungsfirma parkten vor der Terrasse. Die beiden Mitarbeiter des Bestatters, ganz in Schwarz, lehnten an der Motorhaube und rauchten. Als Prohaska an ihnen vorbeiging, erwiderten sie seinen Gruß mit einem Kopfnicken. Er blieb am Rand des Schotterweges stehen und sah zum Strand hinunter, wo der Inspektor Rossi, heute in Zivilkleidung, mit mehreren Uniformierten sprach. Er fuchtelte dabei mit den Armen, als wollte er einen Schwarm Fliegen vertreiben. Als er Prohaska oben stehen sah, winkte er, kam mit großen Schritten näher und hangelte sich die Böschung hoch. Sein Gesicht war gerötet. An den Händen trug er Plastikhandschuhe.

»Hallo, Joe, schön, Sie zu sehen.«

Rossi atmete stoßweise, als hätte er gerade einen Sprint hinter sich gebracht.

»Guten Morgen, Inspektor.«

Prohaska deutete mit dem Kinn zu den Männern am Strand. Ein junger Uninformierter saß vornüber gebeugt auf einem Stein. »Sieht nach Stress aus.«

»Das kann man wohl sagen«, sagte Rossi. »Manche stellen sich an, als hätten sie noch nie eine Leiche gesehen.«

»Soll's ja durchaus geben.«

»Aber nicht bei mir. Der Junge wird sich auch noch daran gewöhnen. Zeigen Sie mir das Päckchen.«

Sie gingen ein paar Schritte zur Seite. Prohaska zog die Plastiktüte aus dem Rucksack und hielt Rossi das Holzetui hin.

Der Inspektor schob den Deckel zurück und sah Prohaska irritiert an. »Wer in aller Welt schickt Ihnen einen Pinsel?«

»Keine Ahnung.«

»Ist das Farbe oder Blut?«

»Letzteres vermutlich.«

Rossi nickte. »Ich kann das Ding ins Labor schicken, aber es könnte eine Weile dauern.«

»Danke, aber das ist nicht dringend. Sie haben jetzt Wichtigeres zu tun.«

»Ja, leider.« Rossi gab Prohaska das Etui zurück.

»Da wäre noch etwas.«

Prohaska faltete die Zeitungsseite auseinander und erklärte Rossi, was in dem Artikel stand. Rossi hörte zu und schüttelte ratlos den Kopf. »Und was heißt das?«

»Es ist wahrscheinlich ein Typ, den ich vor vielen Jahren eingebuchtet hatte. Er hat mir Rache geschworen.«

»Und Sie glauben, er ist jetzt hier in Istrien und sucht nach Ihnen?«

»Ich weiß es nicht. Aber möglich wär's. Warum sonst hätte man mir diesen Artikel geschickt? Es ist nicht schwierig herauszubekommen, wo ich jetzt wohne. Und der Mann, den er damals erschossen hat, hatte wohl Verwandte in Rovinj.«

»Ausgerechnet.«

»Tja.«

Rossi drehte sich um und sah zu seinen Leuten, die am Strand herumgingen.

»Eine saublöde Situation, aber wie Sie wissen, können wir nichts unternehmen, solange nichts passiert ist.«

»Ist mir klar.«

»Ich könnte nachprüfen lassen, ob in den letzten Tagen jemand aus Stuttgart in einem der Hotels abgestiegen oder eine Ferienwohnung gemietet hat. Aber wenn er Ihnen tatsächlich schaden will, wird er ja nicht so dumm sein, sich unter seinem Namen anzumelden. Das könnte irgendjemand für ihn tun und wir würden die berühmte Nadel im Heuhaufen suchen.«

Prohaska lächelte. Er hätte Rossi nicht von der Sache erzählen sollen. Aber jetzt war es zu spät.

»Tja, dann muss ich ihn selbst suchen gehen.« Er faltete das Blatt wieder zusammen und steckte es in die Tasche.

»Davon rate ich Ihnen dringend ab.« Der Inspektor klopfte ihm freundschaftlich auf die Schulter. »Sie haben doch jetzt einen Hund. Nehmen Sie ihn mit, wenn sie unterwegs sind. Ich melde mich, falls ich etwas in Erfahrung bringe. Und Sie rufen mich sofort an, wenn sich bei Ihnen etwas tun sollte.«

»Okay.«

Prohaska warf seine Kippe auf den Boden, drückte sie mit dem Schuh aus, hob sie auf und trug sie zum Mülleimer, weil ihn das Auge des Gesetzes beobachtete. Außerdem wollte er keinen Waldbrand verursachen.

»Danke, dass Sie sich Zeit genommen haben, Inspektor.« Er stopfte das Etui in den Rucksack und wollte sich verabschieden, aber Rossi wandte sich um und zeigte mit der Hand zum Strand.

»Ich muss an die Arbeit. Kommen Sie?«

»Ich?«

Rossi ging zur Treppe und stapfte zum Strand.

»Na, wo Sie schon mal hier sind.«

Prohaska folgte ihm widerstrebend.

»Verstößt das nicht gegen irgendwelche Vorschriften?«

»Natürlich, aber das nehme ich auf meine Kappe. Wenn man sich überlegt, wer so alles in diesem Land gegen Vorschriften und geltende Gesetze verstößt, sich dabei die Taschen vollstopft, und das seit Jahrzehnten, dann ist das hier eine kaum erwähnenswerte Sache. Peanuts, sozusagen.«

»Na, wenn Sie das sagen.«

*

Man hatte den Toten aus dem Wasser geborgen und in einen Leichensack gelegt. Uniformierte suchten den Strandabschnitt nach Spuren ab, aber das aufgewühlte Meer hatte außer etwas Sand und Kieselsteinen nur bunte Glasscherben, zerbrochene Äste und Muscheln herausgespuckt. Ein Polizist zeigte dem Kollegen, der Prohaska hergebracht hatte, Fotos, die er mit dem Smartphone vom Fundort und der Leiche gemacht hatte.

Rossi blieb neben dem Leichensack stehen.

»Also, fangen Sie an.«

»Sie wollen doch nicht allen Ernstes, dass ich ihn mir anschaue?«

»Das wäre mir recht.« Rossi griff in seine Jackentasche, zog ein paar Einweghandschuhe heraus und hielt sie Prohaska hin. »Vorschrift.«

»Na dann ...«

Prohaska streifte die Dinger über, ging in die Hocke und versuchte, den stechenden Schmerz zu ignorieren, der ihm durch das linke Bein bis ins Rückenmark hinauffuhr.

»Haben Sie ihn in dieser Position vorgefunden?«

»Nein, er lag da drüben im Wasser, auf dem Bauch. Wir haben ihn herausgezogen, nachdem der Kollege die Fotos gemacht hatte.«

»Okay, dann fange ich halt an.«

Wie oft hatte er eine Leichenschau machen müssen, fragte sich Prohaska. Er wusste es nicht. Dennoch überkam ihn jedes Mal, wenn er einen Menschen sah, der gewaltsam ums Leben gekommen war, eine Traurigkeit, die er nicht mit ein paar flapsigen Bemerkungen überspielen konnte. Diese reflexartige Reaktion auf den Tod, die er bei vielen seiner Kollegen beobachtet hatte, war nicht sein Ding. Vor allem, wenn es sich um tote, misshandelte oder vernachlässigte Kinder handelte, musste er sich zwingen, sich auf die Arbeit zu konzentrieren und die Gedanken, die sich wie dicke Schlacke in seinem Inneren sammelten, zu verarbeiten oder zu verdrängen, damit sie nicht sein Leben vergifteten.

Er zog den Reißverschluss des Leichensacks auf, und als er den Kopf des Toten sah, schaute er zu Rossi, der breitbeinig und mit Händen in den Hosentaschen dastand und ihn beobachtete.

»Ein Ausländer, vermute ich«, sagte Prohaska.

»Tja, soweit so schlecht. Aber machen Sie weiter.«

»Also, der Tote ist recht dunkelhäutig, stammt vermutlich aus Südeuropa, vielleicht aber auch aus Nordafrika oder dem Nahen Osten.«

»Oder er ist schlicht ein zu dunkel geratener Zigeuner von unserem heiß geliebten Balkan.«

»Wenn schon, dann bitte ein Roma.«

»Jaja, von mir aus, ein Roma. Ich habe immer wieder erlebt, dass sich Menschen, die dieser Minderheit angehören, selbst so nennen«, sagte Rossi griesgrämig.

Prohaska nickte. Es war nicht der Ort, um diese Frage zu vertiefen.

»Sein Alter kann ich nur schätzen«, fuhr er fort. »Fünfundzwanzig bis dreißig Jahre alt, er hat schwarze, gelockte Haare und braune Augen, ist circa ein Meter fünfundsiebzig bis ein Meter achtzig groß, wiegt vielleicht fünfundsiebzig Kilo, eher weniger.«

Prohaska drehte den Kopf des Toten vorsichtig zur Seite.

»Das Einschussloch befindet sich hinter dem rechten Ohr, der Projektilaustritt auf der linken oberen Stirnhälfte. Ein großer Teil der Schädeldecke und der Stirn ist buchstäblich weggesprengt worden.«

Er stand auf, verlagerte sein Gewicht auf das andere Bein. Dann ging er erneut in die Hocke, hob den rechten Arm des Toten, bewegte das Handgelenk und den Unterarm und ließ ihn sinken.

»Die Leichenstarre ist kaum noch vorhanden. Seine Haut ist vom Meerwasser nicht zu sehr ausgelaugt, die Handflächen und die Finger sind kaum schrumpelig. Die Fingerkuppen intakt, also wird man seine Fingerabdrücke abnehmen können.«

»Wir werden hoffentlich bald herauskriegen, wer er ist. Die zweite Frage ist, ob er aus einem fahrenden Boot ins Meer geworfen und hier angespült wurde oder ob man ihn hier am Strand erschossen hat«, bemerkte Rossi. »Wir haben bisher keine Patronenhülsen gefunden und ich befürchte, dass wir auch keine finden werden. Aber ich wollte Sie nicht unterbrechen.«

»Kein Problem. Zum Kaliber kann ich nichts sagen. Er trägt weder einen Ehering noch eine Armbanduhr oder Schmuck. Und er hat nur einen Schuh.«

Prohaska öffnete die Jacke des Toten und schob das Sweatshirt hoch. Auf dem Brustkorb und Bauch war nichts Auffälliges zu sehen. Die Rippen zeichneten sich unter der Haut ab, was auf Mangelernährung schließen ließ. Er drehte den Leichnam auf die Seite.

»Das sind Folterspuren«, stellte er fest.

»Ja.«

Der Rücken des Toten war mit unzähligen Narben übersäht. Die an den Schulterblättern waren älter und verheilt, aber einige weiter unten und in der Nierengegend waren breit und rot.

Prohaska legte den Toten wieder auf den Rücken, zog den Reißverschluss des Leichensacks zu und erhob sich.

»Ich nehme an, dass er keine Ausweisdokumente oder sonstige Papiere bei sich hatte, die auf seine Identität schließen ließen.«

»Nein.«

»Diese Bestien!«

»Ja, es ist unfassbar, wozu der Mensch fähig ist.«

»Ich könnte kotzen vor Wut.«

»Einer meiner Männer, der da drüben, hat das schon erledigt.«

Prohaska verstand nicht sofort.

»Was erledigt?«

»Na, das Kotzen.«

»Ich möchte keine voreiligen Schlüsse ziehen, aber wie ich die Sache sehe, wurde der Mann regelrecht hingerichtet. Das aufzuklären wird ein schwieriges Stück Arbeit, Inspektor.«

»Weiß ich. Wir müssen so schnell wie möglich feststellen, wer er ist, woher er stammt und was er hier gemacht hat.«

»Vielleicht hat ihn jemand bereits vermisst gemeldet.«

»Das hoffe ich.«

»Ich sehe schon die Schlagzeilen: ›Toter am Strand bei Rovinj‹, ›Unbekannter in Rovinj erschossen‹ oder Kommentare, Mutmaßungen und Verschwörungstheorien in den sozialen Medien wie: ›Flüchtling aus Afrika erschossen‹ oder so etwas in der Art. Und dann wird sofort nach schärferen Gesetzen gerufen.«

»Es gibt genug Idioten, die sich auf die Sache stürzen werden, verlassen Sie sich darauf.«

»Ich habe Staatsanwalt Cipoletti um mehr Zeit gebeten. Er hat uns vierundzwanzig Stunden gegeben, seine Identität zu klären, dann wird die Presse informiert.«

»Ob das reicht?«

»Keine Ahnung. Ich lasse den Leichnam sofort in die Gerichtsmedizin nach Pula bringen.«

Rossi winkte den Männern vom Bestattungsdienst.

»Ihr könnt ihn mitnehmen.«

Sie zogen einen Blechsarg aus dem Wagen und kamen hinunter.

»Und wie ich schon sagte, kein Wort zu niemandem, klar?«

»Keine Sorge«, sagte einer der Männer mürrisch und machte sich mit seinem Kollegen an die Arbeit.

Prohaska ging nach oben, streifte die Plastikhandschuhe ab und zündete sich eine Zigarette an.

Als der Inspektor dazu kam, bot er ihm Zigarette an. Eigentlich rauchte Rossi Zigarillos, aber jetzt war ihm Nikotin in jeder Form recht. Sie blieben in der Nähe eines der Polizeiwagen stehen. Das hintere rechte Fenster war hinuntergelassen. Auf dem Rücksitz saß ein rothaariger Junge und schaute zu den Männern am Strand. Prohaska sah Rossi fragend an. Rossi nickte und blies den Rauch weg.

»Mario Galižan. Er hat ihn gefunden. Als wir ankamen, saß er dort auf der Mauer. Seine Hose war nass, der arme Junge zitterte wie Espenlaub.«

»Er hat sich in die Hose gemacht?«

»Nein, nein, er sagte, er sei vor Schreck ausgerutscht, als er den Toten entdeckt hatte. Ich habe mit seiner Mutter telefoniert. Sie wollte ihn abholen, aber ich habe es ihr ausgeredet und lasse ihn nach Hause bringen.«

Mario schaute zu ihnen.

»Wie alt ist er?«

»Vierzehn.«

»Und in welche Schule geht er?«

»Aufs Gymnasium.«

»Familienverhältnisse, Geschwister?«

»Wieso fragen Sie?«

»Es interessiert mich.«

»Also, er sagte, er habe einen älteren Halbbruder, der Vater arbeitet in einer Autowerkstatt, die Mutter ist Verkäuferin in einer Bäckerei. Sonst noch Fragen, Herr Kommissar?« Rossi grinste.

»Das genügt fürs Erste«, erwiderte Prohaska im selben geschäftsmäßig ironischen Ton und schmunzelte.

Rossi ging zum Fahrzeug, in dem Mario saß, öffnete die Beifahrertür, nahm eine Box mit Desinfektionstüchern vom Sitz und reichte sie Prohaska. Dann beugte er sich noch einmal in den Wagen.

»Na, alles okay?«

Mario nickte und zog die Decke, die man ihm gegeben hatte, fester um seine Schultern.

»Ist dir noch kalt?«

»Nein.«

»Gut. Es dauert nicht mehr lange, dann bringen wir dich nach Hause.«

Prohaska zupfte ein paar Tücher aus der Packung, wischte sich die Hände ab und ging zu einem Mülleimer, um die Tücher und Plastikhandschuhe hineinzuwerfen. Die Männer vom Beerdigungsinstitut trugen den Sarg zu ihrem Wagen und schoben ihn in den Fond.

Auf dem Weg näherte sich eine Joggerin, wurde langsamer und blieb stehen. Prohaska sah zu Rossi, der neben dem Polizeifahrzeug stand. Er schaute ebenfalls zur Joggerin. Mario öffnete die Autotür und stieg aus. Er hatte das Mädchen im Rückspiegel gesehen, dachte Prohaska. Sie stand unentschlossen da, machte dann auf dem Absatz kehrt und rannte zurück. Ihre zum Pferdeschwanz gebundenen Haare wippten hin und her. Mario starrte ihr nach. Auf seinen Wangen hatten sich rote Flecken gebildet.

»Kennst du die?«, fragte Prohaska.

»Ich, wieso?« Der Junge drehte sich zu Rossi. »Kann ich jetzt gehen?«

»Von mir aus. Du kriegst noch Bescheid, wann du zu uns kommen sollst. Wir müssen deine Aussage zu Protokoll nehmen.«

»Ist gut.«

Mario schnappte sein Fahrrad, schwang sich hinauf und radelte dem Mädchen hinterher.

»Er hat es aber eilig«, bemerkte Prohaska.

»Kann ich gut verstehen. Hübsches Mädchen.«

»Ich bin mir nicht sicher, aber ich glaube, dass er sie kennt.«

»Möglich. Hier kennt doch im Grunde jeder jeden. Aber ich werde ihn danach fragen.«

Der Leichenwagen setzte rückwärts und wendete. Rossi und Prohaska gingen zur Seite, der Fahrer nickte ihnen zu und fuhr weg.

»Ich muss wieder ins Büro«, sagte Rossi. »Steigen Sie ein, ich bringe Sie zurück.«

*

Rossi ließ Prohaska am Busbahnhof aussteigen und ermahnte ihn noch einmal, nichts auf eigene Faust zu unternehmen. Prohaska versprach es. Bis zur Carera waren es nur ein paar Schritte. Wie immer war der Platz zwischen dem Busbahnhof und einem langen Betongebäude, in dem sich Läden und Büros befanden, zugeparkt. Am Stand des fliegenden Buchhändlers, bei dem Prohaska schon einige Bücher erstanden hatte, war kein Mensch. Alles war wie immer. Die Nachricht von dem Toten am Strand schien sich noch nicht herumgesprochen zu haben. Am Eingang in die Via Carera rutschten Kinder auf der niedrigen Marmorskulptur, die wie eine Meereswelle geformt war. Ein alter Mann saß am Rand des Kunstwerks und grüßte, als Prohaska an ihm vorbeiging. Prohaska grüßte zurück. Die meisten hier wussten, dass er früher bei der Kriminalpolizei gearbeitet und auch mit der hiesigen schon zu tun hatte. Er spürte ihren leisen Argwohn. Wer wollte schon etwas mit der Polizei zu tun haben? Er lebte seit fast drei Jahre hier und fühlte sich auch wohl, trotzdem gehörte er nicht richtig dazu. Und das würde sich wahrscheinlich auch niemals ändern.

Das Päckchen war immer noch in seinem Rucksack. Er hatte es dem Inspektor nicht gegeben, und der hatte es schlicht vergessen. Prohaska war es im Moment vollkommen egal, ob auf dem Pinsel Blut oder Farbe war. Er wollte nur wissen, wer ihm das Ding geschickt hatte und vor allem warum.

*

»Und, was hat Rossi gesagt?«, fragte Ivo, als Prohaska den Fotoladen betrat.

»Wie ich schon sagte, solange nichts passiert ist, kann man nichts machen.«

»Na toll, ich dachte, er wäre dein Freund und Helfer.«

»Er hat im Moment ganz andere Sorgen.«

»Und der Tote? Weiß man, wer er ist?«

»Nein, aber das ist nicht mein Problem. Lass uns etwas essen gehen, ich habe Hunger.«

Prohaska leinte Bello an und sie verließen den Laden.

»Komm, erzähl schon. Was war da draußen los?«

»Ich darf dazu eigentlich nichts sagen, stehe quasi unter Schweigepflicht.«

»Er hat dich also doch in die Sache hineingezogen? Ich hab's gewusst.«

»So ist es auch wieder nicht«, erwiderte Prohaska, als sie durch den schmalen Durchgang zur Riva gingen.

»Rossi hat mir ein paar Details erzählt, und ich habe ihm versprochen, bis nach der Pressekonferenz nicht darüber zu reden. Das ist alles.«

»Ich verstehe. Halte dich da lieber raus.«

Sie gingen in Richtung *Tartufo bianco.*

Die Flut hatte ihren Höhepunkt erreicht. Die Wellen schwappten übermütig über die Kante des Hafenbeckens, die Bote schaukelten, Ankerketten klirrten. Der Wind trieb Wolken vor sich her, aber es war wärmer geworden. An der Mole vor dem Hauptplatz waren mehrere große Fischerboote festgemacht, die am Abend auslaufen würden. An der Mole hinter der Hafenmeisterei lagen zwei schnittige Luxusyachten. Rovinj entwickelte sich zum Treffpunkt der Reichen und Schönen.

Als sie das *Tartufo bianco* betraten, setzten sie sich an einen Tisch an der Fensterfront. Bello rollte sich zu Prohaskas Füßen zusammen und legte den Kopf auf die Vorderpfoten. Im Lokal befanden sich etwa zwei Dutzend Gäste.

Adela kam zu ihnen, grüßte und fragte, was sie zum Trinken möchten. Sie hatte mehr Schminke als sonst aufgetragen, vermutlich um die dunklen Schatten unter ihren Augen zu verdecken. Bei ihrem Anblick musste Prohaska an eine venezianische Porzellanmaske denken.

Er bestellte ein alkoholfreies Bier und Fuži mit Trüffeln. Ivo wollte nur einen Kaffee und behauptete, ausgiebig gefrühstückt zu haben, aber Prohaska wusste, dass er sich wie meistens zierte. Er musste ihn regelrecht überreden, sich etwas Richtiges zu bestellen, da er die Zeche ohnehin bezahlen würde. Nach einem kurzen Hin und Her, das sich bei ihnen inzwischen zu einem kleinen Ritual entwickelt hatte, entschied sich Ivo für ein Steak mit grünem Spargel und Kartoffeln.

»Und zum Trinken, der Herr?«

»Ein Mineralwasser, bitte.«

Adela nickte und ging zum Tresen.

»Und was hast du jetzt vor?«, fragte Ivo.

»Was soll ich schon vorhaben?«

»Na, wegen des Päckchens?«

»Abwarten und Bier trinken.«

»Du nimmst das ziemlich auf die leichte Schulter.«

»Vielleicht ist das Ganze nur ein übler Scherz?«

Als die Getränke kamen, erkundigte sich Prohaska nach Ivos beiden Söhnen und seiner Frau Miranda, die er seit längerer Zeit nicht gesehen hatte. Miranda arbeitete während der Sommersaison als Zimmermädchen in einem Hotel und kümmerte sich um die Familie und ihre alte Mutter, die ihre kleine Wohnung in der Altstadt kaum noch verließ.

»Den Jungs geht es gut, aber Miranda ist mit den Nerven total am Ende. Wenn das so weitergeht, werden wir ihre Mutter wohl oder übel zu uns nehmen müssen, ich weiß nur nicht, wie das gehen soll. Unsere Wohnung ist doch viel zu klein. Und zu Mirandas Schwester will sie auf keinen Fall, weil sie den Schwiegersohn nicht leiden kann. Dabei haben die ein großes Haus mit Garten und allem drum und dran. Du kennst sie doch. Die Oma könnte jeden Tag an die frische Luft, hätte ein schönes Zimmer, Essen, Pflege, Unterhaltung. Aber nein, der Gnädigen passt das natürlich nicht. Sie will niemandem zur Last fallen. Bedenkt aber nicht, dass Miranda alles für sie tut. Und natürlich darf man das Wort Altersheim nicht mal erwähnen. Was soll man machen?«

Prohaska kannte die Geschichte zu gut und nickte immer wieder verständnisvoll.

Das Päckchen ließ ihm einfach keine Ruhe. Es müsste sich doch eine Möglichkeit finden, das Blut auf dem Pinsel woanders als von der Polizei analysieren zu lassen. Er könnte die nette Arzthelferin in der Tierarztpraxis fragen, oder die bildhübsche Apothekerin, bei der er die Medikamente für Josefina abholte.

Während er Ivo zuhörte, sah er zum Fenster hinaus. Das Mädchen, das er im Waldpark gesehen hatte, ging in Begleitung einer blonden Frau am Lokal vorbei.

Er schob den Stuhl zurück und stand auf.

»Entschuldige, bin gleich zurück.«

»He, wo gehst du hin?«, rief Ivo, aber da war Prohaska bereits an der Tür.

Er folgte den beiden mit einigem Abstand. Sie gingen zum Hauptplatz, der immer noch Trg Maršala Tita hieß, obwohl man den Namen des früheren Staatsoberhauptes in den meisten kroatischen Städten inzwischen getilgt hatte. Aber allein dadurch, dass man die Straßennamen änderte, ließ sich die Geschichte nicht ändern. Das war nichts Neues, denn schon die alten Ägypter haben es vorgemacht. Die Vergangenheitsbewältigung war immer schon eine schwierige Sache, und in manchen Gesellschaften auch nicht unbedingt erwünscht.

Die jungen Frauen hatten sich untergehakt und unterhielten sich lebhaft. Die Begleiterin winkte und gestikulierte mit der freien Hand, als wollte sie die andere unbedingt von etwas überzeugen. Sie waren fast gleich groß, trugen Jeans, Turnschuhe und Windjacken.

Kurz vor dem Springbrunnen in der vorderen Mitte des Platzes holte er sie ein. Die Statue des nackten Buben mit einem Fisch auf dem Arm stand traurig auf ihrem Sockel, da man vor einiger Zeit das runde Wasserbecken, an dessen Rand sich Möwen und Passanten ausruhen konnten, entfernt hatte.

Prohaska überholte die beiden, blieb stehen und lächelte.

»Entschuldigung, könnte ich kurz mit dir reden?«, fragte er das Mädchen. Sie warf ihrer Begleiterin einen unsicheren Blick zu.

»Worüber denn?«

»Wir haben uns heute im Park gesehen.«

»Ja, und?«

»Ich bin Joe. Und wie heißt du?«

»Belinda, und das ist meine … das ist Vera«, sagte das Mädchen.

»Weißt du, was da am Strand passiert ist?«

»Nein, ich hab nur die Polizei gesehen.«

»Sind Sie etwa Polizist?«, fragte Vera.

»Nein, bin ich nicht.«

»Und was wollen Sie dann?«

»Nun, ich bin so etwas wie ein Privatdetektiv.«

»Das kann jeder behaupten. Haben Sie einen Ausweis dabei?«, fragte Vera.

»Ich sagte, ich bin so etwas *wie* ein Detektiv, und da braucht man keinen Ausweis.«

»Dann müssen wir auch nicht mit Ihnen reden, oder?«

»Ich habe nur ein paar Fragen, dann bin ich wieder weg.« Er wandte sich an Belinda. »Die Polizei wird sich ohnehin demnächst bei dir melden.«

»Warum denn?«

Prohaska lächelte, ging aber nicht darauf ein.

»Gehst du da oft zum Joggen?«

»Nur an Wochenenden.«

»Ist das etwa verboten?«

»Natürlich nicht. Ist dir da heute jemand begegnet oder hast du etwas gesehen oder gehört? Vielleicht ein Auto, ein Motorrad oder ein Boot?«

»Ich sagte doch, ich habe nur die Polizei gesehen. Und gehört habe ich nichts, weil ich beim Laufen Kopfhörer trage und Musik höre.«

»Okay.«

»War's das? Wir müssen weiter«, sagte Vera ungehalten.

»Eine Frage noch. Kennst du Mario Galižan?«

»Klar, wir sind in derselben Klasse.«

»Seid ihr eng befreundet?«

Belinda schüttelte den Kopf.

»Wie kommen Sie auf so was?«

»Na ja, ich hatte den Eindruck, dass er sehr an dir interessiert ist. Hat er dich noch eingeholt?«

»Wie, eingeholt?«

»Na, heute Morgen.«

»Ich verstehe nicht. War er auch dort?«

»Ja. Mit seinem Fahrrad.«

»Also, ich habe ihn nicht gesehen und eingeholt hat er mich auch nicht.«

»Was ist denn dort passiert?«, fragte Vera jetzt freundlicher.

Prohaska senkte die Stimme.

»Mario hatte, sagen wir mal so, eine ziemlich unangenehme Begegnung.«

»Oha!« Belinda schaute entsetzt zu Vera, legte die Hand vor den Mund und starrte Prohaska an.

»Die Polizei ermittelt natürlich in der Sache«, ergänzte er.

»Sie etwa auch?«, fragte Vera.

»Nein.«

»Aber Sie stellen so komische Fragen.«

»Ich kann nicht darüber reden, es ist eher etwas Privates.«

Veras Gesicht verfinsterte sich.

»Na, wenn das privat ist, können wir Ihnen ganz bestimmt nicht helfen.« Dabei verdrehte sie die Augen, als wollte sie sagen: ›Der Typ hat sie doch nicht alle.‹

»Belinda, komm jetzt.«

Belinda ließ sich mitziehen, aber nach ein paar Schritten drehte sie sich um und sah Prohaska erschrocken an. Ihn beschlich das dumpfe Gefühl, dass sie nicht die Wahrheit gesagt hatte.

Ivo platzte fast vor Neugier, als Prohaska zurückkam.

»Was war denn? Wo warst du?«

»Nichts, ich habe nur zufällig das Mädchen gesehen, das heute Morgen auch an der Punta Corrente war und habe ihr ein paar Fragen gestellt.«

Ivo schüttelte den Kopf.

»Was für ein Mädchen, was für Fragen? Sagtest du nicht, dass du dich aus der Sache heraushältst?«

»Das tu ich.«

»Ja, ja, man merkt's.«

Prohaska trank einen Schluck Bier, das Adela in seiner Abwesenheit gebracht hatte. Und weil Ivo nicht zu fragen aufhörte, erzählte er ihm, was sich am Strand zugetragen hatte.

»Das bleibt aber bitte unter uns.«

Ivo sah ihn beleidigt an.

»Das musst du nicht extra sagen.« Adela kam mit dem Essen, wünschte guten Appetit und ließ sie allein.

»Kennst du diesen Mario? Er hat schulterlange rotblonde Haare, trägt eine Brille und geht aufs Gymnasium, vermutlich in die achte Klasse«, fragte Prohaska und begann zu essen.

»Nein, aber mein Nikola vielleicht. Er ist allerdings in der sechsten. Ich frage ihn gleich.«

Ivo rief zuhause an, aber es meldete sich keiner.

»Vielleicht kennt Miranda seine Eltern. Sie ist für die Elternabende zuständig.« Er wählte ihre Handynummer.

»He, ich bin's. Wo bist du? Bei Mama? Okay. Ist Nikola bei dir? Ach, stimmt, er hat heute Nachmittag Sport. Sag mal, kennst du einen Mario Galižan oder seine Eltern? Er geht auch aufs Gymnasium, achte Klasse vermutlich, lange rote Haare, Brille? Nein? Na gut. Warum? Ach, nur so. Ja, ich bin mit Joe essen. Er lässt grüßen. Ja, ist gut. Nein, mach dir keine Sorgen. Alles okay. Ja, sag ich ihm. Ciao.«

Er drückte das Gespräch weg und legte das Handy neben seinen Teller.

»Ich soll dich grüßen. Sie fragt Niko später.«

»Danke, das ist gar nicht dringend. Mich beschäftigt etwas ganz anderes.«

»Und das wäre?«

»Ich glaube, dass dieses Mädchen, sie heißt übrigens Belinda, den Nachnamen hat sie mir natürlich nicht verraten, also, ich glaube, dass sie vor etwas oder jemandem Angst hat. Und die andere war richtig schnippisch, sie schien sie beschützen zu wollen.«

»So sind unsere Mädchen halt. Sie lassen sich nicht von jedem anmachen.«

»Na hör mal, ich habe sie doch nicht angemacht. Ich könnte ihr Vater sein.«

»Das weiß ich doch. Und was kam dabei heraus?«

»Gar nichts. Belinda sagte, sie habe nur die Polizeiautos gesehen und mit Mario sei sie nicht befreundet. Als ich erwähnte, dass ich aus privaten Gründen frage, haben sie mich angeschaut, als hätte ich etwas Unanständiges gesagt.«

»Kein Wunder.«

»Wieso?«

»Du weißt es nicht?«

»Was denn?«

Ivo beugte sich über seinen Teller.

»Es ist ein offenes Geheimnis, dass sich an der Punta Corrente Liebespärchen treffen, auch gleichgeschlechtliche.«

»So, tun sie das?«

»Mann, du hast es echt nicht gewusst?«

»Nein, woher auch?«

Prohaska wusste nur, dass es in der Nähe der Stadt einige FKK-Strände gab. Nach dem Zerfall Jugoslawiens und dem wieder erstarkten, erzkonservativen Katholizismus betrachtete man die Freizügigkeiten aus der vergangenen Ära mit Argwohn. Nach einigen Vorkommnissen, als irgendwelche Spanner und Pädophile Fotos von Kindern machten und im Internet veröffentlichten, und Paare am helllichten Tag und vor aller Augen am Strand freie Liebe praktizierten, war der Aufschrei in der Presse und Öffentlichkeit riesig. Seitdem kontrollierte die Polizei diese Strandabschnitte regelmäßig. Aber es gab immer wieder Vorfälle, außerdem steuerten immer noch Ausflugsboote genau zu diesen Stränden, um den Fahrgästen die Möglichkeit zu geben, ihre Sensationsgier zu befriedigen. Solchem Spießertum war einfach nicht beizukommen.

»Dann frag doch mich«, sagte Ivo.

»Sehr witzig. Jetzt ist mir klar, warum die beiden so komisch geschaut haben.«

»Tja, mein Lieber, es könnte sein, dass man dich nun zum anderen Ufer zählt und du womöglich entsprechende Anfragen bekommst.«

»Ist mir doch Wurscht.«

»Genau, ist der Ruf erst ruiniert ...«, säuselte Ivo und wurde dann wieder ernst. »Und was jetzt?«

»Nichts, lass uns gehen.«

Prohaska winkte Adela und bat um die Rechnung.

»Wie geht es Luca? Ich habe ihn seit einer Ewigkeit nicht gesehen«, fragte er, als er die Zeche bezahlte.

Adelas Schwiegervater, Luca Aquila, war verwitwet und lebte in einem Dorf in der Nähe von Grožnjan, einem mittelalterlichen Städchen im Nordwesten von Istrien. Mindestens einmal im Monat kam er nach Rovinj, um mehr oder weniger heimlich seinen Enkel zu sehen, den sein Sohn Maurizio mit einer anderen Frau gezeugt hatte. Diese Treffen fanden in einer Wohnung am Stadtrand statt, die Maurizio für sich und seine Zweitfamilie angemietet hatte. Er hatte die Scheidung von Adela beantragt, aber das Verfahren zog sich hin, weil sich Adela nicht nur wegen des Lokals weigerte, geschieden zu werden. Und da sie sich bei der Arbeit täglich sahen, mussten sie auf eine einigermaßen zivilisierte Weise miteinander auskommen, ohne dass die Gäste etwas merkten. Adela hatte inzwischen gelernt, mit der Situation zurecht zu kommen und verlor kaum ein Wort über ihren Noch-Ehemann und seinen alten Vater, der ihnen seit Jahren in den Herbst- und Wintermonaten frische Trüffel brachte, die er mit Hilfe von Aurora, seinem Hausschwein, in den Wäldern und im Mirna-Tal zu suchen pflegte.

»Keine Ahnung. Ich nehme an, es geht ihm gut. Er kommt morgen wieder in die Stadt, um den kleinen Bastard zu sehen«, sagte sie schmallippig.

Prohaska war im Begriff, das Lokal zu verlassen, als die Küchentür aufschwang und Maurizio mit zwei Tellern voll dampfender Pasta und Trüffelsoße erschien und sie auf die Theke stellte. Er war schlanker geworden und seine dunklen Augenringe sprachen Bände. Vermutlich bekam er wegen seines Kleinen zu wenig Schlaf.

»He Joe, wie geht's, alles klar?« Maurizio wischte sich die Hände an der Schürze ab und klopfte Prohaska auf die Schulter.

»Danke, alles gut. Und bei dir?«

»Das Leben muss weitergehen«, erwiderte Maurizio und sah kurz zu Adela, die ihn keines Blickes würdigte.

»Genau.«

»Tja, ich muss wieder rein, man sieht sich.« Er nickte Prohaska zu und verschwand in seiner Küche.

Als sie in die Carera zurückkamen, wartete eine Frau vor dem Fotoladen und erklärte Ivo wortreich, dass ihr Fotoapparat den Geist aufgegeben habe und sie ihn reparieren lassen möchte. Sie gingen hinein, Ivo sah sich das Ding an und schüttelte den Kopf. Da war nichts zu machen. Die Reparatur lohnte sich nicht und würde teurer sein als eine neue Kamera. Während er ihr einige Modelle zeigte, machte Prohaska Kaffee.

»Ich gehe mit dem Hund Gassi, muss nachdenken«, sagte er, als die Kundin fort war und Ivo ins Hinterzimmer kam.

»Das hat noch keinem geschadet.«

»Dann mach nicht so ein Gouvernantengesicht.«

»Ich kann mich nur wiederholen: Halte dich aus der Sache raus.«

*

Eine halbe Stunde später war Prohaska wieder auf der Uferpromenade und ging auf die Mole. Bello schnüffelte an einem Haufen Fischernetze, ein Linienboot tuckerte zur Insel Katarina. Der Wind hatte die Wolken vertrieben. Vor den Cafés waren Sonnenschirme aufgespannt, die Tische mit Touristen und Angestellten der umliegenden Banken und Firmen besetzt. Sie hatten offensichtlich Feierabend und waren an ihren dunklen Kostümen und Anzügen leicht zu erkennen. Egal wie niedrig ihre Gehälter im Vergleich zu denen im Westen Europas auch waren, nach außen hin sah man es ihnen nicht an. Mehr Schein als Sein, dachte Prohaska und sah an sich herunter. Er trug bequeme Sportschuhe, Jeans, Sweatshirt und seine alte Wildlederjacke, die ihn überall hin begleitete. Dass er eine gewisse Anziehungskraft auf Frauen ausübte, lag sicher nicht an seinem Kleidungsstil. Er konnte nichts dafür, dass man ihn hin und wieder anhimmelte. Er war ein zurückhaltender Mann und überspielte seine Scheu mit einem Lächeln und höflichen Manieren. Er war froh, dass er niemandem etwas beweisen musste. Was er nicht ausstehen konnte, war plumpe Anmache und Aufdringlichkeit. Wenn es sich dann wider Erwarten aus einem Flirt eine unverbindliche kurze Beziehung ergab, natürlich zu beiderlei Vergnügen, war er der Letzte, der sich querstellte. Er war ein Gentleman, zumindest versuchte er immer, einer zu sein. Und da die Initiative nur selten von ihm ausging, wäre es mehr als taktlos, würde er ein eindeutiges Angebot ablehnen. Aber das alles waren Dinge, die nur die betreffende Frau und ihn etwas angingen. Diskretion verstand sich von selbst, denn in einer Kleinstadt wie dieser sprach sich so etwas schnell herum und die Frau, über deren Lebenswandel geredet wurde, trug den größeren Schaden davon.

Die Uhr am roten venezianischen Turm zeigte kurz vor fünf. Die Tür des Touristikbüros, das sich in dem Gebäude befand, stand offen und Prohaska musste sofort an Nora denken. Doch es hatte keinen Sinn, sich den Kopf zu zerbrechen, ob sie die Explosion und das Feuer auf der Insel damals überlebt hatte.

Und sobald er an sie dachte, kam ihm Martha in den Sinn. Hatte sie ihn wirklich gerngehabt oder war er nur eine willkommene Ablenkung von ihren Eheproblemen gewesen? Und er? War er aufrichtig zu ihr gewesen? Er hatte es einfach geschehen lassen, als Martha in jener Nacht bei ihm geblieben war. Sie schickte ihm ab und zu eine SMS, um sich zu erkundigen, wie es ihm ging, aber das tat sie vermutlich nur aus Höflichkeit. Oder aus Langeweile. Und er antwortete ebenfalls höflich, ohne sie mit seinen Gefühlen zu behelligen. Wozu auch? Sie hatte ihm nicht allzu viel über sich erzählt, aber es war eindeutig, dass ihr das Schreiben am wichtigsten war. Es spielte keine Rolle, ob ihr Mann ein emotionsarmes Trampeltier oder ein langweiliger Spießer war, denn er bot ihr die materielle Sicherheit, sich als Schriftstellerin zu verwirklichen. Für sie war er vermutlich nur ein frühpensionierter Expolizist, der ihr zwar einmal geholfen hatte und mit dem sie ein unbedeutendes Techtelmechtel gehabt hatte, der sich ansonsten im Süden einen Lenz machte und genauso ein Langweiler war wie ihr Mann. Wenn ihr die Wirklichkeit zu fad wurde, konnte sie sich neue Romanfiguren und Welten ausdenken. In ihrem Leben war er eine Randnotiz, die sie in einer ihrer Geschichten verwenden könnte. Dafür hatte er sogar ein gewisses Verständnis. Er würde sich nicht in Selbstmitleid suhlen oder falsche Hoffnungen machen. Martha war nicht die einzige Frau auf der Welt. Er würde ganz bestimmt nicht den Rest seines Lebens auf sie warten.

Auch dieses anonyme Päckchen konnte ihm egal sein. Er hatte Besseres zu tun, als einem Phantom nachzujagen.

»Komm Bello, wir gehen.« Sie machten kehrt.

Unterwegs rief er die Nummer an, die Ivo ihm wegen des morgigen Auftrags gegeben hatte, aber es meldete sich nur die Mailbox. Er hinterließ die Nachricht, dass er rechtzeitig um zwei Uhr vor der Kirche sein würde.

»Entschuldigung, Sie sind doch Joe Prohaska?«, fragte jemand hinter ihm, als er am Café *Kavana na lokvi* in die Carera einbog.

Er blieb stehen und schaute sich um. Bello verhielt sich wider Erwarten ganz still.

Die Frau war um die vierzig, groß und schlank, fast mager. Die weizenblonde fransige Mähne mit dunklem Haaransatz fiel ihr über die Schultern. Jeans, graue Baumwolljacke, schwarze Schultertasche, Turnschuhe. Eine Sonnenbrille verdeckte ihre Augen, die Nase war schmal und lang, die ungeschminkten Lippen mit einer Spur ins Bläuliche, als würde sie an Sauerstoffmangel leiden oder frieren. Die Mundwinkel zeigten nach unten, die Falten um den Mund und an der Stirn waren Zeichen echten Kummers. Wie auch immer, dachte er, für heute war sein Bedarf an Neuigkeiten mehr als gedeckt.

»Ja, das bin ich. Warum?« Sie nahm die Sonnenbrille ab und schob sie in die Haare. Ihre hellblauen Augen hatten bräunliche Sprenkel.

»Ich muss Ihnen etwas Wichtiges sagen.«

»Und was wäre das?«

Sie schaute sich nervös um und setzte die Sonnenbrille wieder auf. Er deutete zu einem kleinen Restaurant, das sich nur wenige Schritte auf der anderen Seite des Platzes befand.

»Möchten Sie sich setzen?«

»Nein, danke, ich kann nicht lange bleiben.«

Er nickte.

»Ich hab gehört, dass Sie früher bei der Polizei gearbeitet haben.«

»Ja, und?«

»Arbeiten Sie jetzt bei der unseren?«

»Wie kommen Sie darauf?«

»Na ja, ich habe gehört, dass Sie heute an der Punta Corrente waren.«

»Ja, war ich.«

Vielleicht hatte sie die Information von dem Jungen oder einem der Männer von der Bestattungsfirma, oder von einem Polizisten, überlegte Prohaska.

»Aber deswegen wollte ich Sie nicht sprechen«, sagte sie.

»Sondern?«

»Es geht um das Päckchen.«

»Was für ein Päckchen?«

»Sie wissen schon. Ich habe gehört, dass Sie ...«

»Sie scheinen aber viel gehört zu haben. Ich habe zwar Zeit, aber nicht für irgendwelchen Unsinn. Also, woher wissen Sie davon?«

Sie biss sich auf die Unterlippe und sprach dann so leise, dass er einen Schritt näherkommen musste.

»Ich weiß, wer es Ihnen geschickt hat.«

»Aha, und wer?«

Sie schaute an ihm vorbei auf die andere Seite des Platzes und zuckte zusammen. Prohaska drehte sich um, aber außer zwei Müttern, die ihre Kinder an der Hand führten, Frauen mit Einkaufstüten und einem bärtigen Mann, der auf hellblauen Krücken vorbeiging, gab es nichts Besonderes zu sehen.

»Nun?«, fragte Prohaska.

»Ich kann es jetzt leider nicht sagen.«

Er schüttelte den Kopf und wandte sich zum Gehen.

»Aber wenn Sie mir versprechen, dass Sie nicht zur Polizei gehen ...«

Prohaska sah sie nur an, sagte aber nichts.

»Haben Sie es denen etwa schon gesagt?«

»Und wenn schon?«

»Aber dadurch ändert sich die Situation vollkommen.«

»Wovon reden Sie? Was für eine Situation?«

Er musste sich zusammennehmen, um nicht laut zu werden.

»Wissen Sie, was in dem Päckchen war?«

Sie schüttelte kaum merklich den Kopf.

»Ja oder nein?«

»Ja.«

»Und weiter?«

»Da war auch eine Zeitung … ein Artikel … es geht um einen Mord, bei dem Sie die Ermittlungen geleitet haben.«

»Ich habe unzählige Ermittlungen geleitet.«

Die Frau sah sich schon wieder um und flüsterte:

»Sagt Ihnen der Name Ribar etwas?«

»Ich glaube nicht.«

»Mirko Ribar? Er hat seinen besten Freund erschossen …«

»… und ist jetzt wieder draußen«, ergänzte Prohaska verdattert. Das war der Name.

Die Frau sah ihn erschrocken an. »Verstehen Sie jetzt?«

Prohaska fiel es immer schwerer ruhig zu bleiben.

»Nein. In dem Artikel stehen keine Namen. Kennen Sie den Mann?«

Sie schüttelte den Kopf.

»Ist er in Rovinj?«

»Ich glaube ja. Er ist gefährlich.«

»Für wen?«

»Für Sie, für mich und ein paar andere.«

»Wissen Sie, was in dem Päckchen noch drin war?«

Sabina nickte.

»Ja, ein Etui mit einem Pinsel.«

»Und was hat es damit auf sich? Haben Sie etwas damit zu tun?«

»Tut mir sehr leid, aber ich muss jetzt wirklich gehen.«

»Okay.«

Prohaska holte sein Notizbuch aus der Jackentasche, riss eine Seite heraus und schrieb seine Handynummer darauf.

»Rufen Sie mich an, falls Sie erfahren, wo er ist. Wie heißen Sie eigentlich?«

»Sabina.«

Prohaska nickte und erwartete gar nicht, dass sie ihm auch den Nachnamen verriet.

Sie schaute sich nervös um, faltete den Zettel zusammen und steckte ihn ein.

»Ciao, und seien Sie vorsichtig«, flüsterte sie und entfernte sich eilig.

»Ich kann selbst auf mich aufpassen«, murmelte Prohaska.

*

Es war schon dunkel, als Prohaska in Kloštar ankam. Er war noch eine Weile bei Ivo gewesen, hatte aber das Gespräch mit Sabina mit keinem Wort erwähnt. Dass er es verschwiegen hatte, bereitete ihm zwar ein wenig Kopfzerbrechen, andererseits wollte er Ivo nicht noch mehr beunruhigen.

Er ließ die Katze ins Haus, die auf der Terrasse aufgetaucht war, gab ihr und Bello zu Fressen, räumte die Einkäufe weg und ging ins Badezimmer. Nach dem Duschen schlüpfte er in den Morgenmantel, ließ sich in seinen Sessel fallen, legte die Beine auf den Tisch und schaltete den Fernseher ein. In ein paar Minuten würden die Abendnachrichten kommen.

Es läutete an der Haustür. Bello sauste in den Flur.

Das wird Enzo sein, dachte Prohaska, schaltete den Fernseher aus und öffnete die Tür.

Martha Schön stand da und machte ihrem Namen alle Ehre. In dem dunkelgrünen Etuikleid und einem farblich passenden Jäckchen sah sie umwerfend aus. Die rote Haarmähne hatte sie zu einem Pferdeschwanz gebunden.

Prohaska war unfähig, ein Wort zu sagen.

»Hallo Joe. Ich komme wohl etwas ungelegen?«

»Ja, ich meine nein, nein, ich war unter der Dusche.«

Er zog den Gürtel des Morgenmantels enger und fuhr sich mit der Hand durch die nassen Haare.

Bello sprang kläffend sie herum.

»Der ist aber herzig.«

Prohaska schob Bello ins Haus. »Ist gut jetzt«, raunte er ihm zu.

»Entschuldige, dass ich so unangemeldet hereinplatze. Ich wollte dir nur schnell Hallo sagen. Möchte dich nicht lange stören.«

»Aber nein, kein Problem.«

»Darf ich hereinkommen?«

»Ja, natürlich, bitte.«

Er ließ sie eintreten. Ein kaum wahrnehmbarer Duft ihres Parfüms stieg ihm in die Nase. Er erinnerte ihn an etwas. Oleander vielleicht?

»Ich wollte dir schreiben, dass ich herkomme, aber dann dachte ich, es wäre doch netter, dich zu überraschen.«

»Was dir auch gelungen ist.«

Sie gingen ins Wohnzimmer.

Er hätte sie zur Begrüßung umarmen sollen, dachte er, immer noch etwas konsterniert. Aber als Martha die Arme verschränkte, schob er seine Hände in die Taschen des Morgenmantels. Dass sie ihn so antreffen musste, war ihm peinlich, aber nun konnte man nichts daran ändern.

»Ich hatte ganz vergessen, wie schön du das Haus eingerichtet hast. Und deine Bilder! Vor allem diese Portraits, so ausdrucksstark, authentisch.« Sie zeigte auf die großen schwarz-weißen Fotos in Silberrahmen, die an der Wand hinter der Couch hingen. »Du bist ein echter Künstler!«

Prohaska deutete eine Verbeugung an.

»Danke, zu viel der Ehre, aber ich bin nur ein Amateur.«

»Komm, sei nicht so bescheiden.«

Prohaska lächelte. Er hatte schön öfter Lob für seine Fotografien bekommen und freute sich auch darüber, aber er hatte diesen Beruf nicht von der Pike auf gelernt, sondern arbeitete intuitiv und war nur selten mit dem Ergebnis zufrieden.

»Aber bitte, nimm doch Platz, ich geh mich schnell umziehen.«

Martha setzte sich auf die Couch. Bello schnupperte an ihrer Hand, die sie ihm entgegenhielt.

»Möchtest du einen Kaffee oder lieber etwas anderes?«, fragte Prohaska.

»Einen Kaffee, aber mach dir keine Umstände. Ein Glas Wasser tut es auch.«

»Du machst mir keine Umstände.«

»Doch, und es tut mir leid. Ich hätte anrufen sollen.«

»Ach was! Ich bin gleich wieder da.«

Er ging ins Schlafzimmer, und während er in die Jeans schlüpfte und ein weißes T-Shirt und ein schwarzes Hemd überstreifte, fragte er sich, warum sie wieder hierhergekommen war und wie lange sie bleiben würde. Er hatte doch vor wenigen Stunden noch an sie gedacht und sich damit abgefunden, sie nie wieder zu sehen. Als er ins Wohnzimmer zurückkam, saß Martha mit geschlossenen Augen zurückgelehnt da, Bello lag ihr zu Füßen.

Prohaska räusperte sich. »Der Kaffee kommt gleich.«

Martha zuckte zusammen.

»Oh, ich bin doch tatsächlich eingenickt.«

»War die Fahrt anstrengend?«

»Ja, es war sehr viel los. Und an der blöden Grenze musste ich über eine Stunde warten.«

»Wenn du in die Küche mitkommen möchtest …«

Martha stand auf, folgte ihm und setzte sich an den Küchentisch.

Prohaska füllte Wasser und Kaffeepulver in einen Espressokocher und stellte ihn auf den Herd. Dann holte er eine Flasche Mineralwasser, Gläser und Tassen und stellte sie auf ein Tablett. Dabei stieß er mit der Hand an eine Tasse, sie fiel herunter und zerschellte auf dem schwarz-weiß karierten Steinboden.

»Schade um das schöne Stück«, rief Martha und half ihm, die Scherben aufzusammeln. Ihre Finger berührten sich kurz.

»Ach, nicht so schlimm, das ist Massenware aus dem Supermarkt.«

Er holte einen Kehrbesen und eine Schaufel, fegte die Splitter zusammen und warf sie in den Abfalleimer.

»Aber Scherben bringen Glück, egal ob Massenware oder nicht.«

Prohaska schmunzelte.

»Okay, wenn du es sagst.«

Der Espressokocher röchelte vor sich hin. Prohaska nahm ihn herunter, stellte ihn auf das Tablett und holte eine neue Tasse.

»Darf ich hier rauchen?«

»Ja, natürlich.«

Martha nahm ein Päckchen Zigaretten aus ihrer Handtasche und bot ihm eine an. Er zog eine heraus, gab ihr Feuer und zündete seine Zigarette an.

»Willst du im Wohnzimmer oder lieber hier …?«

»Was?«

»Kaffee trinken, meine ich.«

»Ganz wie du magst.«

»Gehen wir rüber.«

Prohaska ließ ihr den Vortritt und stellte das Tablett auf den runden Glascouchtisch.

»Ich war vor einer Stunde schon hier«, sagte sie, nachdem sie sich gesetzt hatte.

»Ich war in Rovinj. Milch und Zucker?«

»Schwarz, bitte.« Er setzte sich gegenüber.

»Ich kann noch gar nicht glauben, dass du es tatsächlich bist«, sagte er.

Marthas Gesichtsausdruck veränderte sich. Sie versuchte zu lächeln, aber ihre Mundwinkel zuckten, als würde sie in Tränen ausbrechen.

»Ich auch nicht.«

›Was hat sie auf einmal‹, fragte er sich, während er an seinem Kaffee nippte und sie ansah. Sie wich seinem Blick aus.

»Ich hatte Sehnsucht«, sagte sie leise, schaute ihm in die Augen und fügte dann schnell hinzu: »Nach dem Meer.«

»Ja, das Meer … kann ich gut verstehen.«

Er wartete, dass sie weitersprach, aber sie tat es nicht.

»Ist etwas passiert?«

»Nein, nein, ich brauche einfach nur ein wenig Ruhe, Zeit für mich. Außerdem muss ich dringend weiterschreiben. Und daheim geht es nicht, da bin ich zu abgelenkt. Der Abgabetermin ist in sechs Wochen und ich habe nicht einmal die Hälfte des Manuskripts.«

Prohaska stellte die Tasse ab.

»Das ist knapp.« Er hätte gern gewusst, worüber es in ihrem neuen Roman ging, aber stattdessen fragte er:

»Und wie lange kannst du hierbleiben?«

»Ein, zwei Wochen, je nachdem, wie ich vorankomme.«

Sie schaute zu Bello, der auf seiner Decke neben dem Kamin döste.

»Ist das der, der dir damals zugelaufen ist?«

»Ja.«

Prohaska glaubte, dass sie zum Schreiben hergekommen war, dennoch vermutete er noch einen anderen Grund. Sie war viel ernster als er sie in Erinnerung hatte, hatte irgendwelche Sorgen. Im vergangenen Sommer hatte sie ihm so gut wie nichts über ihr Privatleben erzählt und er wollte jetzt auch nicht zu neugierig erscheinen.

»Und wie heißt er?«

»Bello.«

»Das passt wirklich.« Sie sah wieder zu Prohaska und lächelte. Prohaska nickte.

»Und du bist nicht allein.«

»Na ja, manchmal ist er eine echte Nervensäge«, sagte er und warf einen Blick auf seine Armbanduhr. Es war zehn Minuten nach acht. Die Nachrichten hatte er jedenfalls verpasst. Aber das war nicht so wichtig.

Martha stand auf.

»Oh, schon so spät, ich muss weiter und du hast sicher auch zu tun. Danke dir für den Kaffee.«

Prohaska erhob sich ebenfalls.

»Nein, ich muss nachher nur zu Enzo und Josefina.«

Sie nahm ihre Handtasche und erhob sich.

»Wohnst du wieder nebenan?«, fragte er, als sie vor der Tür standen.

»Nein, ich habe in Rovinj ein Appartement gemietet und muss gleich die Schlüssel abholen.«

›Tja, sie wollte von vornherein vermeiden, dass ihr euch täglich über den Weg läuft‹, meldete sich die Stimme.

»Aber die kannst du sicher später holen. Komm doch mit. Enzo hat mich zum Abendessen eingeladen, es gibt Brathähnchen. Josefina wird sich freuen, dich zu sehen. Und wenn du möchtest, kannst du hier übernachten, ich habe oben inzwischen ein Gästezimmer.« Er deutete mit dem Kinn zur Zimmerdecke.

Martha öffnete die Tür und trat hinaus.

»Sehr nett, aber ich glaube nicht, dass es eine gute Idee wäre. Grüß die beiden von mir. Gute Nacht.«

Prohaska streckte die Hand aus, aber Martha drehte sich um, ging eilig zu ihrem Auto, das vor dem Haus stand, stieg ein und fuhr davon.

Erst da fiel ihm ein, dass er vergessen hatte, sie nach der Adresse zu fragen.

Am nächsten Morgen fühlte Prohaska sich wie gerädert. Nachdem Martha am Abend gegangen war, hatte er eine Weile gebraucht, um sich zu sammeln, bevor er zu Enzo ging. Josefina war enttäuscht, dass er ohne seine »Verlobte« gekommen war. Er hatte einige Mühe, ihr begreiflich zu machen, dass es keine Verlobte gab und auch keine geben würde. Das Essen war köstlich, aber er aß wenig und mehr aus Höflichkeit, obwohl ihn Josefina ständig aufforderte, richtig zuzugreifen. Stattdessen hatte er mit Enzo zwei Flaschen Wein und einige Grappa getrunken.

Nachdem er eine Kleinigkeit gegessen hatte, ging er mit Bello zu Enzo rüber und bat ihn, auf den Hund aufzupassen, weil er ihn wegen eines Foto-Auftrags nicht mitnehmen könne. Josefina bestand darauf, ihm einen Kaffee zu machen und sie plauderten noch eine Weile. Es war ein herrlicher Frühlingstag, der Himmel strahlte azurblau und wolkenlos. Die Luft duftete nach frisch gepflügter Erde. Prohaskas Kopfschmerzen ließen allmählich nach, aber seine Stimmung war immer noch gedrückt. Martha war in der Stadt, für ein oder zwei Wochen. Wie sollte er sich jetzt verhalten?

›Was für eine dumme Frage?‹, meldete sich seine innere Stimme. ›Sei einfach du selbst.‹

›Fällt dir nichts Besseres ein als solche hohlen Phrasen?‹, fragte er genervt zurück.

›Na gut, dann sei ehrlich und sag ihr, was du ihr zu sagen hast.‹

Er klappte das Verdeck herunter und fuhr los. Die ersten Urlauber waren angekommen. Das merkte er, als er die Landstraße erreichte und sich in die lange Autokolonne einfädelte. Nach einer Dreiviertelstunde war er endlich am Nordhafen, nahm die Fototasche und das Stativ aus dem Wagen und ging in die Altstadt. In der Švalba, die eigentlich Ulica Vladimira Švalbe hieß, kam er an dem Haus vorbei, in dem er schon einmal gewesen war.

Kurz vor halb zwei stand er vor der Kirche, packte die Kamera aus und machte ein paar Aufnahmen vom Glockenturm, dem Hafen und den Inseln. Die Oleander blühten, Grillen zirpten im Gras,

Möwen segelten im Wind und stürzten sich ins Meer. Eine Jacht glitt lautlos an der Insel Katarina vorbei, das Meer glitzerte wie gegossenes Silber und die Dünung kräuselte sich wie feines Mousselin. Die Zeit schien still zu stehen und Prohaska sagte sich zum tausendsten Mal, dass seine Entscheidung, hierher zu ziehen, eine der besten seines Lebens gewesen war.

An die Mauer gelehnt, die den Kirchplatz umfasste, die Kamera vor dem Gesicht, beobachtete er durch den Sucher die Hochzeitsgäste, die langsam, zu zweit oder in Grüppchen hinaufkamen. Man begrüßte sich, wie bei solchen Gelegenheiten überall auf der Welt, mit Küsschen links und rechts, höflichen oder herzlichen Umarmungen oder Schulterklopfen. Die Frauen, eine hübscher als die andere und nach der neuesten Mode frisiert und geschminkt, bewegten sich schlafwandlerisch sicher auf ihren High Heels und sahen aus, als wären sie einem Hochglanzmagazin entsprungen. Die Männer trugen dunkle Anzüge mit weißen Hemden, Krawatten, obligatorischen Sonnenbrillen und Handys. Alle redeten durcheinander und fotografierten sich gegenseitig.

Prohaska ging langsam herum und machte Fotos. Manche warfen sich in Pose, lachten und scherzten, andere taten so, als sei er unsichtbar. Nach und nach kamen weitere Gäste dazu. Prohaska schätzte, dass es etwa dreißig Personen waren. ›Eine kleine Hochzeitsgesellschaft‹, überlegte er. ›Wahrscheinlich waren nur die engsten Verwandten und Freunde eingeladen.‹

Viertel vor zwei bewegten sie sich zum Portal und verschwanden in der Kirche. Prohaska blieb draußen. Das Brautpaar war noch nicht da und er hoffte, dass noch genug Zeit bleiben würde, um ein paar Aufnahmen von ihnen zu machen. Bei seiner eigenen Hochzeit war er sehr aufgeregt gewesen, doch das hatte man ihm nicht angesehen. Außerdem hatte sein Vater darauf bestanden, vorher einen Schnaps mit ihm zu trinken. Joe stand pünktlich vor dem Standesamt, weil seine Mutter zur Eile drängte. Die Braut durfte sich selbstverständlich ein wenig verspäten, der Bräutigam niemals, sagte sie.

Er wollte keine kirchliche Trauung. Seine Eltern hatten zwar versucht, ihn umzustimmen, doch ohne Erfolg. Und seine strenggläubigen protestantischen Schwiegereltern waren enttäuscht gewesen.

Der Schwiegervater hatte ihm sogar angeboten, zwei Drittel der Hochzeitskosten zu übernehmen, aber Joe hatte dankend abgelehnt. Kurz vor der Hochzeit hatte seine Frau Heidi deswegen einen heftigen Streit mit ihren Eltern. Sie sollten endlich aufhören, alles bestimmen zu wollen und sich in ihr Leben einzumischen. Sie drohte sogar, gar nicht zu heiraten, wenn sie nicht Ruhe gaben. Heidi war damals im fünften Monat schwanger. Sie war reizbar, musste sich öfter hinlegen und war froh, als die Zeremonie vorbei war. Erst nach Annas Geburt hatten sich die Schwiegereltern mit der Tatsache abgefunden, dass ihre Tochter keinen göttlichen Segen für ihre Ehe erhalten hatte.

Prohaska hörte Schritte und drehte sich um. Aus der Kirche trat eine Frau, sah zu ihm und kam die Stufen hinunter.

In ihrem hellgrauen Kostüm mit passender Mini-Handtasche und Pumps sah sie sehr elegant aus. Ihre tiefschwarzen Haare waren zu einem spanischen Knoten gebunden und bildeten einen wunderbaren Kontrast zu ihren veilchenblauen Augen und dem roten Mund. Sie erinnerte ihn an Elisabeth Taylor in ihrer besten Zeit. Automatisch hob er die Kamera und drückte ein paar Mal auf den Auslöser. Als sie fast vor ihm stand, ließ er die Kamera sinken.

»Hallo, Herr Prohaska, ich bin Branka.« Sie reichte ihm die Hand, zog sie aber schnell zurück, als hätte sie sich verbrannt.

»Hallo, sagen Sie einfach Joe«, sagte er und lächelte höflich. Er hatte sie noch nie zuvor gesehen, dennoch hatte er plötzlich das Gefühl, ihr schon einmal begegnet zu sein. Wenn er nur wüsste, wo.

»Entschuldigen Sie, ich wollte Sie vorhin schon begrüßen, aber es war so viel los. Schön, dass Sie einspringen können.«

»Ist mir ein Vergnügen.«

An ihrer Linken glitzerte ein goldener Ring mit einer schwarzen Perle. Dazu trug sie passende Ohrstecker und eine dünne Goldkette mit einer schwarzen Perle als Anhänger. Ob der Schmuck echt war oder Modeschmuck, konnte er nicht beurteilen. Wenn er echt war, und falls sie ihn selbst gekauft hatte, musste sie vermögend sein, überlegte er. Wenn nicht, dann war es der Mann, der ihn ihr geschenkt hatte. ›Aber das kann dir doch ganz egal sein‹, moserte seine innere Stimme. ›Konzentriere dich auf deine Arbeit.‹

»Der Fotograf, der zuerst engagiert war, ist leider krank.«

»Hoffentlich nichts Ernstes?«

»Ich glaube nicht.« Sie kramte in ihrer Handtasche. »Ich brauche jetzt erst einmal eine Zigarette.«

Doch statt der Zigarettenpackung holte sie ihr Smartphone heraus, auf dessen Schutzhülle Strasssteinchen in allen Regenbogenfarben glitzerten.

Prohaska bot ihr eine von seinen Zigaretten an, gab ihr Feuer und steckte sich auch eine an.

»Danke.« Sie nahm einen tiefen Zug und blies den Rauch zur Seite. »Eigentlich wollte ich Sie noch anrufen und Ihnen sagen, dass Sie nicht filmen müssen. Jemand von den Gästen hat eine Kamera und besteht darauf, alles selbst auszunehmen. Außerdem werden die meisten mit ihren Handys auch Videos machen.«

»Ist gut.«

»Sobald das Brautpaar da ist, fotografieren Sie bitte los, gehen dann vor ihnen in die Kirche und machen Aufnahmen von ihrem Gang zum Altar und natürlich bei der Trauung selbst.«

»Selbstverständlich.«

»Sorry, falls ich Sie damit nerve, Sie haben das sicher schon oft gemacht.«

»Stimmt. Und nach der Zeremonie mache ich ein Gruppenbild auf der Treppe und dann vom Brautpaar allein und mit anderen zusammen. Am besten dort in der Ecke bei der Zypresse.«

»Und danach wäre Ihr Auftrag auch schon zu Ende.« Sie zog eine Visitenkarte aus ihrer Handtasche und reichte sie ihm. »Wir telefonieren in den nächsten Tagen, wohin Sie die Bilder schicken sollen.«

»In Ordnung. Ich speichere alles auf einen Stick und bringe die Abzüge, die sich das Brautpaar aussuchen kann, gerne persönlich vorbei«, sagte er im geschäftsmäßigen Ton und steckte die Visitenkarte in die Fototasche.

»Das muss ich mit dem Bräutigam besprechen. Wenn er keine Zeit hat, hole ich sie bei Ihnen im Geschäft ab oder schicke jemanden vorbei.« Sie warf einen Blick auf die Uhr. »Entschuldigung, ich muss kurz telefonieren. Wir sehen uns.«

Sie stieg ein paar Stufen hinauf.

Prohaska warf die Kippe auf den Boden, drückte ihn mit dem Schuh aus und warf sie ihn in einen Abfalleimer. Es war fünf Minuten vor zwei Uhr.

»Sie sind gleich da«, rief Branka, als sie das Telefonat beendet hatte.

»Okay.« Prohaska hob die Kamera, zoomte ihr Profil heran und drückte auf den Auslöser.

Brankas schaute zu ihm rüber und hob die Hand vors Gesicht.

»Sie sollen nicht mich, sondern das Brautpaar fotografieren«, sagte sie und ging der Gruppe entgegen, die den Hügel hinaufkam.

Und jetzt war Prohaska auch klar, warum sie sich verspätet hatten. Die Braut war hochschwanger. Sie ging sehr langsam, wiegend und stützte sich auf den Arm ihres Zukünftigen.

Prohaska begann mit der Arbeit. Hinter dem Brautpaar stand ein Paar um die dreißig, beide nach der neuesten Mode gestylt, und ein biederes Ehepaar um die sechzig. Eine hagere, unscheinbar wirkende Frau von Ende fünfzig, mit kurzen grauen Haaren stand etwas abseits und musterte Branka, die jetzt Prohaska herbeiwinkte und ihm die Leute vorstellte.

Die Braut hieß Marina, war vielleicht zwanzig, wenn nicht jünger, hatte leicht vorstehende bernsteinfarbene Augen und platinblond gefärbte Haare, die kunstvoll hochgesteckt und von einem Schleier bedeckt waren, der sich in eine Schleppe fortsetzte, die sie über ihren Unterarm gelegt hatte. Am Oberteil des cremeweißen Chiffonkleides glitzerten Pailletten. Vor dem Bauch hielt sie einen Blumenstrauß, von dem eine lange Perlenkette hing.

Ihr Zukünftiger, ein Mann Anfang dreißig, mit kurzen geschnittenen dunklen Haaren, einem blassen Mondgesicht, breiter Nase und vollen Lippen, stellte sich als Rudi Selica vor. Er hieße eigentlich Rudolf, sagte er. Seine Eltern seien im Krieg gestorben, er sei bei seiner Tante Olga aufgewachsen. Er deutete zu der grauhaarigen Frau, die kurz nickte, aber ansonsten keine Miene verzog. Dafür redeten die Eltern der Braut auf ihrer Tochter leise ein, sie solle sich nicht aufregen. Sie sah aus, als würde sie gleich in Tränen ausbrechen. Ihre Mutter, dunkelhaarig, klein und etwas übergewichtig, tätschelte ihr das Gesicht und reichte ihr eine kleine Flasche Mineralwasser, die sie aus der Handtasche herausnahm. Der Vater, lang und hager, murmelte etwas in Richtung seiner Frau.

Branka stellte die Trauzeugen vor, aber Prohaska vergaß ihre Namen, kaum dass sie sie ausgesprochen hatte.

»Und das ist Herr Prohaska, er ist Fotograf vom Fotoatelier in der Carera. Und er hat früher bei der Kriminalpolizei in Deutschland gearbeitet«, sagte Branka und sah zu Prohaska, der sich fragte, warum sie das erwähnte.

»Ach, das ist lange her«, erwiderte er lächelnd. Von wem auch immer Branka diese Information hatte, es gefiel ihm nicht, dass sie es betonte, denn die Braut war kreideblass geworden.

»Wir sollten jetzt rein, sonst denken die anderen, dass wir uns nicht trauen, uns zu trauen, und feiern am Ende ohne uns«, sagte Rudi und lachte über seinen eigenen Witz.

Eine Gruppe japanischer Touristen kam von der rechten Seite auf den Platz. Die Frauen trugen Sonnenbrillen, Stoffhütchen oder Kopftücher, weiße Baumwollhandschuhe, manche hatten Regenschirme zum Schutz vor der Sonne aufgespannt. Einige fotografierten das Brautpaar, lächelten, verneigten sich und gingen dann in die Kirche. Dicht hinter ihnen schlenderten betont lässig zwei Männer mit Sonnenbrillen und den unvermeidlichen Smartphones in der Hand über den Platz, blieben stehen und schauten zur Kirche hoch, als würden sie den Bau bewundern. Prohaska, der oben auf der Treppe stand, bemerkte, wie Rudi sich zu ihnen umdrehte und mit dem Kinn zum Portal deutete. Einer der Männer hob sein Handy und fotografierte die Gruppe auf der Treppe, und somit Prohaska auch. Dann verließen sie den Platz und verschwanden in dem Park unterhalb der Kirche, von dem ein Weg zur Švalba führte.

Während Prohaska fotografierte, fragte er sich, was Selicas Geste zu bedeuten hatte. Wenn er die Männer kannte, warum sind sie weggegangen anstatt auch in die Kirche zu kommen? Andererseits konnte sein Kopfnicken eine unbewusste, nervöse Bewegung gewesen sein.

Die Zeremonie unterschied sich kaum von den vielen anderen, bei denen Prohaska dabei gewesen war. Der Pfarrer hielt eine strenge, aber wohl aus Rücksicht auf die schwangere Braut recht kurze Predigt über Glaube, Hoffnung und Liebe. Marina fühlte sich sichtlich unwohl. Sie war blass und machte ein Gesicht, als wäre sie auf einer Beerdigung und nicht der eigenen Hochzeit. Ihre Eltern schauten finster drein. Auch Rudis Tante saß unbeweglich da und starrte zum Altar. Die Orgel dröhnte, als wollte sie die himmlischen Heerscharen herab holen, während ein dicker Mann in dunkelblauem Anzug schwitzend auf der linken Seite im Altarraum die Trauung mit seiner riesigen Kamera aufnahm. Prohaska konzentrierte sich auf seine Arbeit und fotografierte von der anderen Seite aus. Als sich das Brautpaar schließlich flüchtig küsste und die Gäste applaudierten, verließ Prohaska als Erster den Kirchenraum, stellte unterhalb der Treppe das Stativ auf und ging dann wieder zum Portal, um weitere Fotos zu machen. Als das Brautpaar und die Gäste herauskamen, ging er langsam rückwärts die Stufen hinunter. Reiskörner prasselten auf das Ehepaar. Marina lächelte gequält und duckte sich, als wäre sie in einen Hagelsturm geraten. Nach weiteren Glückwünschen, Küsschen und Umarmungen stellten sie sich für das Gruppenbild auf. Prohaska ging auf den Platz, befestigte die Kamera auf dem Stativ und machte mehrere Aufnahmen.

Anschließend verteilten sich die Hochzeitsgäste auf dem Platz, machten Fotos und Selfies, rauchten und redeten wild durcheinander. Die Japaner verließen die Kirche, fotografierten die Hochzeitsgesellschaft und schlenderten weiter.

Prohaska ging mit Rudi und Marina zur Mauer rüber. Es dauerte eine Weile, bis sie sich einig wurden, in welcher Pose er sie fotografieren sollte. Im Hintergrund glitzerte das Meer. Die Zypressen warfen lange Schatten. Hoffentlich kein schlechtes Omen, kam es Prohaska in den Sinn, als er das letzte Foto schoss und sich dann verabschiedete.

*

Kurz nach vier Uhr war er wieder auf dem Parkplatz und verstaute das Stativ im Kofferraum. Als er den Deckel zuklappte, vibrierte sein Handy in der Hosentasche. Er schaute aufs Display.

»Hallo Joe, wie geht's?«, fragte Inspektor Rossi.

»Gut, gut, und selbst?«

»Wie immer, viel Arbeit und wenig Brot. Aber warum ich anrufe: Mir ist eingefallen, dass ich vergessen hatte, dieses Päckchen mitzunehmen. Gibt es was Neues in der Sache?«

»Nein, nein.«

»Sind Sie in der Stadt?«

»Ja, auf dem Parkplatz.«

»Haben Sie Zeit für einen Kaffee?«

»Aber natürlich, ich geh gleich rüber ins *Casablanca.*«

»In Ordnung, dann bis gleich.«

Die Café-Bar *Casablanca* befand sich an der Stirnseite eines recht hässlichen langen Gebäudes, das früher ein Gefängnis gewesen war. Über der Tür hing ein Schild mit einem Fotoplakat des berühmten Films. An der Längsseite des Bauwerks befanden sich unzählige kleine Läden, wo es Badeschuhe, Schmuck, Sonnenbrillen, Taschen, Fußballtrikots und anderen Krimskrams gab.

Prohaska setzte sich an einen Tisch vor dem Lokal und bestellte einen Cappuccino. Während er auf den Inspektor wartete, sah er sich die Aufnahmen von der Hochzeit an und überlegte, welche er aussuchen und bearbeiten sollte.

Als er eines der Gruppenfotos heranzoomte, bemerkte er eine Frau in der hintersten Reihe im Schatten des Kirchenportals. Er hätte sie beinahe nicht erkannt, da sie ihre Haare hochgesteckt hatte und eine Sonnenbrille trug. Doch es war eindeutig Sabina. Was machte sie hier? Gehörte sie zur Verwandtschaft oder zum Freundeskreis des Brautpaares? Vielleicht war sie nur zufällig in der Kirche und kam in dem Moment heraus, als er auf den Auslöser drückte. Er würde Branka fragen.

Als Rossi eintraf, parkte er den Wagen vor dem Lokal, stieg aus, kam zu Prohaskas Tisch und setzte sich ihm gegenüber. Prohaska erhob sich kurz und schüttelte Rossi die Hand.

Der Inspektor drehte sich zum Kellner um, der in der Tür stand.

»Toni, bring mir ein alkoholfreies Bier.«

Prohaska deutete auf seine leere Tasse.

»Kommt sofort«, sagte der Kellner.

Rossi fingerte eine Schachtel *Moods* aus der Hosentasche, zog ein Zigarillo heraus und bot Prohaska eins an, doch er lehnte dankend ab und steckte sich eine von seinen Zigaretten an.

»Und, wie läuft es bei Ihnen? Wissen Sie schon, wer der Tote vom Strand ist?«

»Leider nicht. Morgen wird bei der Pressekonferenz ein Foto veröffentlicht. Vielleicht meldet sich jemand.«

Toni brachte die Getränke. Prohaska riss das Zuckertütchen auf und verteilte den Inhalt auf dem Milchschaum. Sein Magen knurrte.

»Aber reden wir nicht davon«, sagte Rossi und trank einen Schluck Bier. »Haben Sie diesen Pinsel dabei?«

»Nein, aber das ist im Moment auch nicht so eilig.«

»Wie Sie wollen. Bringen Sie mir das Ding, dann schicke ich es ins Labor. Und was haben Sie heute gemacht?«

»Ich war in der Kirche.«

Rossi hob die Augenbrauen.

»Machen Sie das öfter?«

»Nur beruflich. Eine Hochzeit. Ich habe mir eben die Fotos angeschaut und dabei ist mir eine Frau aufgefallen.«

»Und Sie wollen sie mir zeigen?«

»Ja, aber es ist nicht so, wie Sie vielleicht vermuten.«

»Ich vermute andauernd etwas. Und Sie ja auch, stimmt's? Wir können einfach nicht anders.«

»Der Fluch der Profession«, murmelte Prohaska, während er die Kamera einschaltete, das Gruppenfoto suchte und dann vergrößerte, bis Sabinas Gesicht auf dem Display zu sehen war.

Der Inspektor nahm seine Lesebrille aus der Brusttasche, setzte sie auf und sah sich das Foto an.

»Kennen Sie die Frau?«, fragte Prohaska.

»Nein. Wer soll das sein?«

»Sie hat mich gestern in der Stadt angesprochen. Angeblich weiß sie, wer mir das Kästchen mit dem Pinsel geschickt hat.«

»Aha? Und wer?«

»Das wollte sie mir nicht verraten. Es sei zu gefährlich.«

»Das Leben an sich ist gefährlich. Aber ihren Namen hat sie Ihnen gesagt, oder?«

»Nur den Vornamen. Sabina. Sie war sehr aufgeregt und hat sich dauernd umgeschaut, als ob sie fürchtete, dass uns jemand beobachtet. Ich habe ihr meine Handynummer gegeben. Mal sehen, ob sie sich meldet. Wenn nicht, dann finde ich sie und dann reden wir Klartext.«

»Ich kann verstehen, dass sie sauer sind, aber wäre es nicht denkbar, dass sich jemand mit diesem Päckchen einfach nur einen Scherz erlaubt hat?«

»Keine Ahnung. Doch wenn ich ihn erwische, wird es nicht lustig.«

»Bin dann dabei. Aber wenn dieser Mann, der Ihnen gedroht hatte, tatsächlich hier ist, könnten Sie ein Problem bekommen. In dem Falle bestehe ich darauf, dass Sie mich sofort benachrichtigen.«

Prohaska klickte das Foto weg. Es erschien ein anderes, das er vom Brautpaar und anderen Gästen gemacht hatte.

Rossi tippte mit dem Zeigefinger auf einen kräftigen Mann, der neben dem Bräutigam stand. Er trug ein weißes Hemd, unter dem sich seine Brustmuskeln abzeichneten, eine schwarze Krawatte und schwarze Hose. Prohaska vergrößerte den Ausschnitt.

»Den habe ich schon mal gesehen. Ich glaube, er war Ordner oder Türsteher in einer Diskothek am Jachthafen. Wir hatten einen Tipp bekommen und haben in dem Laden einen Drogendealer festgenommen.«

»Und wie heißt er? Falls Sie es mir sagen dürfen.«

»Ich weiß es nicht mehr, müsste nachschauen.«

»Das eilt nicht. Vielmehr würde ich gerne wissen, ob Sabina auch zum Freundes- oder Verwandtenkreis des Brautpaares gehört.« Er schaltete die Kamera aus und nippte an seiner Tasse. »Vielleicht sollte ich mal wieder in die Disco gehen.«

»Falls Rocky Sie überhaupt reinlässt.«

»Sie werden es nicht glauben, Inspektor, aber in meiner Jugend war ich so gut wie John Travolta, wenn nicht sogar besser. Die Mädchen fielen reihenweise in Ohnmacht, wenn ich auf die Tanzfläche kam.«

»Das kann ich mir vorstellen. Ich hatte auch eine ziemlich wilde Jugend und habe nichts anbrennen lassen.«

Rossi winkte dem Kellner, der zwei Tische weiter mit einem Gast redete, und machte dem Daumen und Zeigefinger ein Zeichen. Der Kellner nickte.

»Apropos anbrennen, ich muss los. Meine Frau wartet mit dem Essen.« Als Rossi seine Geldbörse zückte, hob Prohaska die Hand.

»Nein, nein, geht auf mich.«

»Aber nein!«

»Doch, doch!«

»Na gut, danke, aber das nächste Mal bin ich dran.« Rossi wandte sich an den Kellner, der von Prohaska das Geld entgegennahm, und sagte im ernsten Ton, jedoch mit einem Augenzwinkern: »Hör zu, ich bin privat hier. Du hast weder diesen Herrn noch mich hier gesehen.«

»Geht klar, Herr Inspektor. Schönen Abend noch und Gruß an die Familie.«

»Danke, ebenfalls.« Rossi klopfte Toni väterlich auf die Schulter.

»Ich kenne den Jungen, seit er in die Windeln gemacht hat. Seine Mutter ging mit mir in dieselbe Klasse«, sagte er, als Toni außer Hörweite war.

Prohaska stand auf.

»Die Welt ist ein Dorf.«

»Tja, wem sagen Sie das?«

Rossi schüttelte Prohaska die Hand.

»Ciao, wir hören uns.«

Prohaska ging zum Parkplatz, rief Ivo an und berichtete ihm kurz von der Hochzeit.

»He, komm zu uns zum Abendessen.«

»Danke, aber heute nicht. Ich bin sehr müde und fahre nach Hause.«

»Na gut. Und sonst, alles in Ordnung?«

»Ja, alles okay. Grüß Miranda und die Jungs.«

Prohaska wollte gerade die Gebühr am Automaten bezahlen, als sein Handy einen kurzen Ton von sich gab. Eine SMS von Martha. »Joe, bist du zufällig in der Stadt? Wenn ja, kurz sehen? In einer halben Stunde? LG M.«

Anstatt zurückzuschreiben, rief er sie an.

»Das ging aber fix. Geht's gut?«

»Ja, und dir?«

»Na ja, es geht so.«

»Sollen wir etwas essen gehen? Ich sterbe vor Hunger.«

»Ja, warum nicht?«

»Ich hol dich ab. Sag mir nur, wo?«

»Ach, das wäre viel zu umständlich. Wir treffen uns auf dem Hauptplatz oder gleich im Lokal.«

Sie wollte ihm also nicht verraten, wo sie wohnte.

»Gut, dann gehe ich schon mal ins *Fortuna,* wenn es dir recht ist.« Martha war einverstanden.

Ein paar Minuten später stand er vor der Terrasse des Grillrestaurants an der Uferpromenade, und während er sich noch nach einem freien Tisch umsah, kam ihm Viktor, der Juniorchef, entgegen und schüttelte ihm die Hand.

Er war etwas kleiner als Prohaska und ein oder zwei Jahre jünger. Seine Familie stammte aus dem Kosovo und war in den 70ern nach Istrien ausgewandert. Die Konkurrenz war inzwischen groß geworden, aber das *Fortuna* war bei Touristen sehr beliebt und vor allem in der Hochsaison rappelvoll. Vor der überdachten Terrasse befand sich eine kleine Grünanlage mit Palmen und Blumenrabatten. Viktors jüngerer Bruder Angelo und auch seine Söhne gehörten zum Stammpersonal, und der Seniorchef half mit. Viktor und Angelo sprachen mehrere Sprachen, waren freundlich und höflich und immer zu einem kleinen Scherz bereit, ohne ihren Gästen zu nahe zu treten.

»Hallo Joe, schön, dich zu sehen. Wie geht's? Bist du allein oder ...?«

»Ich erwarte eine Dame«, erwiderte Prohaska.

Viktor deutete auf einen Tisch in der hinteren Ecke der Terrasse. »Da drüben vielleicht, wo es ruhiger ist oder lieber hier vorne?« Er zeigte auf einen Tisch neben einem Blumenkasten.

»Hier vorne.«

»Was möchtest du trinken?«

»Ein Mineralwasser bitte.«

Prohaska hängte die Kameratasche über die Stuhllehne und setzte sich.

Viktor ließ Prohaska allein und kam gleich wieder mit dem Wasser und einem Körbchen mit frisch gerösteten Pizzabrotecken. Er schenkte ihm ein und stellte die Flasche auf den Tisch.

»Bitte schön. Ich bin dann sofort bei dir, wenn die Dame erscheint.«

Prohaska bedankte sich und zündete sich eine Zigarette an. Die Uferpromenade war voller Menschen. Familien mit kleinen Kindern, Jugendliche, zu zweit oder in Grüppchen, fotografierende Touristen und Einheimische, die herausgekommen waren, um den Sonntag auf angenehme Weise ausklingen zu lassen. Die Sonne stand tief im Westen und würde bald alles in ein rotgoldenes Licht tauchen. Vom Meer her wehte eine kühle Brise. Und wenn sich die Nacht senkte, würde der Himmel ein samtenes Indigoblau und dann ein tiefes Schwarz tragen, geschmückt vom hellen Band der Milchstraße. Die Sonnenuntergänge an der Westküste waren legendär, manchmal geradezu spektakulär. Fotografen aus aller Welt, ob Amateure oder Profis, liebten sie. Prohaska selbst hatte auch unzählige Aufnahmen davon. Und wegen dieses Lichts hatten sich hier viele Maler niedergelassen oder kamen in den Sommermonaten, um mehr oder weniger schöne Bilder zu malen und in den unzähligen Galerien oder an der Riva an die Touristen zu verkaufen.

Prohaska drückte die Zigarette im Aschenbecher aus. Was, wenn dieser Pinsel von einem Maler aus der Stadt stammte, fragte er sich nicht zum ersten Mal. Aber wie sollte er ihn finden? Vielleicht alle abklappern und fragen: »Ach, entschuldigen Sie, ist das Ihr Pinsel? Und wenn ja, warum haben Sie ihn mir geschickt?« Vermutlich würden sie ihn wie einen Idioten anstarren oder gleich rauswerfen. Nein, das war keine Lösung.

Er war so in Gedanken vertieft, dass er Martha erst sah, als sie vor ihm stand.

»Hier bin ich«, sagte sie und lächelte.

Er sprang auf und begrüßte sie, diesmal mit einer artigen Umarmung und Küsschen auf die Wange. Viktor kam gerade mit zwei Tellern aus dem Innenraum des Lokals, in dem sich die Getränkebar, einige Tischchen und ein gemauerter Holzofengrill befanden. Er schaute zu Prohaska und zwinkerte ihm zu.

Martha hatte ihre Haare locker hochgesteckt und sah bezaubernd aus. Über der schwarzen Leinenbluse trug sie eine leichte Wolljacke, dazu Jeans und Turnschuhe.

»Ich hoffe, du hast dich schon ein wenig eingelebt.«

»Ja, danke.«

»Und, ist das Appartement bequem? Hast du alles?«

Er wartete, bis Martha sich ihm gegenüber gesetzt hatte. Dann nahm er Platz.

»Ja, die Wohnung ist okay. Klein aber fein.« Sie sah zum Hafen. »Ach, es ist einfach wunderbar hier. Ich hätte früher kommen sollen.«

Als Viktor zu ihnen kam, bestellten sie eine Platte mit Meeresfrüchten als Antipasti. Als Hauptgericht wollte Martha Pasta mit Trüffeln und Salat, Prohaska eine Pizza. Dazu Rotwein. Während sie auf das Essen warteten, plauderten sie über alles Mögliche, nur nicht über Privates. Martha erzählte von ihrem Roman, der ihr nach einer langen Schreibblockade große Schwierigkeiten bereitete.

»Ich habe mir schon überlegt, den Text liegen zu lassen und von vorne anzufangen oder mit dem Schreiben aufzuhören.«

»Das wäre aber schade. Ich habe deinen letzten Krimi gelesen ...«

»Und, hat er dir gefallen?«

»Natürlich, du schreibst gut.«

»Aber?«

»Nichts aber. Die Atmosphäre und die Milieubeschreibungen sind super, die Figuren sehr lebendig ...«

»Aber?«

Er wusste, dass er sich auf sehr dünnem Eis bewegte. Obwohl sie als Autorin offenbar recht bekannt war, spürte er, dass sie, was das Schreiben betraf, äußerst empfindlich war. Ihr letzter Krimi war für seinen Geschmack viel zu brav, die Handlung voraussehbar. Aber der Stil hatte ihm gefallen.

»Wie soll ich es formulieren?«, begann er vorsichtig. »Ich lese wenig Krimis, aber das hängt mit meiner früheren Arbeit zusammen.«

»Ich weiß, was du meinst. Meine Krimis sind dir bestimmt viel zu harmlos.«

»Nun ja, die polizeilichen Ermittlungen sind meistens sehr langwierig, ermüdend und frustrierend. Ich habe Fälle erlebt, die so brutal waren, dass ich sie am liebsten aus dem Gedächtnis löschen würde.«

»Verstehe ich gut. Mir fällt es schwer, brutale Szenen zu beschreiben. Es ist doch purer Voyeurismus, wenn die Romanfiguren bis zu den Knien im Blut waten, sich gegenseitig abmetzeln oder ständig über Leichen stolpern. Das ist auch der Grund, warum ich mir schon überlegt habe, mit dem Schreiben aufzuhören.«

Prohaska nickte.

»Aber diesen verdammten Roman muss ich jetzt fertig schreiben.« Sie trank einen Schluck Wein und lächelte. »Und verlege mich dann auf Liebesromane.«

Prohaska bemerkte das Blitzen in ihren Augen.

»Ja, warum nicht?«, sagte er sachlich. »Du kannst doch schreiben, was du willst. Ich bin überzeugt, dass deine Leserinnen begeistert sein werden.«

»Du bist mir ja ein Schmeichler«, sagte Martha lachend. »Die Leser hast du gleich weggelassen.«

»Na ja …«

»Wie auch immer. Die Frage ist, ob das mein Verlag auch so sieht. Vielleicht sollte ich mir ein männliches Pseudonym zulegen.« Sie zuckte mit den Schultern. »Erzähl lieber von dir.«

»Ach, da gibt es nicht viel zu berichten. Ich führe ein ruhiges Leben, helfe Ivo im Fotoladen, aber meistens fahre ich in der Gegend herum und mache Fotos.«

Er ließ unerwähnt, dass er an Weihnachten seine alte Mutter und die Tochter in Stuttgart besucht hatte, dass Anna sich von ihrem Freund getrennt hatte und ihn im Sommer besuchen wollte.

Dann streiften sie die politische Lage, doch Martha wollte dieses Thema nicht vertiefen, weil man sich darüber nur ärgern könne.

Als das Essen kam, erzählte sie witzige Anekdoten aus dem Literaturbetrieb und wen sie alles auf der letzten Frankfurter Buchmesse getroffen hatte.

Sie prosteten sich zu, und als die Weinkaraffe leer war, bestellte Prohaska eine neue. Nach einem malerischen Sonneuntergang und Espresso brachte Viktor zwei Grappa, die sie kaum ablehnen konnten. Als Prohaska um die Rechnung bat, kam der Seniorchef mit zwei weiteren Gläsern und auch die konnten sie nicht ablehnen.

»Danke für den schönen Abend«, sagte Martha, als sie das *Fortuna* verließen und hakte sich ein.

»Ich habe zu danken. Sehen wir uns in den nächsten Tagen?«

»Das hängt davon ab, wie ich mit der Arbeit vorankomme.«

»Ach, das wird schon. Schreib einfach drauf los, der Rest kommt von ganz allein.«

Martha lachte laut.

»Den Spruch kenne ich, und ich hasse ihn! Aber ich werde es versuchen.«

»Fang gleich morgen damit an.«

»Du kannst es dir nicht vorstellen, aber das Schreiben ist manchmal sehr anstrengend und frustrierend, wenn einem die Ideen ausgehen.«

Sie blieb stehen und zeigte auf den Hafen. Die Lichter der Straßenlaternen spiegelten sich im Wasser.

»Du hast gut daran getan, hierher zu ziehen. Leider kann ich das nicht oder nur ab und zu, so wie jetzt.«

Prohaska wollte erwidern, sie könnte sich doch scheiden lassen und dann hinziehen, wohin sie wollte, doch dann biss er sich auf die Zunge. Wenn sie ihr Leben ändern wollte, musste sie es selbst tun oder hätte sie es längst können. Außerdem spürte er den Alkohol und wollte nicht irgendwelchen Unsinn von sich geben, den sie am Ende missverstehen würde. Sie war nett und reizend, aber sie war ihm doch manchmal zu anstrengend.

Als sie am Hafenbecken nach links bogen und langsam weitergingen, rollte ein schwarzer Porsche Cayenne an ihnen vorbei, vermutlich auf der Suche nach einem Parkplatz.

Auf dem Hauptplatz blieben sie vor dem Brunnen stehen. Martha zog ihre Hand aus seiner Armbeuge.

»Danke noch einmal für den schönen Abend«, sagte sie und küsste ihn auf die Wange.

»Ich bringe dich selbstverständlich bis vor die Haustür.«

»Das ist nicht nötig, ich hab's nicht weit.«

»Wirklich nicht?«

Martha schüttelte den Kopf.

Er wollte noch etwas sagen, aber in diesem Moment vibrierte das Handy in seiner Jackentasche.

»Man verlangt nach dir«, sagte Martha.

»Ich bin aber nicht da.«

»Es ist bestimmt wichtig.«

»Mir doch egal.«

»Geh ran.«

»Okay, Augenblick.« Er fingerte das Handy aus der Tasche. Die Nummer wurde nicht angezeigt.

»Ja?«

»Sind Sie es, Joe?«, fragte eine weibliche Stimme.

»Ja, sicher, und wer sind Sie?«

»Branka am Apparat.« Ihre Stimme zitterte.

»Ach, Branka, ich habe Sie gar nicht erkannt.«

Martha zog die Augenbrauen hoch und ging ein paar Schritte in Richtung Mole. Prohaska machte ihr ein Zeichen, nicht wegzugehen.

»Ich muss dringend mit Ihnen reden.«

»Und weshalb?«

»Es ist etwa Furchtbares passiert, stellen Sie sich vor, Rudi ist spurlos verschwunden.«

»Wie bitte?«

Wer zum Teufel war Rudi, überlegte Prohaska. Es fiel ihm in der Sekunde ein, als Branka empört sagte:

»Na, der Bräutigam. Sie waren doch auf der Hochzeit.«

Prohaska seufzte.

»Ja, schon klar. Was ist passiert?«

»Das weiß ich nicht. Kurz nach dem Essen sagte er, er müsste an die frische Luft und telefonieren. Aber er ist nicht zurückgekommen. Wir haben ihn überall gesucht.«

»Wann war das?«

»Vor vier Stunden ungefähr.«

»Ist er mit dem Auto weggefahren?«

»Nein, die Trauzeugen haben ihn und Ina mit ihrem Auto zur Kirche und wieder zurückgebracht. Ihm ist bestimmt etwas zugestoßen. Sonst wäre er doch längst wieder da.«

»Wo sind Sie? In einem Lokal?«

Vielleicht hatte Rudi kalte Füße bekommen und ist abgehauen, weil er auf einmal keine Lust auf Ehe und Kinder hatte. Soll es alles schon gegeben haben, überlegte Prohaska.

»Nein, auf einem Privatgrundstück.«

»Und wo ist das?«

»Außerhalb der Stadt.«

»Ist die Polizei benachrichtigt?«

»Nein.« Branka machte eine kurze Pause und flüsterte. »Genau deswegen rufe ich Sie doch an. Man will die Polizei gar nicht dabeihaben.«

»Wie meinen Sie das? Von wem wird sie denn nicht erwünscht?«

»Das kann ich Ihnen nur persönlich sagen.«

»Hören Sie, ich fürchte, dass ich da nichts tun kann. Rufen Sie die Polizei an.«

»Joe, bitte, Sie müssen kommen. Ich weiß nicht, an wen ich mich sonst wenden kann. Sie sind ein erfahrener Polizist und können privat ermitteln. Geld spielt keine Rolle, aber Sie müssen kommen, bitte!«

Prohaska sah zu Martha, die mit verschränkten Armen dastand und so tat, als hätte sie das Gespräch nicht mit angehört.

»Hören Sie Branka, ich rufe Sie in einer Minute zurück.«

»Nein, ich melde mich bei Ihnen, okay?«

»Von mir aus.«

Er drückte das Gespräch weg und ging zu Martha.

»Das war eine Frau, die ich heute bei der Hochzeit kennengelernt habe.«

»Ich sagte ja, es ist wichtig.«

»Nein, das ist es eben nicht. Und es ist auch nicht das, was du vielleicht denkst, ich meine, es hat nichts mit mir persönlich zu tun.«

»Du musst dich nicht rechtfertigen.«

»Tu ich gar nicht. Es geht um den Mann, der heute geheiratet hat. Er ist verschwunden.«

»Und Branka ist seine Frau?«

»Nein, die heißt Marina. Branka hat ihre Hochzeitsfeier organisiert. Ich weiß nicht, in welchem Verhältnis sie zu den beiden steht. Es ist mir auch vollkommen egal.« Prohaska steckte sich eine Zigarette an. »Sie sagt, er sei vor vier Stunden verschwunden, aber man will die Polizei nicht einschalten.«

»Seltsam.«

»Und sie bittet mich, jetzt zu ihnen zu kommen.«

»Sollst du ihn etwa suchen?«

»So etwas in der Art, als Privatdetektiv sozusagen. Dass ich nicht lache! Ich gehe nirgends hin. Jedenfalls stimmt da etwas nicht.«

Martha nickte, doch ihr Blick schien zu sagen: »Ich weiß, dass du hingehen wirst.«

Das Telefon surrte erneut.

Prohaska meldete sich.

»Sie kommen, nicht wahr? Sie müssen!«

»Hören Sie, rufen Sie die Polizei an. Ich wüsste nicht, was ich da ausrichten könnte.«

Branka ging nicht darauf ein.

»Joe, müssen einfach herkommen.«

»Das geht nicht, außerdem darf nicht mehr fahren, habe ein oder zwei Gläser zuviel getrunken.«

»Kein Problem. Wo sind Sie gerade?«

»Wieso?«

»Ich lasse Sie abholen.«

»Branka, ich wiederhole mich: Ich kann nichts für Sie tun, es tut mir leid. Sie hätten längst die Polizei anrufen müssen«, sagte er laut und sah dabei einem Mann nach, der den Platz überquerte und neugierig zu ihm rüber schaute. Während Branka weiter redete, fragte sich Prohaska, wo er ihn schon einmal gesehen hatte.

»Ich erkläre Ihnen alles, wenn sie da sind. Sie müssen kommen, bitte!«

Prohaska blickte genervt zur Häuserzeile auf der linken Seite des Platzes. Auf einem der Gebäude war, wie er wusste, eine Web-Kamera installiert, die alles auf dem Hauptplatz aufzeichnete, live und mit Ton.

»Warten Sie!« Er bedeckte das Handymikro mit der Hand und ging zu Martha.

»Die lässt nicht locker.«

»Dann fahr halt hin. Vielleicht löst sich das Ganze in Wohlgefallen auf.«

Er legte das Handy wieder ans Ohr.

»Okay, ich komme, aber nur kurz und wie gesagt, ich bin nicht zuständig.«

»Danke! Könnten Sie zum Nordhafen kommen? In spätestens fünfzehn Minuten wird ein Wagen am Kreisverkehr vor der Schranke auf sie warten.«

»Von mir aus.«

Er drückte das Gespräch weg und steckte das Handy in die Tasche.

»Was für ein Theater!«

»Und was, wenn dem Mann tatsächlich etwas zugestoßen ist?«
Sie setzten sich in Bewegung in Richtung *Balbi Tor*.

»Dann soll ihn doch die Polizei suchen! Ich habe Besseres zu tun, zum Beispiel, dich nach Hause zu begleiten.«

Prohaska blieb abrupt stehen.

»Was ist?«

»Der Hund!«

»Wie bitte?«

»Ich habe Bello total vergessen.«

Er zückte das Telefon, rief Enzo an und sagte, dass er noch unterwegs sei und den Hund leider erst am nächsten Morgen abholen könnte. Martha blieb unter dem Tor stehen.

»Gute Nacht dann. Und morgen erzählst du mir, wie es ausgegangen ist.« Prohaska lächelte.

»Gute Nacht, komm gut nach Hause. Ich melde mich.«

*

Als er den Platz vor dem Kreisverkehr erreichte, schaute er sich um. Auf der Terrasse vor dem *Casablanca* saß eine Handvoll junger Leute. Prohaska lehnte sich an einen Betonpfosten und rauchte. Ein paar Fahrzeuge fuhren vom Parkplatz.

Er hätte Branka fragen sollen, was für ein Wagen ihn abholen würde. Warum bestand sie so darauf, dass er Rudi suchte? Sie hatte ihn erst heute kennengelernt, verhielt sich aber so, als wären sie alte Freunde. War ihre Aufregung echt? Und wenn nicht, warum hatte sie ihre Nummer unterdrückt? Oder hat sie ihn von einem anderen Telefon aus angerufen? Wieso wollte »man«, wer auch immer das sein mochte, die Polizei nicht einschalten? Branka hatte weder Rudis Frau Ina noch deren Eltern oder Rudis Tante erwähnt. Wäre es nicht logischer, dass ihn einer von denen um Hilfe bat? Sollte er sich nicht lieber auf sein Bauchgefühl verlassen? Niemand konnte ihn zwingen, etwas zu tun, was ihm so widerstrebte. Aber dummerweise hatte er es ihr versprochen. Und was man verspricht …

Er warf die Kippe auf den Boden und zerquetschte sie mit dem Schuh.

›So ein Quatsch! Ich geh nirgends hin. Was glaubt Branka eigentlich? Ich lasse mich doch nicht abholen wie ein Koffer. Ich gehe nach Hause. So viel habe ich nun auch nicht getrunken, nach Kloštar schaffe ich es allemal, muss nur vorsichtig fahren, es wird schon keine Kontrolle kommen.‹

Er marschierte zum Parkplatz, holte den Parkschein aus dem Wagen und bezahlte am Automaten. Dann marschierte er zurück, stieg ein und rollte auf die Straße. Als er mit Tempo Dreißig am Meeresbiologischen Institut vorbeifuhr, blinkte hinter ihm ein großer Wagen und folgte ihm. Die Scheinwerfer blendeten ihn im Rückspiegel. Er kippte ihn nach unten. Sie schlichen aus der Stadt, der Wagen hinter ihm hielt zunächst Abstand, aber als sie die lange Allee erreichten und die Tankstelle in Sicht war, wurde der Hintermann schneller und klebte förmlich an Prohaskas Stoßstange.

»Mann, überhol doch endlich!«

Kurz nach der Tankstelle drückte Prohaska auf die Tube, der Typ hinter ihm ebenfalls und holte ihn in wenigen Sekunden ein.

»Wenn du Rennen fahren willst, such dir einen anderen, du Idiot!«

Prohaska ging vom Gas und konzentrierte sich auf die Fahrt. Es war zwar nicht viel los, aber Traktoren mit überladenen Anhängern, Motorroller, unbeleuchtete Fahrräder, Fußgänger oder Tiere konnten plötzlich am Straßenrand auftauchen oder sie überqueren. Erst letzten Monat war ein Wildschwein über die Straße gerannt und hatte einen schweren Unfall verursachet.

Nach einer lang gestreckten Linkskurve überholte der Hintermann endlich. Es war ein dunkler Audi A8. Kaum war er auf der rechten Seite, bremste er stark ab.

»He, hast du sie noch alle?!«

Prohaska bremste scharf, setzte den Blinker, um an dem Audi vorbeizukommen, doch jetzt kamen ihm mehrere Autos entgegen. Er zog nach rechts und drückte auf die Hupe.

Der Audi kam zum Stehen, Warnblinker leuchteten auf. Prohaska sprang auf die Bremse, das Cabrio schlitterte nach rechts, die Reifen quietschten. Keine zwei Meter hinter der Stoßstange des Audis blieb er am Seitenstreifen stehen.

»Gottverdammtesarschloch!«, murmelte Prohaska und schaltete die Warnblinker ein. Autos rasten an ihnen vorbei. Ein Fahrer schaltete das Abblendlicht an und aus und hupte wütend. Prohaska sah in den Seitenspiegel, wartete, die Hand am Türgriff, dass die Straße frei wurde, damit er aussteigen und den Typ zur Rede stellen konnte. Doch dann besann er sich. Er war nicht ganz nüchtern und sollte lieber weiterfahren. Aber da sprangen schon zwei Männer aus dem Audi raus.

Prohaska spannte die Muskeln an, legte den Rückwärtsgang ein und wollte zurückrollen, aber einer der Typen war schon an seiner Tür, der andere platzierte sich auf der Beifahrerseite. Erst jetzt wurde Prohaska klar, dass sie maskiert waren. Er ließ die Seitenscheibe ein Stück herunter.

»He, was soll der Scheiß?«

»Prohaska, nicht wahr?«

»Seit wann duzen wir uns?«

»Wir sollen dich zu Branka bringen.«

»Ich habe es mir anders überlegt. Und jetzt mach Platz.«

»Ich hab meine Anweisungen, außerdem darfst du gar nicht fahren. Ich weiß, dass du mit einer hübschen Rothaarigen zu viel getrunken hast.«

»Das geht dich einen feuchten Dreck an. Geh mir aus dem Weg!«

»Der ist aber unfreundlich«, sagte der Kerl auf der anderen Seite. Er ging nach vorne und stellte sich vor die Kühlerhaube des Cabrios.

»Steig aus, ist zu deinem Besten. Mein Kollege da fährt hinterher.«

»Ich wollte schon immer mit so einer coolen Karre fahren«, sagte der andere.

»Hörst du schlecht? Ich fahre mit euch nirgends hin.«

Der Mann neben ihm zog eine Pistole aus seiner Jackentasche und öffnete die Tür.

»Und jetzt?«

Zähneknirschend stieg Prohaska aus.

Sofort packte ihn der Mann am Arm, hielt ihm die Waffe gegen die Rippen und schob ihn zum Fond des Audis. Der andere stieg in Prohaskas Cabrio.

»Hinsetzen!« Der Mann schubste ihn auf den Rücksitz und setzte sich neben ihn. Der Fahrer schaltete die Warnblinker aus und fuhr mit quietschenden Reifen los.

Prohaska überdachte seine Möglichkeiten. Wenn er dem Kerl die Waffe entriss und mit ihm zu kämpfen begann, könnte sich ein Schuss lösen. Und sie waren zu zweit. Er war in die Falle getappt.

»Wo bringt ihr mich hin?«

»Na, zu Branka«, sagte der Mann neben ihm.

»Und Rudi ist gar nicht verschwunden, stimmt's?«

»Kein Kommentar.«

»War sie der Lockvogel?«

Keiner der beiden antwortete.

»Arbeitet sie mit euch zusammen oder habt ihr sie gezwungen, mich anzurufen?«

»Du fragst zu viel!«

»Was wollt ihr?«

Die Männer schwiegen.

Prohaska zitterte vor Wut und Empörung.

»Wollt ihr Geld? Meine Karre ist nichts wert. Wohin fahren wir? Man wird mich suchen, es werden sich Zeugen finden, die den Überfall gesehen haben. Wer hat euch geschickt? Etwa Rudi?«

»Du wirst es noch früh genug erfahren. Und jetzt halt die Schnauze!«

Der Mann neben ihm versetzte ihm einen Faustschlag in die Seite und dann noch einen. Prohaska schnappte nach Luft.

»Macht ihr das zum ersten Mal?«, fragte Prohaska, als er wieder atmen konnte.

»Er soll die Schnauze halten!«, brüllte der Fahrer über die Schulter. Prohaska machte sich auf einen weiteren Schlag bereit. Der Nebenmann atmete schwer.

»Sei still, okay?«

»Wenn man euch schnappt, wandert ihr für mindestens fünf Jahre, wenn nicht mehr, hinter Gitter. Lohnt sich das etwa? Hat man euch im Voraus bezahlt? Wäre blöd, wenn nicht.«

»Halt den Mund!«, zischte der Nebenmann und schlug ihm mit dem Knauf der Waffe auf den Hinterkopf.

Prohaska flog nach vorne und schlug mit der Stirn gegen den Fahrersitz. Als er sich benommen aufrichten wollte, versetzte ihm der Mann einen weiteren Faustschlag auf den Kopf und einen in die Nieren. Prohaska kippte zur Seite.

»Ist er jetzt weggetreten, oder was?«, fragte der Fahrer, während er auf der kurvenreichen Strecke versuchte, den Wagen in der Spur zu halten.

»Ich glaube, er ist ohnmächtig.«

»Sieh zu, dass er das bleibt, bis wir da sind. Ich hab schon genug Ärger am Hals. Nimm ihm das Handy und die Uhr ab.«

»Warum denn?«

»Na, weil ich es sage.«

Der Nebenmann tat es.

»Den Geldbeutel auch?«

»Nein.«

»Dann behalten wir die Sachen?«

»Red keinen Stuss! Der Chef entscheidet das, nicht wir.«

Prohaska kam wieder zu sich. Er hatte bohrende Kopfschmerzen und glaubte, spucken zu müssen. Aber er rührte sich nicht und atmete so flach wie möglich. Die beiden sprachen kein Wort mehr.

Nach einer Weile wurde der Wagen langsamer und bog nach rechts ab. Prohaska versuchte, zum Fenster zu schauen, aber außer den schwarzen Schatten der Bäume am Straßenrand konnte er nichts erkennen.

Die Straße war kurvig, stieg an und dann ging es wieder hinunter. Dann plötzlich bremste der Fahrer und fuhr von der Straße ab. Der Wagen holperte über einen Feldweg. Bei jedem Schlag pochte der Schmerz in Prohaskas Schädel, als würde ihm einer mit einem Hammer drauf hauen. Aber er rührte sich nicht.

Dann blieb der Wagen unvermittelt stehen, der Fahrer schaltete den Motor aus, ließ aber das Standlicht an, stieg aus und öffnete die linke Hintertür.

»Ist er hinüber, oder was?«

»Ich glaube nicht.«

»Okay. Ich nehme ihn an den Schultern, du schiebst ihn raus. Los, mach!«

Der Fahrer packte Prohaska unter den Armen und hob ihn hoch. Der andere half ihm, stieg aus und rannte um den Wagen herum.

Prohaska machte sich so schwer er nur konnte.

»Mann, ich kriege den Blödmann nicht raus! Nimm seinen rechten Arm.«

Sie zogen ihn schließlich aus dem Wagen und schleiften ihn fort. Seine Füße stießen gegen Steine und glitten über Gras und Gestrüpp. Sein Rücken tat höllisch weh. Er blinzelte, sah nichts, hörte nur ihren keuchenden Atem und Flüche. Um sie herum nichts als kühle Nacht.

»Der wiegt ja eine Tonne!«, sagte der Kerl zu Prohaskas Rechten.

»Sei still.«

»Es ist unheimlich hier.«

»Hast du etwa Schiss im Dunkeln?«

»Blödmann! Wie weit noch?«

»Gleich da vorne.«

»Ich seh nichts.«

»Dann kauf dir 'ne Brille.«

»Was machen wir, wenn er zu sich kommt?«

»Lass das meine Sorge sein.«

»Wie du meinst.«

»Ich habe etwas dabei, das ihn ins Reich der Träume befördern wird, für alle Fälle.«

»Dann gib es ihm, sobald wir da sind.«

»Worauf du dich verlassen kannst.«

Sie schleppten ihn noch ein paar Meter weiter. Als sich der Griff des Fahrers lockerte, riss Prohaska sich los und versetzte dem Mann einen Kinnhaken, der ihn derart überraschte, dass er vor lauter Schreck auf den Rücken fiel.

Der andere Mann, der offensichtlich jünger war als der Fahrer, reagierte blitzschnell.

Als Prohaska sich zu ihm drehte, um ihm einen rechten Haken zu verpassen, sprang er zur Seite, Prohaska schlug ins Leere, bekam einen Fußtritt in die Magengrube, klappte zusammen wie ein Taschenmesser und fiel vornüber ins Gestrüpp.

Der Fahrer rappelte sich hoch, fluchte und spuckte aus.

Dann zogen sie ihn weiter und blieben stehen. Prohaska konnte nichts sehen und fragte sich, ob er blind geworden war. Sie lehnten ihn mit dem Rücken gegen eine Wand.

»Halt ihn fest«, sagte der Fahrer.

Der andere tat es. Prohaskas Knie zitterten.

Der Fahrer schloss jetzt eine Tür auf, die Angeln quietschten vom Rost. Dann packten sie ihn wieder und bugsierten ihn ins Innere.

»Hinsetzen!«

»Wohin denn?«, fragte Prohaska und spuckte aus.

»Na, hier.«

Sie schubsten ihn auf eine Liege. Der Typ, der neben ihm im Auto gesessen war, hielt ihm eine nach Schnaps riechende Plastikflasche an den Mund.

»Trink das.«

»Hab keinen Durst«, knurrte Prohaska und presste die Lippen zusammen.

Der Mann schlug ihm mit der Faust ins Gesicht.

»Mach endlich, ich hab keine Lust, mir die ganze Nacht um die Ohren zu hauen!«

Prohaska kippte zur Seite und fiel auf die Liege. Er schmeckte Blut auf seiner Zunge.

Sie zerrten ihn hoch und zwangen ihn, den Schnaps zu trinken.

Während er die brennende Flüssigkeit hinunterwürgte, wurde ihm klar, dass er einen großen Fehler gemacht hatte.

Es mussten mehrere Stunden vergangen sein. Als er zu sich kam und die Augen öffnete, sah er nichts. Sie hatten ihm die Augen verbunden. Er lag auf der Seite und konnte sich nicht rühren. Seine Hände waren am Rücken gefesselt, die Füße konnte er auch nicht bewegen. Er fror. Die Liege war hart. Der Raum stank nach Ziegenmist. Sein Schädel brummte, der Mund war staubtrocken. Er fuhr sich mit der Zunge über die Lippen. Sie waren geschwollen und schmeckten nach Blut. Aber sie hatten ihn nicht geknebelt. Wie freundlich. Doch das bedeutete wohl, dass man ihn irgendwo versteckt hatte, wo sein Rufen oder Schreien ohnehin nutzlos wäre. Sein Rücken und die Rippen taten weh.

Wie konnte er nur so naiv sein, sich auf diese Sache einzulassen? Wer steckte hinter der Entführung? Hatte die etwas mit dem anonymen Päckchen zu tun? Und mit dem Zeitungsartikel? Wie hieß dieser Typ noch mal? Irgendwas mit B. Aber so sehr er sich auch anstrengte, es fiel ihm nicht ein.

Er zwang sich, nicht an Martha zu denken. Sie war die Einzige, die wusste, wohin er gegangen war. Sie wollte ihn heute anrufen. Wie lange würde sie brauchen, bis sie Alarm schlug und die Polizei benachrichtigte? Würde sie das überhaupt tun oder warten, dass er sich bei ihr meldete?

Es war alles seine Schuld. Er hätte nicht so viel trinken sollen. Hätte er Martha nur nach Hause gebracht. Dann wäre er nach Kloštar gefahren und würde jetzt in seinem eigenen Bett liegen.

Nur mit Mühe gelang es ihm, sich aufzurichten und an die Wand zu lehnen. Die Steine drückten gegen seinen Rücken. Unter seinen Füßen raschelte Stroh. Vielleicht war das hier ein Schuppen oder Viehstall. Er horchte angestrengt. Aber außer einem Vogel, der irgendwo in der Nähe fröhlich zwitscherte, war nichts zu hören.

Und obwohl er sicher war, dass die Kerle ihn hier allein gelassen hatten, schrie er, so laut er konnte:

»He, ist da jemand? Hallo?«

Nichts rührte sich. Er rief noch ein paar Mal und ließ es dann bleiben. Es hatte keinen Sinn, die Energie zu vergeuden. Er war durstig. Seine Handgelenke schmerzten.

Er tastete nach den Fesseln. Sie waren eng, aber zumindest nicht aus Plastik. Solche Dinger würde er niemals aufkriegen. Die Schnur war etwa fingerdick. Er drückte sich an die Wand und als er einen spitzen Stein fand, der aus der Wand ragte, setzte er sich so hin, dass er die Fessel daran reiben konnte. Minuten vergingen, aber wenigstens wurde ihm von der Anstrengung warm. Er rieb und rieb und fluchte dabei, weil ihm die Schultern wehtaten. Dann gab der Druck nach und die Schnur löste sich ein wenig.

Zornig zerrte und zog er an der Fessel, bis sie abfiel. Er drückte sich von der Wand weg und riss sich die Augenbinde weg. Es war ein übel riechender, schmutziger Lappen.

Der runde fensterlose Raum war aus unbehauenen Steinen gebaut, etwa drei Meter breit und drei hoch und hatte ein Kuppeldach. Durch die aus verwitterten Brettern zusammengezimmerte Tür fiel etwas Tageslicht. Er befand sich in einem *Kažun*, einem archaischen und für Istrien typischer Feldunterstand, in dem bei schlechtem Wetter die Bauern und wahrscheinlich auch ihre Tiere Schutz suchen konnten.

Jetzt nur noch die Fußfesseln lösen und die Tür aufbrechen.

Die Fußfesseln waren kein Problem und bald entfernt. Aber die Tür gab nicht nach, sosehr er sich dagegenstemmte. Er fluchte und schaute sich in dem stickigen Raum nach etwas um, womit er den Riegel des alten Schlosses entweder wegschieben oder die verrosteten Türangeln hochdrücken konnte. Dann sah er seine Lederjacke. Sie lag unter einem Holzhocker, den er erst jetzt in dem schummrigen Licht wahrnahm. Er zog sie heraus und suchte die Taschen ab.

Natürlich, sein Handy war weg. Auch die Armbanduhr. Die hatte ihm der Kerl im Auto abgenommen. Aber der Junge war nachlässig gewesen. Das kleine Schweizer Armeemesser, das Prohaska immer bei sich trug, befand sich in der Innentasche.

Es dauerte fast eine Viertelstunde, bis er das Schloss geknackt hatte. Er zog die Jacke an und öffnete vorsichtig die Tür.

Der *Kažun* stand am Rande einer mit Gestrüpp und Wildkräutern bedeckten Wiese, etwa dreißig Schritte von einem mit Gras überwucherten Olivenhain. Die knorrigen Bäume reckten ihre Äste in den milchigweißen Tag. Die Grillen zirpten im Unterholz. Weiße Steinbrocken ragten aus der roten Erde. Unter anderen Umständen hätte er diesen Platz wunderschön gefunden. Jetzt aber wollte er nur so schnell wie möglich weg.

Auf der anderen Seite des verwaisten Landes zog sich der Wald den Hügel hinauf. Außer dem *Kažun* war kein anderes Gebäude, kein befestigter Weg oder gar eine Straße zu sehen.

Prohaska ging trotzdem vorsichtig um den Unterstand herum und sah die Spuren im Gras, die sie in der Nacht hinterlassen hatten. Sie führten zu einer kahlen Fläche, wo die Männer das Auto abgestellt hatten.

Wenn er nur wüsste, wo er sich befand. Er schaute zum Himmel. Die Sonne versteckte sich hinter einer diesigen grauweißen Wolkenschicht. Es war sicher noch früh am Morgen. Der Tau lag auf dem Gras. Er ging zur Tür und drückte sie zu. Wenn sie ihn abholen kamen, und er konnte sich ausrechnen, dass das bald sein würde, sollten sie sein Verschwinden nicht sofort bemerken. Sie würden wahrscheinlich mit dem Auto aus derselben Richtung kommen, aus dem Wald zu seiner Rechten, wo sich eine Straße befinden musste. Er rannte in den Olivenhain und blieb kurz stehen, weil sein Bein schmerzte. Dann lief er weiter, verfing sich in Brombeersträuchern und stolperte über Steine. Der Schweiß tropfte von seiner Stirn. Er wischte ihn mit dem Handrücken ab und ging dann langsam weiter. Vor seinem Dienstunfall hatte er zweimal die Woche Sport getrieben, war ein ausgezeichneter Läufer, ging schwimmen. Jetzt fühlte er sich wie ein Tattergreis. Sein Herz raste. Er fluchte innerlich, stützte sich mit den Händen auf die Knie, wartete, dass das Seitenstechen nachließ und ging weiter.

Als er die andere Seite des Olivenhains erreichte, öffnete sich eine weitere, von einer verwilderten Hecke umfasste Brache. Vielleicht war das einmal ein schönes Stück Ackerland oder eine Viehweide gewesen. Er ruhte sich kurz aus und humpelte an der Hecke entlang. Seine Schuhe waren vom Tau durchnässt. Er ging in die Hocke, fuhr mit der Hand über die Grashalme und leckte die wenigen Tropfen ab. Gegen den Durst half das kaum. Aber es war wenigstens erfrischend. Er befeuchtete die Hände abermals und wischte sich den Mund und das Gesicht ab.

An einer Stelle, wo die Hecke im tiefen Schatten lag, schlüpfte er hindurch. Ein Trampelpfad führte in den Wald, der keine hundert Meter weiter unten lag. Im Gestrüpp wuchs jede Menge wilder Spargel. Bei dem Anblick und dem Gedanken an Rührei mit dieser Delikatesse lief ihm das Wasser im Mund zusammen. Er folgte dem Pfad, der sich immer wieder teilte und im Nirgendwo verlor. Er entschied sich für eine Richtung. Wenn er sich verlief, würde er stundenlang herumirren.

Nach etwa einer Stunde wurde das Gelände flacher und er ließ den Wald hinter sich. Vor ihm erstreckte sich ein Tal mit Wiesen, Äckern, Häusern und blühenden Obstbäumen. Weiter unten zog sich eine Straße von Ost nach West. Die Autos sahen aus wie Kinderspielzeug. Und da wusste er, wo er war. Etwa zwei Kilometer entfernt waren auf einem Hügel die Überreste der steinzeitlichen Siedlung Mondokonja zu sehen. Er war vor ein paar Wochen erst dort gewesen und hatte Fotos für sein Istrien-Buch gemacht. Von da waren es nach Rovinj nur ein paar Kilometer.

In der Ferne schimmerte das Meer.

Prohaska setzte sich wieder in Bewegung.

Besonders schlau waren die Männer wohl nicht, als sie ihn im *Kažun* allein ließen. Sie waren sicher, dass er sich nicht befreien konnte. Das Zeug, das sie ihm verabreicht hatten, hatte ihn zwar umgehauen, aber eben nicht so lange, wie sie angenommen hatten.

Was Martha jetzt wohl machte? Vermutlich schrieb sie oder lag noch im Bett. Er sollte sie anrufen. Aber ihre Nummer war auf seinem Handy gespeichert, und wie die meisten anderen Telefonnummern kannte er sie nicht auswendig. ›Tja, das kommt davon, wenn man sich auf die Technik verlässt‹, sagte die innere Stimme.

Aber die Notrufnummer der Polizei kannte jedes Kind. Und die des Fotoladens war einfach zu merken. Er müsste nur jemanden finden, der ein Handy hatte oder ihn direkt zu Rossi brachte. Doch das war seine zweite Option. Es dauerte eine weitere Stunde, als er schweißgebadet und erschöpft die Straße erreichte. Die Wolken hatten sich in Wohlgefallen aufgelöst, die Sonne brannte herunter.

Sein Schädel brummte. Er zog die Jacke aus und ging am Straßenrand Richtung Rovinj weiter, blieb ab und zu stehen und reckte den

Daumen hoch. Autos und Lastwagen donnerten an ihm vorbei, aber niemand hielt an.

›Ist ja auch kein Wunder, du siehst aus wie ein Landstreicher‹, sagte die Stimme. Aber dann hupte doch jemand hinter ihm. Ein roter Kleintransporter überholte ihn und fuhr rechts ran. Der Fahrer streckte den Kopf zum Fenster heraus und winkte.

»Willst mitfahren?«

»Ja!«

»Dann komm.«

Prohaska stieg ein.

Der Fahrer, ein kräftiger Mittvierziger mit einer spiegelnden Sonnenbrille, die er sich auf die Glatze geschoben hatte, warf ihm einen Blick zu und deutete auf eine Flasche Mineralwasser, die in einer Halterung an der Konsole hing.

»Bedien dich ruhig.«

Prohaska nickte, leerte die Flasche in einem Zug und bedankte sich.

»Na, wo soll's denn hingehen, Bruder? Ich muss nach Rovinj.«

»Ich auch.«

»Okay, schnall dich an.«

Sie fuhren los.

Der Mann zeigte auf die Packung auf der Ablage.

»Zigarette?«

»Danke.«

Prohaska zündete sich eine an.

»Ich bin Mile«, sagte der Mann und streckte ihm seine Hand entgegen.

»Joe, angenehm.«

»Ich will nicht zu neugierig erscheinen, aber du siehst aus, als hättest du ein Problem.«

»Ach, wer hat denn keine Probleme?«, gab Prohaska leichthin zurück und lächelte.

»Autopanne, oder?«

»So was in der Art.«

»Soll ich dich in die Ambulanz bringen? Oder lieber zur Polizei?«

»Danke, nicht nötig.«

Hatte er nicht eine ähnliche Szene schon einmal erlebt, nur mit anderen Vorzeichen? Aber damals saß er am Steuer. Es war mitten in der Nacht und es regnete. Auf einem Parkplatz oberhalb des Lim-Kanals schlug ein Mann einen anderen zusammen und er war dazwischen gegangen.

Der Fahrer sah zu ihm rüber.

»Bist du sicher? Entschuldige, wenn ich das so sage, aber du siehst ziemlich ramponiert aus.«

»Ich bin okay. Danke fürs Mitnehmen.«

»Schon gut, aber sag Bescheid, falls du kotzen musst, damit ich rechtzeitig anhalte.«

Prohaska starrte auf die Straße und hoffte, dass er sich die richtige Reihenfolge der Telefonnummer des Fotoladens gemerkt hatte.

»Dürfte ich bitte kurz dein Handy benutzen?«

»Klar.« Mile zog sein Smartphone aus der Halterung am Armaturenbrett und reichte es ihm rüber.

Prohaska tippte die Nummer des Fotoladens ein. Ivo meldete sich.

»Ich bin's«, sagte Prohaska leise.

»Joe, verdammte Scheiße, wo steckst du? Ich habe dich schon x-Mal angerufen, aber es meldet sich nur die idiotische Mailbox.«

»Sage ich dir nachher. Wo steht dein Auto?«

»Na, da wo es immer steht.«

»Kannst du damit zum Nordhafen kommen?«

»Ja, natürlich.«

»Danke, ich bin in zwanzig Minuten da.«

»Mann, so warte doch ...«

Aber Prohaska hatte das Gespräch schon beendet und steckte das Handy zurück in die Halterung.

»Danke.«

Mile nickte.

»Hast du schon von dem Mord in Rovinj gehört?«, fragte er nach einer Weile.

»Ja.«

»Vorhin kam ein Aufruf der Polizei im Radio.«

»Aaah, sehr gut«, sagte Prohaska.

Mile schien zu überlegen, ob er weiterreden sollte.

›Er denkt jetzt bestimmt, dass du damit etwas zu tun hast‹, sagte die innere Stimme.

»Und du bist sicher, dass ich dich nicht zur Polizei fahren soll?«

»Ich werde selbst hingehen. Bin überfallen worden.«

»Ist nicht wahr? Von wem denn?«

»Das weiß ich nicht. Deshalb muss ich ja hin.«

Mile schüttelte den Kopf.

»In was für einer beschissenen Zeit leben wir bloß?«

»Tja, leider.«

»Und was machst du so?«

»Ich bin Fotograf.«

»Interessant.«

»Und du?«

»Landwirtschaft und ein bisschen Tourismus«, erwiderte Mile. »Paar Ziegen, zwei Kühe, ein paar Hühner, und ich baue Obst, Gemüse und etwas Wein an, alles ökologisch. Außerdem vermiete ich zwei Appartements. Ferien auf dem Bauernhof.«

»Das hört sich nach viel Arbeit an.«

Mile zeigte ihm die Schwielen an seinen Händen.

»Man muss schuften, und zwar von morgens bis abends, anders geht es nicht, wenn man überleben will. Aber im Vergleich zu früher ist es jetzt besser. Wenn ich an meine Kindheit denke, da ging es uns richtig schlecht.«

Mile erzählte weiter. Er war verwitwet, hatte zwei erwachsene Töchter und drei Enkelkinder. Die jüngere Tochter war Krankenschwester, lebte in Norditalien, wo sie als Pflegerin im Altersheim arbeitete. Die ältere lebte mit Mann und Kindern bei ihm im Haus.

»Komm doch mal vorbei, wenn du in der Nähe bist, dann kannst du von meinem Wein kosten.«

Prohaska versprach es. Mile ließ ihn am Kreisverkehr vor der Ausfahrt des Parkplatzes aussteigen und fuhr weiter.

Prohaska sah sich nach Ivo um, aber der war noch nicht da. Die Leute starrten ihn an, manche schüttelten den Kopf oder hoben verwundert die Augenbrauen.

Ivo blieb der Mund offen, als er ein paar Minuten später vor dem *Casablanca* hielt.

»Dio mio, was ist passiert?«

»Einiges«, erwiderte Prohaska genervt und stieg ein. Ivo fuhr los. Die Klimaanlage war eingeschaltet, aber die Karre war wahrscheinlich seit Tagen in der Sonne gestanden. Das Plastikthermometer zeigte dreißig Grad an.

»Kann ich bitte nachher dein Auto haben? Ich bringe es dir morgen zurück.«

»Ja, sicher. Wo ist denn deins geblieben? Wo warst du? Wer hat dich so zugerichtet?«

Prohaska klappte die Sonnenblende runter, warf einen Blick in den Spiegel, klappte das Ding wieder hoch und erzählte die Kurzfassung seiner Entführung.

»Das darf doch nicht wahr sein! Diese Mistkerle. Habe ich dir nicht gesagt, dass du aufpassen sollst?« Ivo hielt ihm sein Handy hin. »Los, ruf sofort die Polizei an.«

»Ja, ja, später.«

»Spinnst du? Du rufst sofort Rossi an, sonst mach ich es. Die Nummer ist gespeichert.«

»Reg dich nicht so auf.«

»Mach es, jetzt gleich.«

Prohaska rief den Inspektor an und berichtete widerwillig, was sich ereignet hatte.

»Sie haben ein besonderes Talent, in Schwierigkeiten zu geraten, Joe, das muss ich Ihnen lassen. Sind Sie schwer verletzt?«

»Nein.«

»Wieso sind Sie überhaupt darauf eingegangen?«

»Bin ich nicht.«

»Okay, lassen wir das. Haben Sie sich das Kennzeichen gemerkt?«

»Nein, es ging alles viel zu schnell. Ich weiß nur, dass er in Pula zugelassen ist.«

»Das sind die meisten hier. Und Sie sagen, die drei Männer trugen Motorradmasken?«

»Zumindest die beiden, die ausgestiegen waren. Den Fahrer habe ich nachher nicht genau gesehen.«

»Haben die Kerle den Namen ihres Auftraggebers erwähnt?«

»Nein, sie erwähnten nur kurz ihren Chef.«

»Und welche Sprache oder welchen Dialekt haben sie gesprochen?«

»Na, Kroatisch, aber Dialekt? Keine Ahnung.«

»Klang es wie unser Rovinjer Dialekt oder eher wie in Zagreb, oder Bosnisch, Serbisch, Albanisch, Suaheli, was weiß ich?! So etwas hört man doch sofort.«

»Sie vielleicht. Ich habe gar nicht darauf geachtet.«

»Ach, egal. Und diese Frau, die Sie angerufen hat?«

»Sie hatte eine sehr schöne, angenehme Aussprache, wie eine Fernsehsprecherin.«

»Wissen Sie, wo sie wohnt? Sie haben doch ihre Telefonnummer? Visitenkarte? Irgendwas?«

»Einen Moment.«

Er suchte die Taschen ab, aber die Karte war nirgends.

»Ich habe sie doch nicht da.«

»Aber ihren Nachnamen werden Sie doch wissen oder Firma, in der sie arbeitet?«

»Leider auch nicht«, sagte Prohaska zerknirscht.

»Na gut, dann schicken Sie mir ihre Daten halt später. Wie lautet das Kennzeichen Ihres Cabrios?«

Prohaska sagte es ihm, hatte aber nicht die geringste Hoffnung, dass man seinen Wagen so bald finden würde. Denn falls ihn der Kerl, der damit abgehauen war, ihn nicht zu Schrott gefahren hat, hatte er ihn bestimmt irgendwo versteckt. Wenn er nur daran dachte, dass sein Cabrio weg war, bekam er hohen Blutdruck.

»Kommen Sie her und erstatten eine Anzeige. Danach schauen wir weiter.«

»Mach ich, aber vorher muss ich nach Hause, duschen und mich umziehen.«

»Wie Sie wollen. Warten Sie nicht zu lange. Je länger wir nichts unternehmen, desto mehr Zeit haben die anderen. Wenn wir den Wagen finden, finden wir auch Spuren. Muss ich ja nicht erklären.«

»Nein.«

»Sie hatten Glück, dass nichts Schlimmeres passiert ist.«

»Ich weiß.«

»Joe, ich wiederhole mich ungern, aber unternehmen Sie nichts auf eigene Faust. Das ist ein Befehl. Und bringen Sie auch dieses anonyme Ding mit.«

»Okay.«

»Ciao, ich muss zu einer Besprechung. Wir sehen uns.«

Rossi legte auf. Prohaska gab Ivo das Handy zurück.

Er hatte ganz vergessen, Rossi nach dem Toten in Punta Corrente zu fragen. Ivo hielt in der Nähe des Busbahnhofs in der zweiten Reihe, stieg aus und Prohaska setzte sich ans Steuer.

»Danke, Alter. Ich rufe dich von Enzo an, muss den Hund bei ihm abholen.«

»Gut, fahr vorsichtig und leg dich hin, wenn du schon nicht zum Arzt willst. Nicht dass du am Ende umkippst.«

Prohaska lächelte.

»Ja, aber jetzt hör auf, mich zu bemuttern. Bis später.«

*

Auf der Fahrt nach Kloštar ging Prohaska die Ereignisse der letzten Stunden noch einmal durch.

Wer war alles bei der Trauung gewesen? Und wieso war Sabina eigentlich dort? Auch eine der jungen Frauen, die in der Kirche ganz hinten gesessen war, kam ihm irgendwie bekannt vor, aber er hatte sie nicht näher beachtet, weil er mit dem Fotografieren beschäftigt war. Hätte er sich doch nur die Namen der Trauzeugen oder Marinas Eltern gemerkt! Wie hieß Rudis Mutter eigentlich? Hatte sie ihren Namen gesagt? War er von Brankas Erscheinung so gefesselt, dass sein Verstand ausgesetzt hatte? Und war der andere Fotograf tatsächlich krank geworden, existierte er überhaupt oder war es von vorneherein geplant, ihn, Prohaska, zu engagieren? War es ein abgekartetes Spiel? Eine Falle war es auf jeden Fall. Aber wieso? Wer zum Donnerwetter steckte dahinter? Und in wessen Auftrag hatten die drei Typen gehandelt? Wer war der Mann, den sie als ihren Chef bezeichnet hatten? War der etwa auch auf der Hochzeit gewesen? Und hatte der etwas mit dem anonymen Päckchen zu schaffen? Er musste sich die Fotos ansehen.

›Hallo, schon vergessen? Die Kamera ist im Auto geblieben‹, flüsterte seine innere Stimme. ›Du wirst langsam alt, das steht fest.‹

Er müsste Branka und diesen Rudi finden. Steckten sie unter einer Decke und somit hinter der Entführung? Aber wieso? Warum haben ihm diese Typen das Handy und die Uhr abgenommen, aber nicht die Geldbörse und das Schlüsselbund? Sie haben inzwischen sicher festgestellt, dass er sich befreit hat und abgehauen ist. Hatten sie ihn in der Stadt gesehen und warteten jetzt vor seiner Haustür?

Als er an einer Ampel anhalten musste, fiel der Groschen.

»Natürlich! Warum bin ich nicht früher darauf gekommen?«

Er schlug mit der Faust auf das Steuer und fuhr zusammen, als die Hupe ertönte. Der Fahrer vor ihm hob den Mittelfinger, die Ampel sprang auf Gelb, der Vordermann gab Gas, die Reifen quietschten und hinter der Kreuzung blitzte die Rotkamera.

»Sorry, Kumpel, du warst nicht gemeint.«

Als er in Kloštar ankam, blieb er an der Kreuzung stehen, von der er sein Haus sehen konnte. Doch es wartete niemand vor seiner Haustür. Er fuhr in den Hof und ging ins Haus. Dann schaltete er das Radio ein, machte sich einen Kaffee und ging ins Bad. Vielleicht würde in den Ein-Uhr-Nachrichten ein Bericht über den Toten am Strand kommen.

Als er sich im Spiegel sah, wurde ihm klar, warum ihn die Leute so angestarrt hatten. Seine Unterlippe war geschwollen. Das Blut um den Mund, das er übers Gesicht verschmiert hatte, als er versucht hatte, mit dem Tau den Durst zu stillen, war rostbraun. Unter dem rechten Auge hatte er einen dunkelblauen Bluterguss. Am Hinterkopf, wo ihn der Mann mit dem Pistolenknauf getroffen hatte, war eine Beule, aber keine Platzwunde. Er zog sich aus, warf die verschwitzten und schmutzigen Sachen in die Waschmaschine. Dann schaute er sich die schmerzenden roten Stellen am Brustkorb und Rücken an.

›Immerhin keine Rippenbrüche. Du wirst es überleben. Außerdem bist du selbst schuld‹, klugscheißerte seine innere Stimme.

Er duschte, rasierte sich, putzte vorsichtig die Zähne und zog den Morgenmantel an. Als nächstes musste er dringend etwas essen, dann Brankas Visitenkarte suchen und Inspektor Rossi eine E-Mail mit ihren Daten schicken. Er ging in die Küche, riss ein großes Stück Brot ab, das inzwischen steinhart geworden war, trank ein Glas Wasser, nahm eine Tomate aus der Schale auf der Ablage. Es läutete an der Tür.

»Himmelherrgottnochmal, das darf nicht wahr sein!«

Er steckte die Tomate in den Mund. Der Saft tropfte ihm übers Kinn, als er die Tür einen Spalt aufmachte. Martha stand davor.

»Mensch, ich habe mir solche Sorgen gemacht. Wo warst du? Herrje, wie siehst du aus? Das ist ja zum Fürchten!«

Konnte sie nicht etwas leiser sprechen?

Er wischte sich den Mund mit dem Ärmel ab.

»Komm rein.«

»Ich versuche seit Stunden, dich zu erreichen. Als ich es nicht mehr ausgehalten hab, bin ich in den Fotoladen gegangen. Ivo sagte, dass du hier bist und es dir gar nicht gut geht. Ich bin sofort losgefahren ... bin so froh, dass du ...«

»Kaffee? Ich habe vorhin einen gemacht.«

Martha marschierte an ihm vorbei.

»Ja, ja, gerne.«

Sie setzten an den Tisch unter der Weinlaube. Martha nippte an ihrer Tasse, zündete sich eine Zigarette an und schaute zum Oleander.

»Du hast ihn gut gepflegt.«

»Was auf mich nicht unbedingt zutrifft«, erwiderte er.

Sie schüttelte den Kopf.

»Wie um Himmels willen ist das passiert? Ivo wollte mir nichts sagen.«

»Na ja, ich schätze, ich war zur falschen Zeit am falschen Ort.«

»Und? Hast du diese Frau getroffen, die dich gestern Abend angerufen hat? Und ist der Mann aufgetaucht?«

»Nein.«

Er erzählte die leidige Geschichte noch einmal. Martha unterbrach ihn immer wieder und wollte alles ganz genau wissen. Brauchte sie etwa Anregungen für ihren Roman? Er hatte gute Lust, sie danach zu fragen.

Als er fertig war, entschuldigte er sich und ging ins Schlafzimmer, um sich umzuziehen. Er schnappte sich eine Jeans und ein Hemd. Die Hose war hart wie ein Brett, das weiße Hemd kratzte am Kragen, die Socken musste er erst umdrehen. Er fluchte leise vor sich hin, ging dann ins Bad und betupfte sein schmerzendes Gesicht mit Rasierwasser. Der Bluterguss unter seinem Auge war lila. Er legte einen kalten Waschlappen darauf. Er fühlte sich miserabel und wäre jetzt viel lieber allein gewesen.

»Und was jetzt?«, fragte Martha, als er zurückkam.

»Ich habe Hunger. Magst du Omelette?«

»Danke, ich habe schon gefrühstückt. Und jetzt ist mir ehrlich gesagt der Appetit vergangen.«

Dazu fiel Prohaska nichts ein.

Er machte neuen Kaffee, schnitt Speck in dünne Streifen, dünstete sie an und schlug ein halbes Dutzend Eier in die Pfanne. Dann nahm er eine Tomate und ein Stück Brot und setzte sich zu Martha an den Tisch.

»Möchtest du echt nichts?«, fragte er kauend.

Sie schüttelte den Kopf.

»Guten Appetit.«

Er nickte. Martha stützte das Kinn mit der Hand ab, rauchte und sah ihm zu.

»Ich kann immer noch nicht fassen, dass man dich überfallen, entführt und dann gefesselt und eingesperrt hat.«

»Und nicht zu vergessen beklaut«, fügte Prohaska hinzu.

»Ja, Mensch, dein schönes Cabrio!«

»Und die Kamera, Fototasche, Sonnenbrille.«

»Das sind doch Straßenräuber! Wo leben wir eigentlich? Die Banditen gehören sofort eingesperrt.«

»Falls man sie schnappt.«

Prohaska kaute langsam. Martha könnte am Ende glauben, er hätte in Anwesenheit einer Dame kein Benehmen. Aber sie achtete gar nicht darauf.

»Wie konnten sie es wagen, dir so etwas anzutun? Und vor allem, warum?«

»Tja. Wenn ich das wüsste.«

»Wie kannst du dabei nur so ruhig bleiben?«

»Ich bin nicht ruhig, ich bin stinksauer. Wenn ich die Burschen in die Finger kriege …«

»Aber was machen wir jetzt?«

Prohaska wischte den Teller mit einem Stück Brot sauber, schob den Bissen in den Mund und sah sie an.

»Wir?«

»Na ja, wo ich schon mal da bin.«

Er trank Kaffee und steckte sich eine Zigarette an.

»Martha, das ist Sache der Polizei. Und bevor ich allein etwas unternehme, muss ich die ganze Sache erst einmal rekapitulieren. Dieser ganze Mist begann mit dem Päckchen.«

Und während er noch das Wort aussprach, ärgerte er sich maßlos. Jetzt musste er ihr wohl oder übel auch den anderen Teil der Geschichte erzählen. Martha sah ihn entgeistert an.

»Was für ein Päckchen?«

»Ach, hatte ich es dir nicht erzählt?«

»Nicht, dass ich wüsste.«

»Einen Moment. Ich zeige es dir, aber das bleibt bitte unter uns.«

»Soll ich dir etwa mein Ehrenwort geben? Natürlich bleibt es unter uns«, sagte sie aufgebracht.

Er holte das Päckchen, wickelte es aus und legte es auf den Tisch. Martha überflog den Zeitungsartikel und sah Prohaska ratlos an.

»Der Typ hat mir Rache geschworen und ist eventuell in Istrien«, begann Prohaska.

»Wahnsinn! Aber du kannst nichts dafür, dass er ins Gefängnis musste.«

»Na ja … schon«

»Und was soll dieser Pinsel bedeuten?«

»Keine Ahnung.«

»Vielleicht hat er im Gefängnis malen gelernt.«

»Ich kann mir nicht vorstellen, dass er sich für die schönen Künste interessiert, wenn schon, dann für Fußball, Autos, Frauen, schnell verdientes Geld.«

»Vielleicht will der Absender damit sagen, dass du einen Maler suchen sollst, der ihn kennt oder ihn versteckt oder etwas in der Art«, überlegte Martha laut.

»Soweit war ich auch schon, aber Rovinj ist voll von Malern. Wie soll ich da den richtigen finden?«

»Es muss ja nicht in Rovinj sein.«

»Ach, das ist auch Wurscht. Irgendwann komme ich schon dahinter.«

»Eine höchst komplizierte Sache. Doch ich finde, du solltest dich sputen. Wer weiß, was der Kerl vorhat? Außerdem wäre es vielleicht besser, wenn du für eine Weile woanders wohnst, bei Ivo zum Beispiel? Oder dir ein Zimmer nimmst? Diese Verbrecher könnten doch hier auftauchen und dir etwas antun. Also ich könnte hier nicht allein bleiben.«

Prohaska fuhr hoch.

»Ich werde mich ganz bestimmt nicht verstecken. Sollen sie doch kommen!«

»Ich meine ja nur.«

»Ich weiß«, sagte er etwas ruhiger. »Ich müsste telefonieren. Kann ich dein Handy haben?«

Martha legte wortlos ihr Smartphone auf den Tisch.

»Danke, entschuldige, ich bin gleich wieder da.«

Er nahm das Handy, ging ins Bad und wollte Brankas Visitenkarte aus der Tasche seiner Jeans holen, aber die war in der Waschmaschine. Natürlich, er hatte die Karte nicht in die Jeans, sondern in die Fototasche gesteckt.

»So ein Granadascheiß aber auch!«

Er knallte die Badezimmertür zu und stapfte zurück auf die Terrasse.

»Was ist denn?«

»Ach nichts, ich habe etwas gesucht, aber das ist in der Fototasche, und die war auf dem Beifahrersitz. Und mein Auto ist wer weiß wo!«

»Komm, setz dich, dann überlegen wir, was wir machen können.«

Aber er tat es nicht, sondern fing an, hin und her zu tigern.

Martha stand ebenfalls auf.

»Also, als Erstes brauchst du ein Telefon, damit du kommunizieren kannst. Dann ein Auto … Ich würde dir ja meins geben, aber …«

»Das kommt gar nicht infrage.«

»Dann mietest du dir eben eins. Es wird ja nicht die Welt kosten. Und du musst Anzeige erstatten.«

Doch er hörte nicht mehr richtig hin. Das wusste er alles selbst. Wie konnte er nur so naiv sein und auf diese Branka hereinfallen? Und Martha meinte es ja gut, aber sie redete und redete, als wäre er ein dummer Junge. Außerdem fühlte er sich in ihrer Nähe unfähig, klar zu denken. Sie lenkte ihn ab und er war müde, hatte Kopfschmerzen und wollte allein sein. Wie sollte er ihr das sagen? Verdammt noch mal, er war nicht gewohnt, ständig jemanden um sich zu haben. Und Martha schon gar nicht. Sie machte ihn nervös, mischte sich in sein Leben ein. Und überhaupt, wollte sie nicht an ihrem Romanmanuskript sitzen? War sie nicht deswegen hergekommen? Waren seine ach so aufregenden Probleme eine willkommene Ablenkung? Nicht einmal ihre Adresse wollte sie ihm verraten, damit er sie bloß nicht unangemeldet besuchte und sie vom Schreiben abhielt. Als ob er das ohne Ankündigung gemacht hätte. Soweit müsste sie ihn doch kennen. Andererseits, kannte sie ihn wirklich so gut? Nein. Und er sie? Und jetzt ging sie ihm mit ihrer Fürsorglichkeit auf die Nerven.

Er blieb abrupt stehen, ließ sich in den Sessel fallen und stützte den Kopf auf die Hände. Er war undankbar und sollte froh sein, dass sie ihm helfen wollte. Aber trotzdem, sie nervte.

»Was ist?«

Er schüttelte den Kopf.

»Ich kann das nicht mehr mit ansehen. Komm, ich bringe dich zum Arzt. Vielleicht hast du doch eine Gehirnerschütterung. Damit ist nicht zu spaßen. Ist dir übel? Du bist ganz blass.«

›Sie redet wie eine Krankenschwester. Es fehlt nur noch, dass sie deinen Puls fühlt, die Stirn berührt und eine Beruhigungsspritze aus ihrer großen Handtasche hervor kramt.‹

»Nein, nein, ich bin okay.«

»Wirklich? Ich sehe das anders.«

»Aber ja.«

»Gut, dann fahren wir zur Polizei. Danach gibst du Ivo das Auto zurück und mietest dir eins. Die Polizei wird die Gangster schon finden.

Und das Weibstück, entschuldige, wenn ich das sage, diese Branka hat dich an der Nase herumgeführt. Wenn ich mitgefahren wäre, dann wäre das bestimmt nicht passiert.«

Prohaska starrte auf die Tischplatte.

»He, was hast du?«

»Nichts.«

Er hob den Kopf, sah sie kurz an und zündete sich eine Zigarette an. Dann begann er erneut hin und her zu tigern.

»Ich drehe mich im Kreis, muss jetzt nachdenken.«

»Exakt. Kein Wunder, nach der Aufregung. Deshalb solltest du zum Arzt ...«

Prohaska blieb stehen.

»Martha, sei mir nicht böse, es ist lieb von dir, dass du hergekommen bist, aber es ist besser, wenn ich das alleine entscheide. Außerdem möchte ich dich auf keinen Fall in Gefahr bringen. Ich weiß nicht, was für Leute hinter dieser Sache stecken und worum es im Grunde geht. Und du wolltest doch schreiben.«

Martha musterte ihn konsterniert, sagte aber nichts.

»Ich werde zu Rossi fahren, aber jetzt muss ich mich erst einmal hinlegen und nachdenken.«

»Schon okay.«

Sie schnappte ihre Handtasche, riss eine Seite aus ihrem Terminkalender, kritzelte ihre Handynummer darauf und legte den Zettel unter seine Tasse.

»Für den Fall, dass du meine Nummer vergessen hast.«

Dann schob sie den Stuhl zurück und stand auf. Prohaska machte einen Schritt auf sie zu, aber sie hob die Hände.

»Ich bin schon weg. Mach's gut.«

Er begleitete sie zur Tür. Kein Bussi-Bussi, keine Umarmung, nichts.

»Martha, es tut mir echt leid. Ich rufe dich an, sobald ich ein neues Handy habe.«

Sie nickte, ging zu ihrem Wagen, riss die Fahrertür auf, setzte sich, knallte die Tür zu, startete den Motor und fuhr davon.

Prohaska ging ins Haus und räumte wütend die Küche auf.

›Glückwunsch! Das hast du gründlich vermasselt. Martha siehst du nicht so bald wieder, wenn sie sich überhaupt noch bei dir meldet, bevor sie nach Hause abzischt.‹

Seine innere Stimme ließ sich auch mit zwei Schmerztabletten nicht zum Schweigen bringen.

Er ignorierte sie, legte sich aufs Bett, rollte sich wie eine Katze zusammen, zog die Decke über den Kopf und schlief augenblicklich ein.

Der Schlummer dauerte gefühlte fünf Minuten.

›Hu-hu, wach auf, haaallo! Hast du nicht etwas vergessen? Denk nach‹, flötete die Stimme, während wohlige Wärme seinen Körper durchströmte, seine Muskeln sich entspannten und er ins tiefschwarze Nichts versank.

»Der Hund!«

Er verließ das Haus und hoffte, dass Enzo nicht zu viele Fragen stellte und Josefina keinen Schlag bekam, wenn sie ihn sah.

Aber Enzo schaute ihn nur an, nickte und holte dann eine Flasche Grappa und zwei Gläser.

»Jesus, Maria und Josef! Was ist mit dir passiert?«, fragte Josefina und bekreuzigte sich.

»Ach, alles halb so schlimm.«

»Madonna mia, heiliger Antonius! Komm, setz dich auf die Couch, ich mache dir schnell einen Eisbeutel.«

Enzo und Prohaska gingen ins peinlich aufgeräumte Wohnzimmer. Prohaska versank in der Couch, Enzo setzte sich in seinen Sessel. Bello hüpfte vor Freude kläffend Prohaska auf den Schoß, trampelte herum und leckte ihm das Gesicht ab.

»Jetzt ist gut! Sitz!« Prohaska setzte den Hund auf den Boden. Aber der sprang wieder auf die Couch und legte sich neben ihn. Sie stießen an und tranken auf Ex, aber einen weiteren Grappa lehnte Prohaska ab. Josefina kam herein, stellte ein Kännchen Kaffee, Tassen und eine Kristallschale mit Keksen auf den Tisch, machte ihm einen Eisbeutel und setzte sich in den Sessel gegenüber.

Joe erzählte zum vierten Mal die Geschichte, wobei er das anonyme Päckchen lieber wegließ.

»Tja, so stehen die Dinge im Moment«, sagte er zum Schluss. »Ich fahre nachher zur Polizei, besorge mir ein Handy und ein Ersatzauto, danach sehen wir weiter.«

Er stand auf und machte Bello ein Zeichen. Der Hund sprang von der Couch und rannte zur Tür.

»Danke für den Kaffee und auch, dass Bello hierbleiben konnte.« Josefina winkte abwehrend ab.

»Dio mio, musst dich doch nicht bedanken! Lass ihn ruhig noch hier, dann hast du eine Sorge weniger.«

Prohaska war mehr als einverstanden und bedankte sich abermals. Bello gefiel es gar nicht.

»Hör mal, Joe«, sagte Enzo, als er ihn nach draußen begleitete. »Ist so ein Mietauto nicht viel zu teuer?«

»Ich muss mich erst bei meiner Versicherung erkundigen. Notfalls zahle ich es privat.«

»Ja, aber wenn du meinen Punto nimmst, kostet es dich nur den Sprit. Er sollte ohnehin mal wieder durchgepustet werden.«

»Enzo, das ist sehr nett, aber ich kann es nicht annehmen. Was, wenn du ihn brauchst?«

»Dann frage ich einen Nachbarn.«

»Ich weiß nicht, es könnte schon eine Weile dauern, bis ich meinen Wagen zurückbekomme.«

»Na, deswegen sage ich es. Warte kurz.«

Enzo ging ins Haus, holte den Autoschlüssel und die Autopapiere und drückte sie Prohaska in die Hand.

»Nimm die schon mal mit, dann kannst du ihn holen, wann du willst, falls wir draußen auf dem Feld sind. Es gibt jetzt sehr viel zu tun. Und um Bello musst du dich nicht sorgen. Lass ihn hier, solange du willst.«

*

Es war später Nachmittag, als er auf den Parkplatz der Polizeistation Rovinj fuhr und sich an der Pforte anmeldete. Inspektor Rossi war in einer Sitzung und als man ihm mitteilte, dass Joe Prohaska da sei, ließ er ausrichten, er käme sofort.

Fünf Minuten später waren sie in Rossis Büro.

»Bitte, nehmen Sie doch Platz«, sagte Rossi und lächelte, ohne den Bluterguss unter Prohaskas Auge zu kommentieren.

Prohaska setzte sich auf den Besucherstuhl. Der Inspektor hob den Telefonhörer ab, wählte eine Nummer, sagte, man solle ihm ein Formular für Strafanzeigen bringen.

»Kaffee?«

»Danke, gerne.«

Rossi ließ zwei doppelte Espresso aus der Kaffeemaschine tröpfeln, stellte die Tassen auf den Tisch und öffnete das Fenster. Dann setzte er sich, bot Prohaska ein Zigarillo an, aber er schüttelte den Kopf, nahm sein Päckchen Zigaretten aus der Tasche und zündete sich eine an. Er hatte, als er Ivos Kombi volltankte, eine Stange gekauft und die sollte für eine Weile reichen.

Eine Frau kam herein, grüßte Prohaska mit einem Lächeln, reichte Rossi das Formular und ging hinaus.

Während Prohaska es anschließend ausfüllte und versuchte, sich nicht zu sehr aufzuregen, weil alles wieder hochkam, blätterte Rossi in einem Aktenordner, tippte auf der Tastatur seines Rechners herum und paffte. Als Prohaska fertig war, las Rossi die Anzeige durch, unterschrieb sie und ging damit aus dem Zimmer.

»Das geht sofort an die Staatsanwaltschaft«, sagte er, als er sich wieder an den Schreibtisch setzte. »Und wenn Ihnen noch etwas einfallen sollte, rufen Sie mich bitte sofort an.«

»Ja, allerdings muss ich mir erst einmal ein neues Handy besorgen.«

»Ja, natürlich. Ich hoffe, dass wir diese Sache bald aufklären, aber versprechen kann ich es natürlich nicht.«

»Ich weiß.«

Prohaska erhob sich und wollte sich verabschieden, aber Rossi bedeutete ihm, sitzen zu bleiben.

»Ich habe auch nicht viel Zeit, aber ich muss Ihnen etwas Erfreuliches berichten.«

Er hüllte sich in eine Rauchwolke und lehnte sich leicht vor.

»Was immer das ist, es hat nichts mit mir zu tun«, sagte Prohaska.

»Halten Sie sich fest. Wir wissen, wer der Tote vom Strand ist.«

»Das ging ja schnell.«

»Ich war auch überrascht. Also, kurz nach der Pressekonferenz meldeten sich mindestens zwei Dutzend Leute. Und Sie kennen es, viele waren nur neugierig, wollten sich wichtig machen und hielten uns auf, doch dann meldete sich eine Frau, sagte, der Mann sei Italiener, vermutlich aus Triest, und nannte seinen Namen. Und legte auf. Wir haben bei den Kollegen in Triest angerufen – und Bingo! Ein Mann mit dem Namen, den sie genannt hatte, wird seit drei Tagen vermisst. Jetzt müssen wir noch die Anruferin finden und befragen, da sie vielleicht noch mehr Details kennt.

»Und wer ist er?«

Rossi nahm einen Aktenordner vom Stapel, klappte ihn auf und las vor:

»Alfonso Greco, zweiunddreißig Jahre alt, geschieden, Maler von Beruf, lebte zuletzt in der Via Flavia in Triest.« Rossi klappte den Ordner zu. »Die dortigen Kollegen haben seine Familie schon informiert.«

Prohaska glaubte, sich verhört zu haben.

»Er war Maler?«

»Ja, ja, aber kein Kunstmaler, sondern Handwerker, Maler und Stuckateur. Er hat in einer Baufirma gearbeitet. Sein Cousin kommt her, um ihn zu identifizieren und die Überführung zu regeln, sobald der Leichnam freigegeben wird. Die Frage ist, wann und wie Greco nach Kroatien beziehungsweise Istrien eingereist ist, wen er hier getroffen und wo er sich aufgehalten hat. Vielleicht kann uns sein Cousin mehr dazu sagen.«

»Ich will mich nicht einmischen, Inspektor, und auch nicht zu sehr spekulieren, aber haben Sie auch in Betracht gezogen, dass es bei seinem Besuch um Drogengeschäfte gehen könnte? Sobald ich an Italien denke, fällt mir die Mafia ein.«

»Sie nehmen mir das Wort aus dem Mund. Die italienische Antimafia-Behörde hatte Greco seit einiger Zeit schon im Visier. Sie wollten letzte Woche zugreifen, aber er muss gewarnt worden sein und ist untergetaucht.«

»Im wahrsten Sinne des Wortes«, bemerkte Prohaska trocken.

Rossi kippte seinen Espresso hinunter und zerquetschte den Zigarillo im Aschenbecher. Prohaska sagte:

»Wenn ich mich irgendwie erkenntlich machen kann …?«

»Das können Sie in der Tat. Hören Sie sich ein wenig in der Stadt um. Sie erfahren vielleicht eher etwas, das uns weiterhelfen könnte. Und vor allem seien Sie bitte vorsichtig!«

Prohaska drückte seine Zigarette aus und stand auf.

»Sie können mich jederzeit anrufen. Ach ja, ich soll Sie vom Staatsanwalt Cipoletti grüßen.«

»Grüße zurück und danke, dass Sie sich Zeit genommen haben.«

»Nein, nein.«, Rossi wedelte mit den Händen. »Das gehört zu meiner Arbeit.« Er machte das Fenster zu, schnappte den Aktenordner und Zigarillos, begleitete Prohaska zur Tür und schloss sie hinter sich ab.

»Dieser Junge ...«, sagte Prohaska, als sie die Treppe hinunter gingen.

»Galižan, Mario?«

»Ja. War er schon wegen seiner Aussage hier?«

»Er kommt morgen Nachmittag mit seiner Mutter Sabrina her.«

»Ach, und wo arbeitet sie?«, fragte Prohaska beiläufig und versuchte, sich die Überraschung nicht anmerken zu lassen. Sie hieß also Sabrina. Hatte er sich etwa verhört?

Rossi blieb vor einer Bürotür stehen, antwortete jedoch nicht sofort, weil in dem Moment die Tür am Ende des Flurs aufging und eine Frau und zwei Männer herauskamen. Rossi grüßte zurück und wartete, bis sie außer Hörweite waren.

»Sie finden Sie in der Bäckereiabteilung eines der Supermärkte draußen im Gewerbegebiet.«

»Das trifft sich gut, ich wollte mir ohnehin ein Handy besorgen.«

»*Lidl* oder *Plodine*, ich müsste nachschauen, aber jetzt muss ich in die Teambesprechung. Morgen kriegen wir hoffentlich Verstärkung.«

»Ich melde mich«, sagte Prohaska und deutete eine Verbeugung an.

*

Eine Viertelstunde später betrat er den Supermarkt *Plodine*, zog einen Einkaufskorb vom Stapel und schaute sich in dem riesigen Gebäude um. Die Bäckereiabteilung befand sich in der Nähe des Eingangs. Draußen vor dem Gebäude standen ein paar Tische und Stühle. In der Schlange vor der Theke warteten mehrere Leute, die von zwei Verkäuferinnen bedient wurden. Eine von ihnen war Sabrina Galižan. Warum sie ihm ihren richtigen Vornamen nicht gleich gesagt hatte, war ihm ein Rätsel. Sie konnte sich denken, dass er ihn irgendwann herausfinden würde. Aber diese Camouflage mit den Namen oder Spitznamen war symptomatisch. Keiner wollte sofort seine Identität preisgeben, wofür er durchaus Verständnis hatte.

Er schlenderte zwischen den Regalen, legte Kartoffelchips und eine Packung Schokoriegel in den Korb und suchte sich dann in der Elektronikabteilung ein Smartphone samt Zubehör aus, das gerade im Angebot war, bezahlte an der Kasse und stellte sich dann in die Warteschlange der Bäckerei an. Sabrina starrte ihn an, als wäre er ein Gespenst, doch dann fasste sie sich wieder und als er an die Reihe kam, fragte sie höflich, was er wünschte.

Er bestellte einen Latte macchiato, Mineralwasser und ein Stück Apfelkuchen, bezahlte und trug alles auf einem Tablett zu einem Stehtisch. Dort packte er das Handy aus, warf die Verpackung in den Abfalleimer, steckte das Ladekabel in die Steckdose an der Wand hinter ihm und aktivierte das Gerät. Während er auf die Antwort des Providers wartete, aß er den Kuchen und trank Kaffee. Dabei schaute er ab und zu vom Handy hoch und zu Sabrina, die so tat, als sei er nicht da.

Sollte er sie gleich ansprechen oder warten, wenn es an der Theke ruhiger wurde? Wenn er es sofort tat, konnte sie nicht ausweichen. Andererseits wollte er sie vor ihrer Kollegin nicht in Verlegenheit bringen. Darauf zu warten, dass sie nachhause ging, wäre sinnlos, weil er nicht wusste, wann ihre Schicht zu Ende ging. Der Supermarkt hatte bis zweiundzwanzig Uhr offen. Jetzt war es erst halb sechs und er musste Ivo noch den Wagen zurückbringen.

Während er überlegte und sich mit dem Handy beschäftigte, kam Sabrina von selbst.

»Was wollen Sie denn hier?«, flüsterte sie und wischte mit einem Tuch ein paar Krümel vom Tisch.

»Ich muss mit Ihnen reden.«

»Doch nicht hier.«

»Wo dann?«

»Kommen Sie um zehn an die Kreuzung vor dem Eingang.«

Prohaska nickte.

»Darf es noch etwas sein?«, fragte sie laut und als er verneinte, ging sie eilig zurück.

Er packte seine Sachen zusammen und verließ den Laden.

Falls Sabrina etwas über die Männer wusste, die ihn entführt hatten, musste er sie nachher dazu bringen, es auch der Polizei zu erzählen. Und hatte der Überfall auf ihn womöglich etwas mit dem Mord an diesem Greco zu tun?

›Erwartest du da nicht zu viel?‹, meldete sich die innere Stimme finster. ›Warte einfach ab.‹

Er hörte nicht darauf, sondern fragte sich, wer wohl die Frau war, die der Polizei Grecos Namen genannt hatte? Und warum wurde Greco getötet? Steckte wirklich die Mafia dahinter?

›Als ob du es nicht wüsstest.‹ Klar wusste er es.

Die meisten Tötungsdelikte geschahen aus niedrigen Beweggründen, zur Befriedigung des Sexualtriebs, aus Habgier, Rache oder um eine andere Straftat zu verbergen.

Wie ist Greco hergekommen? Mit seinem Auto? Dann musste es noch irgendwo sein. Hatte er wirklich etwas mit Drogen zu tun? Vielleicht sollte er sich nicht allein mit Sabrina treffen, dachte er auf der Rückfahrt. Sollte er Ivo mitnehmen? Ihm vertraute er hundertprozentig. Aber dann verwarf er die Idee. Ivo war sein bester Freund und aus diesem Grund konnte und wollte er ihn nicht mit hineinziehen.

*

Nachdem er Ivos Wagen abgestellt hatte, ging Prohaska in den Fotoladen. Als sie im Hinterzimmer Kaffee tranken, erkundigte sich Ivo, ob Martha ihn angetroffen habe.

»Ja, ja, sie war da, aber ich fürchte, ich habe sie verscheucht.«

»Was hast du denn angestellt?« Prohaska zuckte mit den Schultern.

»Ich habe sie mehr oder weniger hinauskomplimentiert. Und ich werde mich entschuldigen, sobald mein neues Handy betriebsbereit ist.« Er legte das Handy auf den Tisch.

»Oha, wo hast du es her?«, fragte Ivo und erkundigte sich nach dem Preis.

»Im *Plodine*, und es war nicht das teuerste.«

»Warst du schon bei Rossi?«

»Ja.«

»Gut.«

»Er gibt mir Bescheid, wenn es etwas Neues gibt. Apropos, hast du dir eventuell die Telefonnummer von dieser Branka aufgeschrieben?«

»Nein, ich habe dir den Zettel gegeben.«

»Ja, ja, aber der ist weg.«

»Hm …«, Ivo kratzte sich am Hinterkopf.

»Egal, ich werde sie schon noch ausfindig machen. Aber dafür müsste ich erst den Bräutigam finden.«

»Hast du nicht gesagt, dass er in einer Diskothek gearbeitet hat?«

Prohaska blies den Rauch in einer dünnen Fahne durchs Fenster.

»Keine Ahnung, ob er dort arbeitet oder nur Gast war. Jedenfalls war bei seiner Hochzeit ein Mann, der dort als Türsteher gearbeitet hat. Ich werde mich erkundigen.«

»Und du gehst einfach hin, klopfst an die Tür und kriegst wieder eine auf die Nase. Das ist doch nicht dein Job! Ich würde auf keinen Fall hingehen.«

»Ich weiß, du bist auch nicht ich.« Ivo schüttelte den Kopf.

»Echt Joe, Manchmal verstehe ich dich nicht.«

»Ich weiß.«

Das Display des Smartphones leuchtete auf und gab ein Pling von sich. Es war betriebsbereit.

Prohaska tippte Ivos Nummer ein, rief ihn an, damit Ivo seine neue Nummer hatte. Dann diktierte Ivo ihm Rossis Nummer. Die von Martha würde er später speichern.

»Ich muss los«, sagte Prohaska.

»Wie kommst du nach Hause?«

»Ich nehme ein Taxi.« Ivo begleite ihn zur Tür.

»He, mach nicht so ein Gesicht«, sagte Prohaska und klopfte ihm auf die Schulter. »Ich kann und will mich nicht unsichtbar machen.«

*

Er ging durch den Durchgang zur Uferpromenade und bog nach links, ging am *Fortuna* vorbei und setzte sich an einen der Tische vor einer Cafébar direkt am Wasser.

Im Lokal auf der anderen Seite der Promenade lief *Brothers in arms* von Dire Straits. Die Abendspaziergänger schlenderten an ihm vorbei und am Horizont versank die Sonne im Meer.

Prohaska bestellte einen Cappuccino und fragte den Kellner nach dem Passwort fürs WLAN. Der junge Mann schrieb es ihm auf den Kassenbon. Prohaska registrierte sich bei WhatsApp und schickte Martha eine Nachricht, ob sie später telefonieren könnten. Dann googelte er nach Alfonso Greco. Es gab einige mit diesem Namen. Und alle hatten einen Facebook-Account. Sabrina Galižan und Rudi Selica waren auch dort zu finden. Da Prohaska nicht auf Facebook war und auch nicht vorhatte hatte, sich dort zu registrieren, konnte er keine Einträge, geschweige ihre persönlichen Daten einsehen. Aber dann lächelte er. Ivo hatte da einen Account wegen der Werbung für den Fotoladen.

Anschließend suchte er die beiden im online Telefonbuch, fand aber auch nichts. Entweder hatten sie eine Geheimnummer oder gar keinen Festnetzanschluss. Als nächstes müsste er seinen früheren Kollegen Heinrich Schimmelpfennig anrufen. Seine Dienstnummer konnte er im Schlaf. Er speicherte sie dennoch. Während er noch damit beschäftigt war, schrieb Martha zurück.

»Danke für die Nummer. Geht's gut?«

»Ja. Und bei dir?«

»Ich habe versucht zu arbeiten. Wo bist du?« Er schrieb es ihr.

»Wenn du Zeit hast, könnten wir uns auf einen Kaffee treffen.«

»Ich weiß nicht …«

»Ich wollte dich um Entschuldigung bitten.«

»Ist schon okay, das hast du soeben getan.«

»Kommst du?«

»Ja, aber nur kurz.«

»OK.«

»Brauche zehn Minuten.«

*

Sie kam zwanzig Minuten später und entschuldigte sich. Eine Nachbarin habe sie aufgehalten.

»Kein Problem«, sagte Prohaska.

Er zog ihren Sessel zurück, damit sie sich hinsetzen konnte. Martha lächelte, sagte aber nichts. Als der Kellner kam, bestellte sie Rotwein, Prohaska eine *Bevanda*. Die Getränke wurden prompt gebracht, sie stießen an und sprachen über die schöne Aussicht und das Wetter, aber das Gespräch wollte nicht so recht in Gang kommen. Marthas Besuch am Vormittag erwähnten beide mit keinem Wort.

»Wie kommst du mit dem Schreiben voran?«, fragte Prohaska.

»Gar nicht. Ich glaube, ich habe den Text zum hundertsten Mal überarbeitet, aber keine Zeile weiter geschrieben.«

»Lass dir Zeit. Das wird schon.«

»Aber Zeit habe ich nicht. Vielleicht hätte ich nicht herkommen sollen. Ich bin hier genauso abgelenkt wie daheim. Na, egal. Irgendwie schaff' ich es schon.«

Jetzt ist der Moment gekommen, ihre Beziehung oder vielmehr ihre Nicht-Beziehung anzusprechen, überlegte Prohaska. Aber wo anfangen? Seine innere Stimme hüstelte. Er räusperte sich.

»Martha, ich glaube, wir sollten etwas klären«, begann er vorsichtig. »Etwas Grundsätzliches.«

Sie sah ihn an und lächelte.

»Ach, lass nur. Ich habe es heute Vormittag schon verstanden. Du hast dich entschuldigt und jetzt ist gut.«

»Das meine ich nicht.«

»Und was meinst du?«

»Also uns beide, unser Verhältnis … ich möchte dir nicht zu nahetreten oder wehtun …«

»Mir wehtun? Ich verstehe nicht.«

Er trank einen Schluck und stellte das Glas ab.

»Ich glaube, ich habe einfach nur verlernt, meinen Alltag und Probleme mit jemandem zu teilen und über meine Gefühle zu sprechen.«

»Also, den Eindruck habe ich nicht«, erwiderte sie mit einem säuerlichen Lächeln. »Und was unser Verhältnis betrifft: Soviel ich weiß, haben wir keins. Wir hatten eine Affäre, das ist alles. Weißt du, es war schon damals klar, dass du nicht in mich verliebt warst. Du hast die Gelegenheit genutzt ... das war alles.«

Er schüttelte den Kopf.

»Martha, ich habe das nicht bereut und ich habe die Situation nicht ausgenutzt. Es ist einfach passiert.«

»Ach, lassen wir das, okay? Du kannst sicher sein, dass ich dich weder mit meinen Gefühlen noch Problemen belästigen werde.«

»Du belästigst mich nicht, ich genieße deine Gesellschaft, aber eben nur als ein Freund.«

Er brach ab. Was für einen Schwachsinn redete er da? Sie hielt ihn bestimmt für einen Trottel. Solche Gespräche waren einfach nicht seine Sache.

Martha schaute ihn nicht an, sondern starrte auf die Boote, die keine zwei Meter vor ihnen lagen, dann nickte sie, als wollte sie sagen, es sei jetzt gut, er solle still sein. Dann hob sie ihr Glas und stieß sachte gegen das seine.

»Und somit ist das Kapitel ein für alle Male abgeschlossen. Prost!«

Sie nippte an ihrem Wein. Das alles war ihm peinlich, aber er war erleichtert. Sie stießen erneut an. Sein Glas war leer. Am Nachthimmel flimmerten ein paar Sterne, eine kühle Brise wehte vom Meer. Martha zog ihre Jacke enger um ihre Schultern, trank ihren Wein aus und stellte das Glas ab. Es war kurz vor neun. Noch eine Stunde.

»Möchtest du noch einen Wein?«, fragte er.

»Nein, vielen Dank.«

Prohaska drehte sich nach dem Kellner um und gab ihm zu verstehen, dass er bezahlen wollte. Der junge Mann nickte. »Komme sofort«, sagte er und ging über die Straße ins Lokal, um eine Bestellung aufzugeben.

Martha schob ihren Sessel zurück und stand auf. Prohaska erhob sich ebenfalls.

»Ich geh jetzt. Mir ist ein bisschen kalt.«

»Soll ich dich noch ein Stück begleiten?«

»Danke, aber nein.«

Sie lächelte und reichte ihm die Hand.

»Gute Nacht, Joe.«

»Komm gut nach Hause«, erwiderte er und gab ihr einen Kuss auf die Wange.

»Du auch.« Sie nahm ihre Tasche und ging.

*

Als Prohaska sich erneut nach dem Kellner umdrehte, der andere Gäste bediente, sah er durch die offene Tür einen Mann an der Bar sitzen. Er sprach mit jemandem, den Prohaska nicht sehen konnte. Neben dem Mann lehnten zwei Krücken mit hellblauen Griffen am Tresen.

Es war sicher nur ein Zufall, dass er dort saß. Rovinj war eine Kleinstadt und man traf im Grunde andauernd dieselben Leute.

Trotzdem seltsam.

Prohaska nahm sein Smartphone, drückte auf die Kamera App, zoomte den Mann heran und machte mehrere Aufnahmen.

Der Kellner kam, Prohaska bezahlte die Getränke und gab ihm ein großzügiges Trinkgeld.

Der Kellner bedankte sich und wollte schon weiter gehen, aber Prohaska berührte ihn leicht am Unterarm und deutete mit dem Kinn zum Lokal.

»Wissen Sie, wer der Mann ist, der an der Bar sitzt?«

»Der mit den Krücken?«

»Ja.«

Der Kellner zuckte mit den Schultern.

»Leider nein, ich bin neu hier.«

»Können Sie herausfinden, wie er heißt und mit wem er sich da unterhält?«

Der Kellner sah Prohaska misstrauisch an.

»Weiß nicht, ich kann's ja versuchen.«

Prohaska lächelte.

»Wäre super.«

»Und warum fragen Sie ihn nicht einfach selbst?«

»Sie können es viel unauffälliger.«

Prohaska zog einen Fünfzig Kuna-Schein aus der Geldbörse, die er immer noch in der Hand hielt und steckte ihn hinter den Gürtel der schwarzen Wickelschürze, die der Kellner trug.

Der Kellner nickte und schaute sich um. Aber anscheinend hatte niemand die Szene beobachtet.

»Bitte einen doppelten Espresso«, sagte Prohaska nun lauter.

»Kommt sofort«, erwiderte der Kellner und marschierte ins Lokal.

Prohaska setzte sich und zündete sich eine Zigarette an. Zwei Minuten später kam der Kellner wieder, stellte die Espressotasse auf den Tisch und während er den Kassenbon unter den Aschenbecher legte, sagte er leise:

»Sein Name ist Mirko Ribar.«

»Sicher?«

»Ja, ich habe eine Kollegin gefragt.«

»Und die kennt ihn?«

»Keine Ahnung, vielleicht. Sie fragte, warum ich das wissen will.«

»Was haben Sie geantwortet?«

»Na, dass ich mir die Namen der Gäste gerne merke, um sie persönlich begrüßen zu können, wenn sie wiederkommen.«

»Gute Antwort.«

Der junge Mann lächelte.

»Und wer sind Sie, wenn ich fragen darf?«

Prohaska senkte die Stimme.

»Mein Name ist Prohaska, Joe Prohaska.«

Der Kellner machte große Augen, nickte und grinste breit.

»Ich dachte, Sie sagen jetzt James Bond.«

Prohaska verzog keine Miene. Diesen Gag erlaubte er sich hin und wieder, auch wenn er schon ein wenig abgedroschen war.

»Und Sie?«

»Ivanić, Ivan Ivanić.«

»Klingt auch gut. Aber diese Sache bleibt bitte unter uns, okay?«

»Das ist doch klar.«

*

Als er am Busbahnhof in ein Taxi stieg, nannte er dem Fahrer, einem Mittfünfziger mit einem Oberlippenbärtchen und strahlend blauen Augen, der sich als Kemal Smajlović vorstellte, die Adresse und erklärte, dass er dort einen kurzen Zwischenstopp machen und ihn danach nach Kloštar fahren solle.

»Kein Problem, ich fahre dich auch ans Ende der Welt, wenn du willst und du es dir leisten kannst.«

»Danke, aber vielleicht ein andermal.«

Kemal lachte und schaute über die Schulter.

»He, bist du nicht dieser Fotograf aus der Carera?«

»Ja, Joe Prohaska.«

»Angenehm.«

Kemal schüttelte ihm die Hand und fuhr los.

»Dachte mir gleich, dass ich dich da gesehen habe. Aber was ist mit deinem Auge? Hast einen Unfall gehabt?«

»So etwas in der Art. Hatte einen kurzen Zusammenstoß mit zwei Typen, die jetzt mein Auto haben. Deshalb sitze ich bei dir.«

»Wie, die haben dein Auto geklaut?«

»Genau.«

»Is' nicht wahr!? Hoffentlich kriegst du es auch wieder.«

»Das hoffe ich sehr.«

»War's ein neuer Wagen?«

»Zwanzig Jahre, also fast schon ein Oldtimer.«

»Dann kannst du ihn getrost abschreiben. Der ist längst nach Bosnien verfrachtet, und von dort kommt er ganz bestimmt nicht zurück.«

Prohaska murmelte einen landesüblichen Fluch, den Kemal mit einem weiteren bekräftigte. Nach ein paar Minuten hielt er etwa zwanzig Meter vor der Kreuzung. Auf der anderen Straßenseite standen mehrere große Gebäude.

»Okay, dann bis gleich«, sagte Prohaska beim Aussteigen und überquerte langsam die Straße.

Es war zehn Minuten vor zehn. Er war viel zu früh da. Der Wind hatte aufgefrischt und fegte eine Plastiktüte durch die Luft. Prohaska hätte lieber im Taxi gewartet, aber er hatte keine große Lust, dem Fahrer zu erklären, was er zu dieser Stunde hier eigentlich wollte. Er schaute rüber zum Taxi. Kemal stand neben der offenen Fahrertür und rauchte.

Prohaska ging noch ein Stück auf der Zufahrtstraße weiter in Richtung der Gebäude, blieb gegenüber der Parkplatzschranke stehen und lehnte sich an den Laternenpfahl, um dessen Lampen unzählige

Motten und Nachtfalter den Tod suchten. Er zog eine Zigarette aus dem Päckchen, zündete sie an und sah zum großen Kasten, in dem man alles bekommen konnte.

Die Minuten vergingen in Zeitlupentempo. Er fröstelte, spürte jeden einzelnen Knochen.

›Du wirst langsam zu alt für diesen Scheiß. Sieh zu, dass du die Sache bald überstehst und halte dich künftig raus‹, flüsterte seine innere Stimme. Er sah zum Taxi, ging ein paar Schritte hin und her, lehnte sich wieder an den Pfosten und sah auf die Uhr. Viertel nach zehn.

›Jetzt kommen die Leute raus. Und sie haben, im Gegensatz zu dir, keine Wahl, sie arbeiten acht oder mehr Stunden täglich und sind froh, einen Job zu haben. Du hingegen könntest jetzt in deinem Bett liegen. Denk mal darüber nach. Ja, ja, sei jetzt aber ruhig!‹

Er nahm das Handy aus der Tasche und schaltete es auf lautlos. Die Leute fuhren auf Motorrollern oder mit ihren Autos an ihm vorbei, aber niemand beachtete ihn weiter. Er war wohl nur ein Typ, der auf seine Frau oder Freundin wartete. Von Sabrina keine Spur. War sie vielleicht früher nach Hause gegangen? Er ließ die Kippe auf den Boden fallen und drückte die Glut mit dem Schuh aus. Zwei Minuten vergingen. Wo blieb die Frau nur? Gleich halb elf.

›Wenn sie jetzt nicht bald kommt, fahre ich nach Hause.‹

Er schlug den Jackenkragen hoch und steckte sich eine neue Zigarette an.

›Du rauchst Kette‹, sagte die Stimme. ›Solltest du daran sterben, beschwer dich nicht.‹

Er befahl ihr, sich die Kommentare zu sparen, er hatte jetzt keine Lust auf Moralpredigten. Der Rauch stieg ihm in die Augen, er hustete und wollte schon zum Taxi zurück, als hinter dem Supermarkt ein Motorroller auf die Straße bog und kurz drauf vor ihm zum Stehen kam. Es war rot. Und es war Sabrina, der Schutzhelm hing an ihrem Unterarm.

»Ach, hier sind Sie?! Ich habe da drüben gewartet.«

»Tut mir leid, war ein Missverständnis.« Sie nickte.

»Ich kann aber nicht lange bleiben.«

»Ich auch nicht.«

»Sie müssen erst schwören, dass Sie niemandem sagen, dass ich mit Ihnen geredet habe.«

»Ich werde es nicht herausposaunen.«

Sie deutete zur Straße. »Könnten wir da rüber gehen?«

»Ja.«

Sie schob den Motorroller neben sich her und blieb am Bürgersteig stehen.

»Also«, sagte Prohaska. »Wer hat mir das Päckchen geschickt?«

»Ich.« Prohaska lächelte.

»Sie hätten ruhig klingeln können, ich war da.«

»Ich wollte nicht erkannt werden.«

»Schon klar. Und dieser blutige Pinsel?«

»Das war blöd.«

»Wieso?« Sabrina sah ihn von der Seite an.

»Später wurde mir klar, dass Sie die Anspielung vielleicht nicht verstehen würden, deshalb habe ich Sie auf der Straße angesprochen.«

Er sah sie ungläubig an.

»Ich verstehe es jetzt aber immer noch nicht.«

»Nun, ich habe ein Telefonat mit angehört, in dem es um eine Lieferung und einen Maler aus Italien ging, der nach Rovinj kommen sollte. Dabei wurde Ihr Name erwähnt. Und weil ich wusste, dass Sie früher bei der Polizei gearbeitet haben und die Sache Sie betraf, dachte ich, ich sollte Sie warnen.«

»Von wem haben Sie das gehört? Oder anders gefragt: Wer hat mit wem wo telefoniert?«

Sabrina schwieg.

»Na, das werden Sie ja wohl wissen. Wenn Sie es mir nicht sagen wollen, was ich zwar nicht verstehe, dann lassen Sie es. Aber der Polizei müssen Sie es sagen.«

»Ich kann nicht!« Prohaska schüttelte den Kopf.

»Ganz wie Sie wollen. Man wird Sie über die Zeugenpflichten belehren, bevor Sie eine Aussage machen. Ich bin kein Polizist.« Dass Sabrina jemanden schützen wollte, war ihm längst klar.

»Weiß Ihr Sohn Mario etwas darüber?«

»Nein!«

»Und ausgerechnet er findet den Toten am Strand.«

»Aber das ist einfach nur ein blöder Zufall. Er ist total verstört. Er kann doch nichts dafür.«

»Natürlich nicht.«

Prohaska überlegte, ob er ihr sagen sollte, dass die Polizei den Namen Alfonso Greco von einer anonymen Anruferin erfahren hatte und dass er überzeugt war, dass sie es gewesen war. Sabrina schaute sich nervös um. Auf der Straße war nichts mehr los. Nur das Taxi stand auf der anderen Seite. Fledermäuse huschten über ihre Köpfe hinweg und verschwanden im Dunkeln.

»Könnte ich bitte eine Zigarette haben?«

Prohaska hielt ihr seine Zigarettenschachtel hin. Sabrina zog mit zitternden Fingern eine Zigarette heraus und er gab ihr Feuer. Sabrina schaute zum Taxi. Kemal hatte sich inzwischen ins Innere des Wagens verzogen.

»Er wartet auf mich«, erklärte Prohaska und schnippte die Asche weg. »Woher hatten Sie diesen Zeitungsartikel?«

»Ich habe ihn im Zimmer meines Stiefsohns gefunden.«

»Sie haben einen Stiefsohn?«, fragte Prohaska, obwohl es ihm Rossi schon am Strand gesagt hatte.

»Ja, Sandro lebt seit einiger Zeit bei uns.«

»Und er kann Deutsch?« Sie nickte.

»Und das Telefonat, das Sie mitbekommen haben, wurde es auf Deutsch oder Kroatisch geführt.«

»Auf Kroatisch. Könnten Sie mir den Artikel zurückgeben? Wenn er merkt, dass er nicht mehr das ist, gibt es bestimmt Ärger.«

»Ich habe ihn nicht bei mir, und ich weiß auch nicht, wann und ob ich ihn zurückgeben kann.«

Sabrina warf den Zigarettenstummel auf den Boden. Sie nickte.

»Wo finde ich ihn?«, fragte Prohaska.

»Das weiß ich nicht. Ich habe ihn seit vorgestern nicht gesehen.«

»Sie sagen, Sandro macht Ihnen Ärger?«

»Ja, ist ein Egoist, wie er im Buche steht. Er zockt, trinkt und hat Schulden, die sein Vater bezahlen muss, wenn er davon erfährt. Außerdem raucht er Gras, aber ich darf ja nichts sagen. Es ist so schade um ihn.« Sie sah Prohaska traurig an.

»Woher wissen Sie, dass er zockt und Drogen nimmt?«

»Wenn er gewonnen hat, wirft er mit dem Geld um sich und seine Klamotten riechen entsprechend nach dem Zeug. Ich darf ja seine Sachen waschen.«

»Und wo zockt er?«

»Weiß ich doch nicht! Vielleicht irgendwo privat oder im Casino. Er kennt einen Haufen Leute hier, nennt sie seine Freude, aber für mich sind es Tagediebe, die sich auf Kosten anderer durchs Leben lavieren. Vielleicht ist er bei einem von ihnen.«

Sabrina hielt inne.

»Tut mir leid, aber es regt mich furchtbar auf. Mein Mario ist noch ein halbes Kind, ich will nicht, dass er auch so wird. Fragen Sie Sandros Vater, wo er ist, aber sagen Sie ihm bloß nicht, dass ich mit Ihnen gesprochen habe. Er bringt mich um, wenn er das hört.«

»Und wo finde ich Ihren Mann?«

»Wir sind nicht verheiratet. Und ich würde ihn auch um kein Gold der Welt heiraten. Wenn ich gewusst hätte, was für einer er ist, wäre ich nicht mit ihm zusammengezogen.«

»Man stellt leider oft erst im Nachhinein fest, wie der Partner wirklich ist.« Und man kann sich auch wieder trennen, dachte er.

»Ja, und er ist ein Quartalsäufer. Wenn er dann wieder nüchtern ist, will er nicht wissen, was er gesagt oder getan hat und zerfließt vor Selbstmitleid und Selbstverachtung. Danke, das brauche ich nicht mehr, habe das in meiner Kindheit bei meinem Vater mit ansehen müssen. Und seit Sandro bei uns wohnt, ist es noch schlimmer geworden ... Es gibt nur noch Theater und Streit.«

Sabrina zitterte, doch Prohaska konnte nicht beurteilen, ob vor Aufregung oder vor Kälte.

»Tut mir leid. Wie heißt Sandros Vater?«

»Boris Zelenbor. Sie finden ihn abends in einer der Cafè-Bars unten an der Riva.«

»Okay. Haben Sie vielleicht ein Foto von ihm da, damit ich ihn auch erkenne.«

»Ja.«

Sabrina nahm ihr Handy aus der Jackentasche und zeigte ihm eine Aufnahme. Boris Zelenbor war von kräftiger Statur, hatte blaue

Augen und kräftige blonde Augenbrauen, mittelblondes, kurz geschnittenes Haar, eine lange Nase und einen schmalen Mund. Die Gesichtsfarbe war eher blass und mit Sommersprossen übersehen.

»Danke«, sagte Prohaska.

Sie schaltete das Handy aus und steckte es in die Tasche zurück.

»Aber Sandro heißt nicht Zelenbor, sondern Tončić, das ist der Mädchenname seiner Mutter. Sie hat Boris damals nicht geheiratet. Und vor einem halben Jahr ist sie in Deutschland gestorben. Sandro tut mir wirklich leid. Wenn er sich eine richtige Arbeit suchte, würde er auf andere Gedanken kommen und unser Leben wäre auch erträglicher.«

Prohaska nickte.

»Wo haben Sandro und seine Mutter in Deutschland gelebt?«

»In Stuttgart.«

›Ausgerechnet!‹, rief Prohaskas innere Stimme erbost.

»Und wie alt ist er?«

»Siebenundzwanzig.« Sabrina schaute auf ihre Armbanduhr. »Oh je, ich muss nach Hause.«

Sie setzte den Helm auf und startete den Motor.

»Wiedersehen«, sagte Prohaska.

Sie nickte, gab Gas und fuhr davon.

Wäre er im Dienst, dachte er, müsste er sofort etwas unternehmen. Aber das Einzige, was er im Moment tun konnte, war, sofort Rossi anzurufen. Er zündete sich eine Zigarette an und rief den Inspektor an. Rossi meldete sich nach dem fünften Klingeln.

»Hallo, Inspektor, Guten Abend, Prohaska hier.«

»Joe, was gibt es?«

»Ich habe ein paar Neuigkeiten.«

»Gute oder schlechte?«

»Wie man's nimmt. Haben Sie etwas zu Schreiben da?«

»Guter Witz.«

»Ich habe mit Sabrina Galižan gesprochen …«

»Sie kommt morgen mit ihrem Sohn zu mir.«

»Ich weiß, aber es geht nicht nur um Marios Aussage.«

»Sondern?«

Prohaska fasste kurz zusammen, was er von Sabina erfahren hatte.

»Ich hoffe, dass Sie Sandro Tomčić bald ausfindig machen können«, sagte er, als er fertig war.

»Ich werde gleich morgen früh entsprechende Maßnahmen veranlassen und mit dem Staatsanwalt reden. Aber jetzt muss ich erst einmal ein paar Stunden schlafen.«

*

Prohaska ging zurück zum Taxi. Wieso hatte Sandro eine Zeitung aus Stuttgart aufgehoben? Von wem hatte er den Artikel? War er womöglich erst vor kurzem dort gewesen? Wenn ja, warum? Hat er den Artikel markiert oder war es Sabrina gewesen? Kannte Sandro den entlassenen Mörder? Wie hieß er noch gleich? Irgendetwas mit einem »R«. Und wenn ja, in welcher Beziehung stand Sandro zu ihm? Hatte Sandro etwas mit dem Überfall und seiner Entführung zu tun? War er dabei gewesen? Wenn ja, dann kannte er die anderen Männer. Und Rudi Selica und Branka dann sicher auch. War er einer der Typen, die vor der Kirche aufgetaucht waren?

Prohaska schwirrte der Kopf. Die innere Stimme hüllte sich in Schweigen. Er setzte sich ins Taxi und zog die Tür zu. Kemal ließ den Motor an, setzte den Blinker und fuhr los.

»Und nun nach Kloštar?«

»Ja, bitte.«

»Übrigens, ich habe den Zähler ausgemacht, während du draußen warst.«

»Danke, das ist sehr freundlich. Ich hoffe, dass ich mich irgendwann revanchieren kann.«

»Wir werden sehen.«

Prohaska lehnte sich zurück und schloss die Augen.

»Weck mich, wenn wir da sind.«

»Ist gut, Chef.«

Kemal drehte die Musik leiser, summte jedoch die *Sevdalinka* mit. *Moj dilbere* war ein melancholisches bosnisches Liebeslied aus der osmanischen Zeit, in dem eine junge Frau ihren Geliebten anfleht, er solle sie bitte in die Stadt mitnehmen und auf dem Markt verkaufen, um sich von dem Gold, das er für sie bekommt, sein Hoftor vergolden zu lassen.

Seltsam, dachte Prohaska, während er in einen unruhigen Halbschlaf sank, er hatte sich noch nie Gedanken über den Text des Liedes gemacht.

Und Sabrina? Was tun sich die Menschen gegenseitig an? Warum können sie nicht friedlich miteinander leben? Ähnliche Geschichten wie ihre hatte er schon so oft gehört. Zerrüttete Ehen und kaputte Beziehungen waren fast zum Normalfall geworden. Und die Menschen entwickelten folgenschwere Strategien, mit ihren Problemen fertig zu werden. Manche steckten den Kopf in den Sand und warteten auf ein Wunder, hofften, dass eine höhere Macht oder Gottvater persönlich alles ins Lot brachte, ohne dass sie einen Finger krumm machen mussten und Verantwortung für ihr Leben übernahmen. Andere depressiv, verkrochen sich und hassten sich und die Welt und drehten dann irgendwann durch. Wenn es zur Katastrophe kam, haderten sie mit ihrem Schicksal, sie waren das Opfer, das unschuldige Lamm. Die Welt war böse und das Leben ungerecht. Die anderen hatten es besser getroffen. Immer waren die anderen reicher, schöner, klüger, glücklicher. Und sie selbst hatten eine schwere Kindheit, das war eines der Lieblingsargumente. Aber wer hatte die nicht? Unglückliche Paare bekamen Kinder, die sie, solange sie klein waren, vergötterten und ihnen alles erlaubten, sie mit unnützen Dingen überhäuften, denn die lieben Kleinen sollten es doch besser haben. Und wenn die Kids dann doch nicht so gerieten, wie die Eltern es sich vorgestellt hatten, und diese Phase kam spätestens mit der Pubertät, hagelte es nicht nur Vorwürfe, man behandelte sie, als wären sie Aliens, die man nach eigenen selbstgerechten Vorstellungen erst einmal umformen musste. Manchmal auch mit Gewalt.

Es war logisch, dass man dabei nicht nur streng, sondern ungerecht, zynisch, ja menschenverachtend wurde. Man musste »hart« durchgreifen, weil man das am eigenen Leib ebenfalls erfahren hatte, und demzufolge waren die Kinder selbst daran schuld, wenn man sie misshandelte und sie als Erwachsene, falls sie sich nicht rechtzeitig von ihren lieblosen Eltern lösten, nach selbem Muster handelten. Vor allem die Töchter wurden von klein auf angehalten, sich nicht zu sehr in den Vordergrund zu stellen, die Alten, vor allem den Vater, zu respektieren und nicht zu widersprechen. Bei den Söhnen war es nun mal anders. Wenn sie sich gegen den tyrannischen Vater oder die herrschsüchtige Mutter wehrten, war das in Ordnung. Und wenn sie zurückschlugen, verbal oder körperlich, war das ja nur ein Zeichen ihrer Männlichkeit. Und so dreht sich die Spirale aus Enttäuschung, Hass, Gewalt und Rache bis in alle Ewigkeit, dachte Prohaska. Wir sind mit Schuld beladen, Täter und Opfer zugleich.

Dienstag

Ein leises Surren riss ihn aus dem Tiefschlaf. Er setzte sich auf und wartete, dass das Schwindelgefühl verschwand. Dann sah er zum Wecker.

»Nach zehn«, murmelte er und erschrak über seine eigene Stimme. Sein Mund war trocken und der Rachen brannte wie Feuer.

Und schon wieder dieses Geräusch. War Bello aufgestanden, ohne ihn zu wecken? Aber nein, er war ja bei Enzo. Das Geräusch kam aus der Jeanshose, die er am Abend auf den Korbstuhl geworfen hatte. Er stand auf, fingerte das Handy heraus, schaute aufs Display und setzte sich auf die Bettkante.

»Guten Morgen, Inspektor.«

»Oh, hab ich Sie geweckt?«

»Nein, nein.«

»Was ist mit Ihrer Stimme passiert?«

»Ich habe Halsschmerzen.«

»Gute Besserung, aber warum ich anrufe …« Rossi legte eine kleine Pause ein.

»Ja, was gibt es?«

»Wir haben Ihr Auto gefunden.«

»Wo denn?«

Prohaska stand auf und schleppte sich in die Küche. Während Rossi weiterredete, trank er ein Glas Wasser, ging auf die Terrasse und zündete sich eine Zigarette an. Sie schmeckte so fürchterlich, dass er sie nach zwei Zügen im Aschenbecher ausdrückte.

»Es steht unten in Dvigrad«, sagte Rossi. »Ein Mann aus Kanfanar hat ihn vor etwa einer Stunde auf dem Parkplatz vor der Ruine gesehen. Hat oben an der Straße angehalten, um zu pinkeln. Er sagte, er habe zuerst gedacht, dass da vielleicht jemand in Dvigrad oder im Wald unterwegs ist, aber dann ist er doch hingegangen und als er sah, dass das rechte Vorderrad einen Platten hatte, rief er hier an.«

»Waren meine Fototasche und die Kamera drin?«

»Ich weiß noch nichts Genaues.«

»Am besten, ich fahre selbst hin und schaue selbst nach.«

»Das können Sie sich sparen. Unsere Leute und die Spurensicherung sind noch dort und bringen dann den Wagen her und untersuchen ihn gründlich.«

»Na gut.« Prohaska räusperte sich. »Und wann kommt Sabrina Galižan mit ihrem Sohn zu Ihnen?«

»Um halb drei, wenn der Junge aus der Schule kommt. Was ich immer noch nicht verstehe«, sagte Rossi. »Warum hat sie sich mit dem Päckchen so viel Mühe gemacht? Sie hätte Sie einfach im Fotoladen aufsuchen können.«

»Sie wollte nicht gesehen werden.«

»Aber dann spricht sie Sie auf offener Straße an? Na ja, verstehe einer die Frauen.«

Prohaska wollte keine Diskussion über Rossis Bemerkung vom Zaun brechen, er selbst verstand die Frauen auch nicht immer, aber um Sabrina Galižan, deren Lebensumstände er ahnte, in Schutz zu nehmen, sagte er:

»Sie hat Angst vor ihrem Partner und auch vor seinem Sohn Sandro.«

»Hat man sie denn misshandelt?«

»Sie hat es nicht direkt gesagt.«

»Ich werde versuchen, es nachher herauszubekommen. Und was Sandro Tomčić betrifft: Ich lasse gleich im Strafregister überprüfen, ob er vorbestraft ist. Unabhängig davon werde ich ihn zu einem Informationsgespräch vorladen.«

»Was schwierig werden könnte«, bemerkte Prohaska. »Sabrina hat ihn seit mindestens drei Tagen nicht gesehen.«

»Was? Und das sagen Sie mir jetzt erst?«

»Aber das habe ich Ihnen gestern Abend schon gesagt.«

»Das weiß ich nicht mehr. Sie haben mich aus dem Tiefschlaf geweckt. Egal, ich schicke gleich eine Streife zu seinem Vater in die Autowerkstatt, vielleicht weiß er, wo Sandro ist.«

»Und wenn Sie schon dabei sind, könnten Sie seinen Vater auch gleich überprüfen.«

»Das hatte ich ohnehin vor.«

»Ich gespannt, was dabei herauskommt.«

»Und ich erst. Wir sehen uns.«

Prohaska legte auf und gab der Katze, die zum Frühstück aufgetaucht war, zu Fressen, dann ging er ins Badezimmer, stellte sich unter die heiße Dusche und summte trotz der Halsschmerzen *Auf in den Kampf, Torero*.

Dann zog er sich an, holte Enzos Autoschlüssel und die Papiere vom Kaminsims. Die Katze lag auf Bellos Decke und putzte sich.

»Tut mir leid, aber du kannst nicht hierbleiben. Ich muss weg und weiß nicht, wann ich zurück bin.«

Sie reagierte mit einem genüsslichen Gähnen.

Prohaska trug sie auf die Terrasse, stellte eine Schale mit Trockenfutter und Wasser vor die Schiebetür und verließ das Haus. Enzo und Josefina waren nicht daheim. Er schrieb auf einen Zettel, dass er den Wagen geholt hatte, legte ihn unter den Aschenbecher auf dem Terrassentisch und ging in die Scheune.

Der Wagen war über und über mit Staub bedeckt. Auf dem Kofferraum prangten ein paar Kleckse Hühnerdreck. Als er die Fahrertür aufmachte, wirbelte Staub hoch. Die Scheiben waren so trüb, dass er so nicht auf die Straße konnte. Er fuhr mit dem Zeigefinger über die Windschutzscheibe und wischte ihn am Hosenbein ab.

»Heiligsblechle! Hoffentlich fährt der Karren noch.«

Doch der Motor schnurrte wie ein Kätzchen. Der Tank war halbvoll. Prohaska fuhr den Wagen aus der Scheune und auf die Straße, stieg wieder aus, machte das Hoftor zu und rollte in seine Einfahrt. Dabei drehte er die Lüftung bis zum Anschlag auf und bereute es sofort. Eine dicke Staubwolke, vermischt mit Hühnerfedern und Heu, schlug ihm entgegen.

Er drehte die Lüftung ab, wischte sich über das Gesicht und stieg hustend aus. Dann ging er ins Haus, holte den Staubsauger, eine Sprühflasche mit Alkoholreiniger und die Papierrolle und machte sich an die Arbeit. Als der Innenraum soweit sauber war, dass man sich hineinsetzen konnte, zog er den Gartenschlauch her, spritzte den Wagen ab und rieb die Scheiben trocken.

Auf der Straße hupte das Postauto und hielt an. Der Postbote, ein untersetzter, mondgesichtiger Mann mit einer bewegten Vergangenheit, wie Prohaska von Enzo erfahren hatte, stieg aus, ging nach hinten, öffnete den Kofferraum und holte einen Stapel Werbeprospekte und mehrere Briefe heraus.

»He Joe, wie geht's?«, rief er gut gelaunt.

Prohaska warf den Putzlappen auf die Motorhaube und ging zum Zaun. »Gut, und selbst?«

»Wie immer, man schlägt sich durch, wie man so schön sagt.«

Er reichte Prohaska die Briefe, den Umschlägen nach waren es Rechnungen, und hielt ihm die Prospekte hin.

»O nein, nein, die kannst du behalten.«

»Ich muss sie aber austragen, Vorschrift.«

Prohaska nahm sie ihm ab, warf sie in Richtung Carport und lächelte. »Okay, erledigt.«

Der Postmann hob entschuldigend die Schultern, grinste und schaute zum Carport. »Das ist doch Enzos Fiat, oder?«

»Ja.«

»Kann ich dir meinen Wagen auch dalassen? Der könnte eine Komplettreinigung vertragen.«

Prohaska lachte.

»Und wo ist dein Cabrio? Hast du es verkauft?«

»Es ist momentan in der Werkstatt.«

»Na, dann wünsche ich viel Spaß noch und schönen Tag«, sagte der Postmann und ging seiner Wege.

*

Eine Viertelstunde später fuhr Prohaska auf die Straße. Der Fiat glänzte wie neu und Prohaska wurde das Gefühl nicht los, dass Enzo womöglich darauf spekuliert hatte, als er ihm die Autoschlüssel in die Hand gedrückt hatte. Und falls ja, dann war es in Ordnung. Eine Hand wäscht bekanntlich die andere.

Als er die steil bergab führende Straße und das Ende des Limskikanals umfuhr, von wo sich linkerhand das bewaldete Karsttal *Limska draga* hinaufzog, überlegte er, ob er nachher nach Kanfanar abbiegen sollte, von wo er fünf Minuten zur Ruinenstadt Dvigrad brauchen würde, die weiter unten im Tal lag. Aber dann tat er es doch nicht. An der Tankstelle vor Rovinj tankte er den Wagen voll, fuhr in die Stadt und stellte ihn auf dem Parkplatz am Nordhafen ab.

Es war warm geworden. Am klaren Himmel schwebten ein paar Federwolken. Das Meer hob und senkte sich in lang gezogenen, flachen

Wellen. In der Ferne glitt ein großes Segelboot nach Süden. Die Häuser der Altstadt spiegelten sich im ruhigen Wasser wie in einem Spiegel.

Ein Motorroller knatterte an Prohaska vorbei, als er am Ende des Parkplatzes die Straße überquerte. Zwei Möwen kreischten über seinem Kopf und ließen sich auf der Kaimauer nieder.

Seine Kopfschmerzen waren fast verschwunden, das Veilchen unter seinem Auge war inzwischen grünlich-blau. Die kleinen Kratzer im Gesicht waren kaum noch zu sehen. Nur die Rippen taten ihm weh, aber was einen nicht umbrachte, machte ja angeblich stark. Dafür nervten ihn die Halsschmerzen. Noch bevor er zu Ivo in den Laden ging, kaufte er schmerzstillende Lutschtabletten und ein Päckchen Erkältungstee in der Apotheke, die um die Ecke hinter dem Fotoladen, am Ende einer leicht ansteigenden Gasse lag. Dort holte er meistens die Medikamente für Josefina. Die Apothekerin musterte ihn und kommentierte sein Aussehen mit einer hoch gezogenen Augenbraue. Dann packte sie eine Tube mit kühlender Salbe in die Papiertüte, mit der Bemerkung, es sei eine kostenlose Probe und wünschte ihm gute Besserung.

Er bedankte sich, und als er die Stufen zurück in die Carera ging, steckte er sich eine Lutschtablette in den Mund und tupfte etwas Salbe auf den Bluterguss. Und da seine Sonnenbrille im Cabrio geblieben war, musste er sich eine neue besorgen, ging am Fotoladen vorbei, betrat das Billigwarengeschäft der Romafamilie zwei Häuser weiter und kam nach fünf Minuten mit einer schicken Sonnenbrille auf der Nase heraus. Ivo bot ihm Kaffee an. Prohaska trank eine Tasse, aber dann machte er sich einen Tee und erzählte währenddessen, dass sein Auto gefunden wurde. Als Kundschaft hereinkam und Ivo nach vorne ging, suchte Prohaska im Internet die Telefonnummer des Pfarrbüros und Gymnasiums und schrieb sie in sein Notizbuch.

»Was machst du?«, fragte Ivo, als er zurückkam. Er öffnete das Fenster, setzte sich aufs Fensterbrett und steckte sich eine Zigarette an.

»Ich muss ein paar Leute anrufen.«

Prohaska tippte die Nummer des Pfarrbüros ein, und während er wartete, dass sich jemand meldete, trank er einen Schluck Tee.

»Ja, bitte?«, meldete sich eine männliche Stimme, als Prohaska schon auflegen wollte.

»Grüß Gott, Herr Pfarrer«, sagte Prohaska. »Mein Name ist Prohaska und ich habe ein Problem.«

Ivo schüttelte den Kopf und grinste.

»Ja, und worum geht es? Wenn Sie einen Gesprächstermin haben wollen, rufen Sie in einer Stunde wieder an, es ist gerade niemand außer mir da.«

»Danke, es geht nicht um geistigen Beistand oder so etwas, ich brauche keinen Termin.«

»Sondern?«

»Nur eine kleine Auskunft. Folgendes: Ich war letzten Sonntag bei der kirchlichen Trauung von Herrn Rudolf Selica und müsste mit ihm sprechen. Könnten Sie mir eventuell seine Telefonnummer geben?«

»Wie war noch Ihr Name?«

»Prohaska, ich bin Fotograf von ›Foto Horvat‹, falls Sie es kennen.«

»Ach, meinen Sie das in der Carera?«

»Ja, genau.«

»Sie arbeiten dort?«

»Ja«, erwiderte Prohaska und fragte sich, warum er dem Mann alles zweimal erklären musste. »Wie ich bereits sagte, ich habe bei der Trauung von Herrn Selica die offiziellen Fotos gemacht und müsste dringend mit ihm wegen der Bilder sprechen. Aber leider habe ich seine Telefonnummer nicht mehr.«

»Ah, jetzt verstehe ich, einen Moment, ich schaue in den Unterlagen nach.«

Prohaska atmete auf. Auf der anderen Seite der Leitung raschelte Papier.

»So, da haben wir es, Selica, Rudolf und Marina Vizente.«

Prohaska lächelte. »Sehr gut. Und die Telefonnummer ist?«

Der Mann schnalzte mit der Zunge.

»Tja, also, das ist mir jetzt wirklich etwas unangenehm, aber streng genommen darf ich keine persönlichen Daten an Unbekannte weitergeben.«

»Ich weiß, aber die Sache ist äußerst dringend, und im Telefonbuch steht er nicht.«

»Ja, ja, das ist das Kreuz mit der heutigen Technik. Ohne Computer geht nichts mehr, jedes Schulkind hat ein Smartphone, aber …«, er räusperte sich. »Nun ja, ich müsste das erst mal intern abklären.«

Prohaska verdrehte die Augen und starrte zur Zimmerdecke. Himmel hilf!

»Sehr freundlich, aber das wird bestimmt einige Zeit in Anspruch nehmen, oder?«

»Ja, eine halbe Stunde vielleicht.«

»Nun, die Adresse würde mir schon genügen, dann könnte ich bei Herrn Selica persönlich vorbeigehen und Sie müssten sich nicht weiter bemühen.«

Der Mann schien zu überlegen.

»Na gut, aber ich mache das nur ausnahmsweise.«

»Danke, Herr Pfarrer.«

»Nein, nein, ich bin nicht der Pfarrer.« Er nannte auch jetzt seinen Namen nicht. »Haben Sie etwas zum Schreiben da?«

»Ja.« Der Mann diktierte ihm die Adresse.

»Übrigens, soviel ich weiß, wohnt Herr Selica auf diesem Anwesen zur Untermiete.«

»Ach, das ist ein Anwesen? Wem gehört es denn?«

»Seinem Chef Lorenzo Morena, er hat eine Baufirma und Herr Selica ist so etwas wie seine rechte Hand.«

Prohaska lag auf der Zunge zu fragen, woher der gute Mann es wusste, aber dann ließ er es bleiben.

»Sagen Sie es aber nicht weiter«, bat der.

»Das versteht sich von selbst, haben Sie vielen Dank für Ihre Hilfe.«

»Kein Problem, Wiederhören.«

Die Verbindung wurde unterbrochen.

»Hast du schon mal von der Baufirma Lorenzo Morena gehört?«, fragte Prohaska, während er die Adresse in die Suchmaschine eintippte.

»Nicht, das ich wüsste.« Ivo kam rüber und schaute Prohaska über die Schulter. »Willst du da hinfahren?«

»Ja, mal schauen, ob jemand zuhause ist.«

Als auf dem Display die Landkarte erschien, stellte er auf Sattelitenansicht um und vergrößerte den Ausschnitt. Es erschien ein freistehendes Haus im mediterranen Stil mit zwei etwas kleineren Nebengebäuden, zwei Terrassen, einem Balkon und einem großen Swimmingpool. Um das rechteckige Anwesen verlief eine hohe Mauer, die wie die Fassade aus weißen Steinquadern erbaut war. Es lag etwa einen Kilometer von der Landstraße entfernt, umgeben von einem großen Waldstück, Feldern und alten Olivenhainen.

»Das nenne ich mal ein Häuschen im Grünen«, sagte Prohaska. »Es liegt etwas abseits der Straße nach Buje.« Er hielt Ivo das Smartphone hin.

»Nicht schlecht. Das hat mindestens eine Million gekostet, Euro wohlgemerkt.«

»Bestimmt mehr«, erwiderte Prohaska. »Das Grundstück ist ja schon riesig.«

»Ist dieser Morena denn so reich?«

»Keine Ahnung, aber das lässt sich feststellen.« Prohaska machte die Webseite zu. »Jetzt muss ich noch im Gymnasium anrufen.« Er tippte die Nummer ein.

»Warte, ich habe mit Nikola gesprochen. Er kennt Mario Galižan und weiß auch, wo er wohnt.«

»Sehr gut.«

»Mario ist jetzt ein Held. Die ganze Schule spricht davon, dass er den Toten gefunden hat.«

Ivo zog aus seiner Geldbörse einen quietschgelben Zettel hervor und gab ihn Prohaska.

»Das ist in der Nähe der Tennisplätze.«

Prohaska las die Adresse, legte den Zettel in sein Notizbuch und stand auf.

»Könntest du nachher auf Facebook nach Rudi Selica suchen? Falls du etwas Interessantes findest, ruf mich an.«

»Okay.«

Prohaska sah auf die Uhr auf dem Handy und steckte es in die Hosentasche. Es war kurz nach dreizehn Uhr.

*

Auf dem Weg zum Parkplatz kaufte er sich an einem Imbiss ein Stück Pizza und eine Limonade. Danach warf er noch eine Lutschtablette ein.

Zwanzig Minuten später saß er in Rossis Büro. Sein Rachen und die Mundschleimhäute waren von den Tabletten betäubt und die

Schmerzen hatten nachgelassen, dafür wurde die Heiserkeit immer schlimmer.

Rossi bot ihm einen Espresso an, aber Prohaska schüttelte den Kopf. Er überlegte, ob er Rossi auch die Adresse von Rudi Selica nennen sollte, aber dann verwarf er den Gedanken. Er musste sich erst einmal überzeugen, ob sein Verdacht überhaupt begründet war.

»Danke, ich möchte Sie nicht lange aufhalten, wollte nur wegen meines Wagens nachfragen …«

Rossi nahm ein Zigarillo aus der Schachtel und legte es wieder weg. »Ihr Cabrio ist in unserer Werkstatt.« Er deutete zum Innenhof, wo ein zweistöckiger langer Bau der Feuerwehr zu sehen war. »Die Leute von der Spurensicherung und meine Männer sind vor einer halben Stunde aus Dvigrad gekommen.«

»Und?«

»Wir gehen von Folgendem aus: Der Mann, der Ihr Fahrzeug entwendet hat, ist damit so lange herumgefahren, bis der Tank leer war.«

»Der hatte Schiss, zur … Tanke zu fahren.«

»Vermutlich. Dann ist er auf den Parkplatz in Dvigrad hinuntergerollt und aus welchen Gründen auch immer, gegen einen Baum gefahren.«

»Hat wohl die Bremse … nicht … gefunden, der Depp!«

»Der Kühler ist jedenfalls im Eimer, aber das lässt sich beheben.«

»Und dann hat er vor Wut … den Reifen durchgestochen?«

»Was den Platten verursacht hat, werden wir bald wissen.«

»So ein … Vollidiot.«

»Joe, so schlimm es auch ist, aber Sie können froh sein, dass er ihn nicht komplett zu Schrott gefahren hat«, erwiderte Rossi nüchtern, zog eine Schreibtischschublade heraus und reichte Prohaska eine Box mit Papiertaschentüchern.

Prohaska zupfte ein paar heraus, schnäuzte sich und versuchte ruhig zu atmen.

»Haben Sie ein Ersatzauto?«

»Ja, von meinem Nachbarn.« Er hustete und hielt sich ein Taschentuch vor den Mund. »Und ist meine Kameratasche da?«

»Das weiß ich nicht.«

»Sie waren … nicht dort?«

»Ich habe es einfach nicht geschafft. Einen Moment, ich frage nach.«

»Danke.«

Prohaska biss die Zähne zusammen und unterdrückte den Hustenreiz, dafür tat ihm jetzt der Unterkiefer weh. Rossi nahm den Telefonhörer, wählte eine Nummer und als sich jemand meldete, schaute er zu Prohaska und sagte:

»Ich bin's, kannst du mir den Bericht von den Technikern schicken? Ah, okay. Ich will wissen, ob in Prohaskas Cabrio eine Fototasche mit Kamera und andere persönliche Sachen lagen.« Er nickte. »Danke, okay, ja, ja, er ist hier.«

Rossi legte auf und nahm nun doch den Zigarillo vom Tisch.

»Stört es Sie, wenn ich rauche?«

»Nein.« Rossi zündete sich den Zigarillo an und paffte.

»Die Liste kommt gleich. Möchten Sie wirklich keinen Kaffee? Ich brauche jetzt einen.«

»Danke, dann nehme ich auch einen.«

Rossi ließ zwei doppelte Espressi aus, schob den Berg Unterlagen und drei dicke Ordner zur Seite und stellte die Tassen ab.

»Hat sich in der anderen Sache inzwischen irgendetwas getan?«

»Andere Sache?«

»Na, der Überfall, die Entführung, all das.«

»Nein, aber mir reicht es auch so.«

»Es ist doch seltsam«, sagte Rossi und blies eine dicke Rauchwolke zur Decke. »Ich denke mal jetzt laut nach, wenn Sie einverstanden sind.«

Prohaska sagte nichts und wunderte sich nur über Rossis plötzlich todernstem Tonfall.

»Also, man schickt Ihnen ein anonymes Päckchen, dann werden Sie zu dieser Hochzeit bestellt, danach von der Frau in eine Falle gelockt, entführt, außer Gefecht gesetzt, eingesperrt …« Er machte eine Pause und zog an seinem Zigarillo.«

»Ja, und?«

»Und nachdem Sie sich aus dem *Kažun* befreit hatten, spazieren Sie hier seelruhig durch die Stadt, als sei nichts gewesen. Also, ich an Ihrer Stelle hätte vielleicht nicht den Nerv dazu.«

Prohaska starrte ihn an, bekam einen Hustenanfall und trank dann einen Schluck Kaffee, der so bitter schmeckte, dass ihm fast übel wurde.

»Wollen Sie etwa … andeuten, ich hätte mir das alles ausgedacht?«

»Nein, im Gegenteil, aber es ist doch seltsam, das müssen Sie zugeben.« Er schnippte die Asche ab. »Was ich sagen will, ist, dass diese Frau, die Sie angerufen hat … wie hieß sie noch?«

»Branka.«

»Ja, also, dass sie entweder mit den Entführern unter einer Decke steckt und mit ihnen untergetaucht ist, oder dass sie …«

»… in Gefahr ist.«

»Genau.«

»Daran … habe ich auch schon gedacht. Und falls sie versucht hat, mich anzurufen, um mich zu warnen, konnte sie mich nicht erreichen, weil mir die Typen auf Anweisung ihres Chefs das Handy abgenommen haben.« Rossi nickte.

»Deshalb hoffe ich, dass meine Fototasche noch da ist. Ich habe ihre Visitenkarte … dort eingesteckt.«

Rossi legte den Zigarillo in den Aschenbecher, nahm einen Kugelschreiber und begann damit auf die Tischplatte zu klopfen.

»Wenn der Mann, der sich an Ihnen rächen will, hier ist, dann können Sie doch nicht einfach durch die Gegend spazieren.«

»Aber ja, genau das … mache ich … und ich glaube, ich weiß, wo ich … ihn suchen muss.«

In dem Moment klopfte es an der Tür.

Rossi rief »Herein« und warf den Kugelschreiber auf den Tisch.

Eine zierliche blonde Frau kam ins Zimmer, warf Prohaska einen Blick zu, ohne eine Miene zu verziehen und reichte dem Inspektor eine dünne Mappe.

»Hier ist die Liste.«

»Danke, Vera.«

Sie nickte, drehte auf dem Absatz um, ging hinaus und machte die Tür hinter sich zu.

Prohaska saß da wie vom Donner gerührt.

»Na, dann wollen wir mal sehen«, sagte Rossi, der nichts zu bemerken schien, klappte die Mappe auf und überflog den Bericht. »Es sieht leider schlecht aus.« Er hob den Kopf und sah Prohaska an, der immer noch unbeweglich dasaß. »Ihre Fototasche ist leider weg. Im Kofferraum lagen das Stativ, eine Sonnenbrille, vier leere Mineralflaschen in einem zusammenklappbaren Einkaufskorb … ein paar Sandalen …« Rossi hielt inne und sah Prohaska an. »Sie hören mir ja gar nicht zu.«

Prohaska blinzelte und stand auf.

»Doch, doch, die Kamera ist weg, das Stativ und die anderen Sachen sind da, aber das dachte ich mir schon. Danke, Inspektor.«

Rossi erhob sich ebenfalls.

»Nichts zu danken. Ich hoffe, dass wir Ihre Kamera bald finden.«

»Das hoffe ich auch.« Prohaska ging zur Tür.

»Warten Sie«, sagte Rossi. »Sie haben vorhin noch etwas gesagt …«

»Ich weiß es nicht mehr. Bis später.«

*

Wie benommen verließ Prohaska die Polizeistation, zündete sich eine Zigarette an, stieg ins Auto und fuhr auf die Straße. Am nächsten Kreisverkehr von der Istarska nach rechts und schlich dann mit Tempo vierzig durch das Wohngebiet, um zu sehen, wo Sabrinas Haus stand. Aber was zum Teufel machte Vera bei der Polizei? Warum hat sie es, als er sie und Belinda angesprochen hatte, nicht gesagt, dass sie dort arbeitete? ›Na, du hast sie nicht danach gefragt‹.

Prohaska steuerte in eine schattige Parklücke und machte den Motor aus. Dann nahm er das Smartphone, suchte die Bilder aus, die er von Mirko Ribar gemacht hatte, klickte auf eines, auf dem sein Gesicht gut zu sehen war, schickte es Rossi und bat ihn, es Sabrina und ihrem Sohn zu zeigen und sie zu fragen, ob sie ihn kennen. Anschließend rief er Heinrich Schimmelpfennig an. Sein ehemaliger Kollege meldete sich sofort. »Hallo Heinrich, ich bin's, Prohaska.«

»Joe Prohaska?«

»Na, wie viele Joes kennst du denn?«

»Schön dich zu hören. Ich hab dich gar nicht erkannt, du hast eine Stimme wie …«

»Ja, ja … wie ein Eimer. Bin erkältet. Störe ich dich?«

»Nein, ich muss nur zu einer Besprechung. Sandra Neumann hat mir gesagt, du hättest schon einmal angerufen. Ist es etwas Dringendes oder kann ich dich zurückrufen.«

»Kann ich dir schnell sagen, worum es geht?«

»Okay.«

»Erinnerst du dich an den Mordfall Ribar? Es ist etwa fünfzehn Jahre her.«

»Das war ›Soko Parkplatz‹ soviel ich weiß, dieser Jugo, der seinen besten Freund erschossen hat.«

»Genau den meine ich. Er hat mir im Gerichtssaal Rache geschworen.«

»Ja, ja, ich weiß, aber wieso fragst du nach ihm?«

»Er ist inzwischen draußen und aller Wahrscheinlichkeit nach hier in Rovinj.«

»Nein!«

»Doch, und deshalb hätte ich eine Bitte«, sagte Prohaska und räusperte sich. Dann erzählte er Schimmelpfennig, was in den letzten Tagen vorgefallen war.

»Das ist ja unglaublich!«

»Ich müsste dringend wissen, ob es bei euch irgendwelche Erkenntnisse gibt, dass sich Sandro Tomčić und Mirko Ribar kennen. Insbesondere, ob sie nach Ribars Entlasssung aus dem Knast in diesem Lokal waren, vor dem er angeschossen wurde. Ich schicke dir ein Foto von ihm.«

»Joe, ich weiß nicht, ob das so einfach geht. Du weißt, dass wir ohne ein offizielles Ersuchen so gut wie nichts machen können.«

»Ist mir klar. Ich werde mit Inspektor Rossi reden, damit sich die Staatsanwaltschaft sofort mit euch in Verbindung setzen kann«, sagte Prohaska und fragte sich, ob er es Rossi nicht längst hätte sagen sollen.
»Gut.«

»Aber bis eine Antwort kommt, könnten Tage vergehen. Es wäre super, wenn ich diese Information … vorab haben könnte.«

Es war ihm klar, dass er von Schimmelpfennig Unmögliches verlangte.

»Joe, ich kann es nicht versprechen. Wir müssen den offiziellen Weg einhalten, sonst kann ich einpacken.«

»Ich weiß, aber …«

»Ich schau, was ich machen kann.«

»Danke, Heinrich. Sag Bescheid, wenn ich mich irgendwie revanchieren kann.«

Schimmelpfennig lachte.

»O, da fällt mir sofort etwas ein. Wie wär's mit einer Woche Urlaub bei dir in Kloštar.«

»Abgemacht. Du bist mir stets willkommen. Ein Gästezimmer für zwei Personen mit Vollpension steht dir zur Verfügung.«

»He, das war ein Scherz. Es klingt verlockend, aber ich fürchte, dass ich nicht so schnell Urlaub bekomme. Vielleicht im Herbst.«

»Jederzeit, ein Anruf genügt.«

»Danke. Und Joe, pass auf dich auf!«

»Ja, mach ich«, krächzte Prohaska. Seine Stimme ließ ihn nun vollends im Stich.

»Mach's gut, ich melde mich, sobald ich etwas in Erfahrung gebracht habe.«

»Danke.«

Prohaska warf das Smartphone auf den Beifahrersitz, nahm noch eine Lutschtablette, startete den Motor und fuhr los. Ein paar Minuten später bog er in die Straße ein, in der Sabrina Galižan wohnte. Das einstöckige Einfamilienhaus bot im Vergleich zu den Nachbarhäusern einen traurigen Anblick. Die Rollos waren hinuntergelassen, die Fassade hätte längst einen neuen Anstrich vertragen können. Von einer Palme in der Ecke hingen trockene Wedel herab. Auf dem Balkon, der sich im Obergeschoss vor einem großen Fenster und einer Balkontür erstreckte, stand ein rotweiß gestreifter Sonnenschirm. Prohaska hielt auf der gegenüberliegenden Seite. Auf der Straße war kein Mensch zu sehen. Entweder waren die Leute bei der Arbeit oder die Häuser waren nur in Saison bewohnt. Jetzt auszusteigen und sich bei den Nachbarn nach der Sandra Galižan und ihrer Familie zu erkundigen, würde mehr als nötig auffallen, vor allem, weil er kaum noch sprechen konnte.

Er machte ein Foto vom Haus und fuhr weiter. Inzwischen war es zehn nach drei. Aber statt nach Hause zu fahren und sich hinzulegen, beschloss er, sich das Haus von Rudi Selica anzuschauen. Vielleicht sollte er doch Rossi Bescheid geben. Andererseits, was konnte schon passieren? Er nahm das Smartphone, tippte die Adresse im Navi ein und als die Karte erschien und die monotone Stimme sich meldete, fuhr er auf die Hauptstraße.

*

Zehn Minuten später fuhr er von der Straße auf einen schmalen, relativ neuen asphaltierten Weg, der zwischen einer Allee aus jungen Pappeln und hohem Schilf verlief. Nach etwa sechshundert Metern sah Prohaska die hohe Steinmauer, hinter der das rote Hausdach zu erkennen war. Er hielt am Seitenstreifen an und schaltete den Motor aus. In der Mauer, die um das Grundstück führte, war ein metallenes Rolltor eingelassen. Rechts davon befand sich in Augenhöhe ein silbern glänzendes Schild, das er aus der Entfernung nicht entziffern konnte. Aber das Kameraauge und ein Mast, an dem eine Kamera befestigt war, waren deutlich zu erkennen. Prohaska machte ein Foto vom Tor, startete den Motor und wendete. Als er auf die Hauptstraße einbiegen wollte, musste er warten, um andere Autos vorbeizulassen, die in beide Richtungen fuhren. Er setzte den Blinker und klopfte mit den Fingern auf das Steuer. Von rechts näherte sich auf der Gegenfahrbahn ein schwarzer Porsche Cayenne, bremste vor der Abzweigung scharf ab und als die Fahrt frei war, bog er auf den Zufahrtsweg zum Anwesen, dicht an Prohaska vorbei.

»Na, da schau her«, murmelte Prohaska, griff nach dem Handy, rief Rossi an und fuhr mit dem Telefon am Ohr zurück in die Stadt.

Rossi meldete sich erst nach mehrmaligem Klingeln.

»Prohaska hier. Störe ich?«

»Ich bin in einer Besprechung. Was gibt es?«, fragte Rossi leise.

»Ich glaube, ich weiß, wo Rudi Selica ist.«

»Rudi wer?«

»Na, der verschwundene Bräutigam.«

»Ach, klar. Und wo soll er sein?«

»Ich habe ihn vor zwei Minuten in einem Porsche Cayenne gesehen, der Lorenzo Morena gehört. Am Steuer saß ein Mann, den ich auf der Hochzeit gesehen habe.«

»Wo war das?«

»An der Zufahrt zu Morenas Anwesen.«

»Und was haben Sie dort gemacht?«

»Nichts, ich war nur neugierig ...«

»Hat man Sie gesehen?«

»Falls jemand im Haus war und die Kamera am Tor eingeschaltet ist, dann bestimmt. Aber die beiden Männer im Porsche haben mich bestimmt nicht gesehen. Ich bin nicht mit meinem Auto unterwegs.«

»Okay.«

»Sie sollten sofort ein paar Leute hinschicken. Wenn Sie Rudi Selica in Morenas Haus schnappen, kann er erklären, warum er verschwunden ist beziehungsweise wo er die letzten Tage war. Vielleicht weiß er auch, wo Branka ist. Und wenn man sie findet ...«

»Ja, ja, verstehe, das Problem ist nur, dass ich mich nicht sofort darum kümmern kann.«

»Okay, dann fahre ich noch einmal hin ...«

»Nein, ich kümmere mich um die Angelegenheit. Und jetzt kommen Sie bitte auf dem schnellsten Weg her.«

»Wieso?«

»Es gibt noch einen Toten.«

»Nein! Wer ist es?«

»Das sage ich Ihnen nachher.«

»Okay.«

Rossi unterbrach die Verbindung. Prohaska gab Gas, musste aber immer wieder langsam fahren oder kurz anhalten, weil viel Verkehr herrschte. Zwanzig Minuten später meldete er sich an der Pforte der Polizeistation an.

»Gehen Sie ins Besprechungszimmer, zweiter Stock rechts, man erwartet Sie bereits«, sagte der Beamte und ließ ihn ein.

Prohaska hastete die Treppe hoch. Rossi kam ihm im Flur entgegen.

»Hallo Inspektor, wer ist es?«, fragte Prohaska außer Atem.

»Hallo Joe, kommen Sie, die Besprechung hat vor ein paar Minuten begonnen.«

»Ist das nicht gegen die Vorschriften?«

»Das geht schon in Ordnung.«

Rossi hielt ihm die Tür auf und sie betraten das Besprechungszimmer. An einem langen Tisch saßen etwa zwanzig Männer und Frauen, einige in Uniform, andere in legerer Sommerkleidung. Obwohl die Rollos heruntergezogen waren, war es im Raum ziemlich warm. Am Ende des Tisches saß Staatsanwalt Cipoletti. Sein Jackett hing über der Stuhllehne, der oberste Knopf des kurzärmligen weißen Hemdes war offen. Vor ihm lagen mehrere Ordner und Mappen und ein grünschwarz melierter Füllfederhalter. Er nickte Prohaska zu und blätterte dann in einer Mappe, die vor ihm auf einem Stapel lag.

»Bitte, nehmen Sie Platz«, sagte Rossi zu Prohaska und zeigte auf einen Stuhl auf der Fensterseite, gleich neben seinem, an der Stirnseite des Besprechungstisches. Prohaska nickte in die Runde und setzte sich. Die anderen sahen zu ihm rüber, nickten oder lächelten. Es waren auch einige Polizeibeamte darunter, die er am Strand gesehen hatte. Rossi setzte sich ebenfalls und legte die Hände auf den Tisch.

»Also, Leute, bevor wir weitermachen, möchte ich euch einen Freund und Kollegen Joe Prohaska vorstellen.« Prohaska glaubte, sich verhört zu haben und sah Rossi verdutzt an.

»Einige von euch kennen ihn bereits. Joe war bis vor ein paar Jahren Kriminalhauptkommissar bei der Kriminalpolizei in Stuttgart und kann auf eine fast fünfundzwanzigjährige Dienstzeit zurückschauen. Sein Vater war Kroate, die Mutter Deutsche, aber das nur am Rande. Vor drei Jahren wurde er bei einem Einsatz angeschossen und am Bein verletzt, ist seitdem im Frühruhestand. Die Details kann er euch, wenn er möchte, selbst erzählen. Jedenfalls hat er sich hier bei uns niedergelassen und ist freier Fotograf. Ja, es ist eigentlich gegen die Vorschriften, dass er jetzt hier ist, aber Staatsanwalt Cipoletti weiß Bescheid.« Cipoletti nickte.

»Und besondere Umstände erfordern nun mal besondere Maßnahmen. Und ich muss Joe nicht extra darauf hinweisen, dass er von allem, was hier gesprochen wird, Stillschweigen bewahren muss.«

Prohaska nickte und fragte sich, ob er überhaupt würde sprechen können, so heiser, wie er war. Er griff in die Jackentasche, um eine Lutschtablette herauszunehmen, aber die Packung lag im Auto.

Die Zivilbeamtin, eine etwa fünfunddreißigjährige Frau mit kurzen schwarzen Haaren, die neben ihm saß, deutete auf die Flaschen mit

Mineralwasser, Kaffeekannen, Gläser und Tassen, die in der Mitte des Tisches standen. Dazwischen lagen kleine Teller mit Keksen.

»Ich bin Manuela. Bitte bedienen Sie sich«, flüsterte sie ihm zu.

»Angenehm, danke«, krächzte Prohaska. Er schenkte sich Mineralwasser ein und trank einen Schluck.

»Ich fasse noch einmal zusammen, was wir bisher haben, damit Joe auch im Bilde ist.« Rossi schlug einen Aktenordner auf. »Ach ja, bevor ich es vergesse«, sagte er mit dem Blick auf Prohaska. »Wenn keiner etwas dagegen hat, duzen wir uns alle.« Er schaute zu Prohaska.

»Ja, gerne«, erwiderte er.

Die anderen nickten. Rossi wandte sich an einen Beamten in Zivil, der Prohaska schräg gegenübersaß. Es war der junge Mann, dem beim Anblick der Leiche am Strand schlecht geworden war.

»Mirko, kannst du bitte an die Tafel?«

»Natürlich.«

Mirko stand auf, nahm zwei Filzstifte vom Tisch und stellte sich neben eine weiße Metalltafel, auf die bereits eine Tabelle aufgezeichnet war. In der Kopfzeile standen die Worte »Opfer I«, »Opfer II«, »Fundort«, »sachdienliche Hinweise«, »Erkenntnisse«, »Zeugen«, »Arbeitsaufteilung« und »Verschiedenes.«

Rossi zog aus einer Klarsichtfolie zwei auf DIN A4 vergrößerte Fotos heraus, stand auf und befestigte sie mit Magneten an die Tafel.

»Das hier ist Alfonso Greco, Opfer Nummer eins. Mirko, schreib seine Personalien und den Fundort auf.«

Mirko tat es. Rossi zeigte auf das zweite Foto.

»Das zweite Opfer ist der Aleksandar Tomčić, Kurzname Sandro, Sohn von Boris Zelenbor, siebenundzwanzig Jahre alt, zuletzt wohnhaft bei Sabrina Galižan und Vater Boris in Rovinj. Die Adresse steht auf der Rückseite«, sagte Rossi.

Prohaska, der dabei war, sich einen Kaffee einzuschenken, ließ fast die Tasse fallen. »Oh!«

»Ja, das ist wirklich sehr bedauerlich, denn ich wollte Sandro zu einem Informationsgespräch vorladen.« Rossi bedeutete Mirko, die Daten mitzuschreiben.

»Heute Vormittag hat ein Fischer der örtlichen Polizei gemeldet, dass in einer kleinen Bucht auf der Westseite der Insel Sveti Juraj vor

Vrsar ein Motorboot liegt. Er hatte es gestern Abend schon dort gesehen, es aber nicht für so wichtig erachtet. Heute ist er da noch einmal vorbeigefahren, hat Sandros Leiche im Boot entdeckt und sofort die Kollegen angerufen.«

»Wie ist Sandro ums Leben gekommen?«, fragte ein Uniformierter.

»Er wurde wie Alfonso Greco erschossen.«

Prohaska nickte.

»Wir warten noch auf Informationen von den zuständigen Kollegen aus Poreč. Das Motorboot wurde abgeschleppt und wird genauestens unter die Lupe genommen. Was wir aber jetzt schon wissen, ist, dass im Boot eine Wolldecke mit Blutflecken lag, und, das ist die eigentliche Sensation, ein Schuh von Alfonso Greco.«

Ein Raunen ging durch die Runde. Ein Uniformierter, den Prohaska als den erkannte, der am Strand von Punta Corrente Fotos gemacht hatte, hob die Hand.

»Es wäre eine noch größere Sensation, wenn sich herausstellte, dass Tomčić diesen Greco erschossen hat und anschließend Selbstmord beging. Dann wären beide Fälle abgeschlossen.«

»Ja, aber wir wollen uns nicht auf Spekulationen einlassen, sondern halten uns an die Fakten. Wenn Tomčić sich selbst gerichtet hätte, wäre die Waffe vermutlich im Boot gefunden worden. Und das hätten uns die Kollegen sofort mitgeteilt. Wir müssen die Ergebnisse der Spurensicherung abwarten, danach besprechen wir die Aufgabenverteilung bei uns und machen uns an die Arbeit.«

»Woher weiß man eigentlich, dass es sich um Sandro Tomčić handelt?«, fragte eine Frau, die neben Cipoletti saß.

»Er hatte seinen Personalausweis dabei«, sagte der Staatsanwalt. »In seiner Geldbörse waren außerdem ein Führerschein und eine Karte der Krankenkasse, beide auf seinen Namen in Stuttgart ausgestellt, und außerdem tausendfünfhundert Kuna und zweitausend Euro in bar.«

»Nicht schlecht«, sagte ein untersetzter älterer Uniformierter, der in der Mitte des Tisches Prohaska gegenübersaß. »Soviel ich weiß, hatte er keine feste Arbeit.«

»Woher weißt du das?«, fragte der Mann neben ihm.

»Von seinem Vater, ich habe ihn neulich an der Riva getroffen.«

»Das ist viel Geld für einen Arbeitslosen«, erwiderte Rossi. »Ich habe übrigens heute Nachmittag mit Tomčićs quasi-Stiefmutter Sabrina Galižan gesprochen. Sie ist die Mutter von Mario, dem Jungen, der Grecos Leiche gefunden hat. Sabrina hat ihn heute begleitet, als er seine Angaben zu Protokoll geben musste. Ich habe sie nach weiteren Familienmitgliedern befragt, weil mir zu Ohren gekommen ist, dass der Haussegen ziemlich schief hängt und sie eventuell von ihrem Mann beziehungsweise Lebensgefährten Boris Zelenbor, der wohl ab und zu einen über den Durst trinkt, misshandelt wird. Auf die Frage, wo Sandro sei und was er macht, gab sie an, dass sie kein gutes Verhältnis hätten und er seit drei Tagen nicht nach Hause gekommen sei.«

»Und keiner hat sich darüber gewundert?«, fragte jemand.

»Offensichtlich nicht. Ich glaube, Sabrina war froh, dass er weg war.« Rossi stand auf, öffnete ein Fenster, setzte sich wieder und zündete sich ein Zigarillo an. »Wir lüften später. Wenn ihr rauchen wollt, bitte …«

Das ließen sich die anderen nicht zweimal sagen, obwohl ein paar von ihnen die Augen verdrehten oder leise protestierten. Der Staatsanwalt griff in seine Jackentasche, nahm ein Päckchen Zigaretten heraus und bot den Beamten, die in seiner Nähe saßen, eine an.

Während der kurzen Pause überlegte Prohaska, ob es nicht besser wäre, die Besprechung zu verlassen. Draußen lief ein Mörder frei herum und war womöglich längst außer Landes.

Rossi schenkte ihm und Manuela und dann sich selbst einen Kaffee ein und als wieder Ruhe eingekehrt war, zog er aus einer Folie einen Stapel Fotos.

»Das sind Fotos vom Fundort auf Sveti Juraj, die uns die Kollegen vor der Besprechung per E-Mail geschickt haben. Die Originale können wir uns in Poreč anschauen. Gebt sie bitte durch.«

Prohaska schaute sich die Bilder zusammen mit Manuela an. Die Leiche von Sandro Tomčić lag mit dem Gesicht nach unten auf dem Müllsack, aus dem die blutige Decke herausragte. Die Kopfwunde ähnelte der von Alfonso Greco, was darauf hindeuetete, dass er ebenfalls aus nächster Nähe erschossen wurde.

»Mich würde interessieren, wo das Boot war, als er umgebracht wurde«, sagte Manuela.

»Der Täter war nicht weit von ihm entfernt, als er auf ihn geschossen hat. Hätte er es von einem anderen Boot und bei Fahrt getan, müsste er ein sehr guter Schütze sein«, erwiderte Prohaska.

»Du meinst, es war ein Scharfschütze?«

»Möglich ist alles.«

»Aber wenn nicht, dann hat ihn Sandro an Bord gelassen. Und dazu muss er irgendwo angelegt haben.«

»Folglich haben sie sich gut gekannt.«

»Die Frage ist, woher wusste der Täter, wo Sandro sich aufhielt?«, sagte Rossi.

»Hat man bei Tomčić ein Mobiltelefon gefunden?«, fragte ein Beamter aus der Runde. »Dann könnten wir anhand der Daten seine Kontakte und die Gespräche auslesen.«

»Ich gehe davon aus, dass er ein Handy besaß. Falls es der Täter danach nicht an sich genommen oder ins Meer geworfen hat, hätten wir gute Chancen, weitere Personen ausfindig zu machen, mit denen Sandro zu tun hatte.«

Prohaska bezweifelte, dass man Sandros Handy noch finden würde. So dumm konnte sein Mörder nicht gewesen sein.

»Sollte sich bestätigen, dass Tomčić Grecos Leiche im Meer versenkt hat, wofür die Decke und der Schuh sprechen«, sagte Rossi, »dann hat er Greco entweder umgebracht und die Waffe anschließend ebenfalls versenkt oder er kannte den wahren Täter, hatte Angst bekommen und wollte abhauen, wofür das Geld und die Ausweispapiere sprechen.«

Prohaska hob die Hand und sah zu Rossi.

»Darf ich?«

»Aber ja, bitte.« Prohaska räusperte sich.

»Zunächst möchte ich mich ... für das Vertrauen bedanken, das ihr mir entgegenbringt, und mich für meine Stimme entschuldigen.«

Höfliches Nicken und Lächeln in der Runde.

»Zu Sandro kann ich nicht viel sagen. Ich habe mit Sabrina Galižan gestern gesprochen und sie sagte, dass er mit einigen zwielichtiegen Leuten Kontakt hatte, Drogen konsumiert und gezockt hatte. Das Geld, das er dabei hatte, stammt eventuell aus dem Glücksspiel und er wollte sich wohl ins Ausland absetzen, wurde jedoch daran gehindert.«

Cipoletti hob die Hand.

»Wir müssen so schnell wie möglich herausfinden, was für Leute das sind. Dann holt ihr sie her, damit wir sie befragen.«

»Natürlich«, sagte Rossi und schaute zu Mirko, der eifrig auf die Tafel schrieb.

»Die Frage ist, warum Sandro nicht sofort abgehauen ist, nachdem er den toten Greco ins Meer geworfen hat. Wo hat er sich in den letzten Tagen bis zu seinem Tod aufgehalten?«, fragte Cipoletti.

Prohaska trank einen Schluck Kaffee. Die ganze Zeit überlegte er, woher Sandro das Geld hatte und wieso er Grecos Leiche weggebracht hatte. Hatte er das von sich aus getan oder wurde er dazu gezwungen? Wo geschah der Mord? Auf dem Festland, auf einer Insel oder im Boot. Wem gehörte es? Außerdem musste er Rossi bei der nächsten sich bietenden Gelegenheit nach Vera fragen.

Rossi wollte gerade etwas auf Cipolettis Frage erwidern, als das Telefon klingelte. Er stand auf, ging zum Schreibtisch, meldete sich und hörte zu. Dann schaute er zu Cipoletti, der sich mit der Frau, die neben ihm saß, die Fotos anschaute.

»Es ist mein Kollege Vedro aus Poreč«, sagte Rossi zu den Anwesenden. Dann zum Anrufer: »Ja, das passt gut, wir sitzen gerade in der Besprechung. Ich stelle auf laut, dann können dich alle hören.« Die Stimme des Polizeibeamten war laut und deutlich zu hören.

»Hallo zusammen. Ich wollte euch über den neuesten Stand in der Sache Sandro Tomčić bei uns informieren. Die Eckdaten und Fotos vom Fundort haben wir euch schon geschickt. Die Spurensicherung ist noch im Gange, aber was wir gerade erfahren haben, ist doch äußerst aufschlussreich.« Vedro machte eine kleine Pause. »Die ballistische Untersuchung ist zwar noch nicht abgeschlossen, aber unsere Techniker gehen zu neunzig Prozent davon aus, dass Sandro Tomčić mit derselben Waffe und aus nächster Nähe erschossen wurde wie Alfonso Greco. Weiter haben wir in einer aufgeschnittenen Bierdose, die als Aschenbecher gedient hat, eine Zigarettenkippe gefunden, die nicht Tomčić zugeordnet werden kann. In seiner Jackentasche haben wir eine halbvolle Schachtel *Dunhill* gefunden, und die im Aschenbecher gefundene Kippe ist ein *Marlboro*. Aber diese Information muss man mit Vorsicht zu genießen, denn die Kippe kann schon länger dort gelegen haben.

Doch es ist so gut wie sicher, dass Tomčić keinen Selbstmord verübt hat, sonst hätten wir die Waffe bei ihm gefunden. Außerdem befindet sich das Einschussloch hinter dem rechten Ohr wie bei Greco. Den Tathergang können wir kaum rekonstruieren. Vielleicht wurde er im Schlaf überrascht. Die Tatzeit können wir nur schätzen. Wie lange er tot im Boot lag, erfahren wir nach der Obduktion. Das Blut auf der Wolldecke wird gerade ausgewertet, aber ich bin sicher, dass es von Alfonso Greco stammt. Wir sind gerade dabei zu ermitteln, wo sich Tomčić in den letzten Tagen aufgehalten hat. Das könnte allerdings dauern, weil wir einfach nicht wissen, ob er die ganze Zeit auf dem Boot verbracht hat oder irgendwo an Land gegangen war, um Proviant zu besorgen oder irgendwo zu übernachten. Im Boot wurden ein paar Essensreste gefunden. Ein Stück Weißbrot, etwas Käse und Schinken, fünf leere Flaschen Mineralwasser und mehrere Bierdosen, aber die könnten ebenfalls schon länger da gelegen haben. Wir werden in der nächsten Stunde einen Aufruf an die Bevölkerung veröffentlichen und euch umgehend informieren, falls sich etwas Neues ergibt.«

»Wisst ihr inzwischen, wem das Boot gehört und wo es zugelassen ist?«

»Ja, in Rovinj, Besitzer ist ein Bauunternehmer, Lorenzo Morena.« Prohaska hielt die Luft an. Was hatte Sandro Tomčić mit Morena zu tun?

»Das wäre im Moment alles«, sagte Vedro.

»Danke für diese Informationen.«

»Keine Ursache. Ich schicke euch die Ergebnisse der Spurensicherung und Ballistik per E-Mail.«

»Gute Arbeit, Inspektor Vedro«, sagte Cipoletti.

»Danke«, erwiderte Vedro.

»Wir bleiben in Kontakt.« Rossi setzte sich wieder an seinen Platz. »Das sind doch sehr gute Neuigkeiten. Wir haben aber noch sehr viel zu tun«, sagte er in die Runde.

Der Staatsanwalt hob die Hand.

»Ich denke, wir sollten jetzt die Aufgaben verteilen. Als Erstes will ich wissen, ob Morena bisher strafrechtlich in Erscheinung getreten ist. Unabhängig davon sollte man ihn in der nächsten Stunde aufsuchen und zu Sandro Tomčić und Alfonso Greco befragen. Wir brauchen alle Infos über seine Firma. Geschäftsverbindungen, Partner, Angestellte, Arbeiter, Buchhaltung, den ganzen Kram eben. Ich kümmere mich um den Durchsuchungsbeschluss.«

Rossi nickte.

»Die Frage ist, ob wir ihn antreffen. Wenn er etwas mit den Morden zu tun hat, könnte er längst über alle Berge sein. Zeit genug hatte er.«

»Ja, und genau deswegen müssen wir uns jetzt sputen. Ich muss schnell ins Büro und ein paar Dinge abklären und bin jederzeit am Handy erreichbar.«

Er sammelte seine Unterlagen ein, warf das Jackett über die Schulter und nickte der Frau zu, die neben ihm saß. Sie packte ihren Block und einen Aktenordner in die Aktentasche und folgte Cipoletti, der ihr die Tür aufhielt.

»Ich halte euch auf dem Laufenden«, sagte Rossi zu Cipoletti.

»Okay. Bis später.«

Prohaska sah auf die Uhr. Inzwischen war es nach halb sechs. Er hatte während der Besprechung nur ein paar Kekse gegessen und nun knurrte sein Magen. Rossi öffnete den obersten Hemdknopf, pustete sich ein wenig Luft auf die Brust und wischte die Schweißtropfen von der Stirn.

»Ich weiß kaum noch, wo mir der Kopf steht«, sagte er leise.

Dann schob er seinen Sessel zurück und stand auf. Die anderen erhoben sich ebenfalls.

»Hört alle her. Wir machen eine kurze Pause, danach besprechen wir die Aufgabenverteilung. In zehn Minuten machen wir weiter.« Die Beamtinnen und Beamten verließen den Raum. Rossi und Prohaska blieben allein.

»Brauchen Sie mich hier noch?«, fragte Prohaska. »Ich hätte noch etwas zu erledigen.«

»Du, wir sind per du«, korrigierte ihn Rossi und schmunzelte.

»Stimmt, ich muss mich erst daran gewöhnen.«

»Nein, beziehungsweise ich kann dir nicht befehlen zu bleiben. Sobald die Aufgaben zugeteilt sind, lass ich uns etwas zum Essen kommen. Es wird eine lange Nacht werden.«

»Wenn etwas ist, ich bin auch jederzeit erreichbar. Und danke, dass ich dabei sein konnte.«

»Ich habe Cipoletti von deinem anonymen Päckchen und der Drohung erzählt. Und auch, dass du nun mit als eine Art Undercover-Mitarbeiter mit uns arbeitest. Es war übrigens seine Idee, dich zu der Besprechung zu bitten. Er hat sich vorab bei seinen Vorgesetzten das OK geholt.«

Prohaska hob die Augenbrauen und fragte sich, ob das nun gut oder schlecht war. Einen Vorteil hatte es dennoch. Er hatte Einblick in den Stand der Ermittlungen und war verpflichtet, Rossi die Informationen zu geben, die für die Ermittlungen wesentlich waren, konnte jedoch bis zu einem gewissen Grad im Alleingang agieren.

»Du darfst auf keinen Fall deine Kompetenzen überschreiten.«

»Habe ich denn welche?«

»Nun, nicht offiziell, aber du weißt, was ich meine. Keine Beeinflussung eventueller Zeugen, umgehende Informationspflicht mir gegenüber und im Übrigen, sich an die Gesetze halten.«

»Muss ich etwas unterschreiben?«

»Ja, aber das machen wir später.«

»Okay. Eine Frage noch, bevor ich gehe.«

»Nur zu.«

»Bei euch arbeitet diese Vera ... sie hat dir den Bericht wegen meines Autos gebracht.«

»Ja, ja, was ist mir ihr?«

»Nichts, ich wollte nur wissen, was sie hier arbeitet.«

»Sie ist eine sehr kompetente Mitarbeiterin in der technischen Abteilung.«

»Bei der Spurensicherung?«

Rossi nickte.

»Und seit wann?«

»Seit drei Monaten, aber wieso fragst du?«

»Ich habe sie an dem Tag, als Greco gefunden wurde, unten an der Riva getroffen und kurz mit ihr gesprochen. Sie war zusammen mit dem Mädchen, das an der Punta Corrente Joggen war. Sie heißt übrigens Belinda.«

»Aaah, okay.«

»Wohnt sie in Rovinj?«

»Belinda?«

»Nein, Vera. Und wie ist ihr Nachname?«

»Sie heißt Davidović und wohnt in der Altstadt.«

»Hat sie mal in Italien gelebt?«

»Keine Ahnung, aber das lässt sich nachprüfen. Warum?«

»Ach, nur so. Ich würde gern mehr über sie wissen.«

Rossi grinste breit.

»Ja, sie ist eine attraktive Frau.«

Prohaska hob wollte schon verneinen, doch dann lächelte er.

»Schon. Ich war überrascht, dass sie bei der Polizei arbeitet. Du weißt nicht zufällig ihre Adresse?«

»Doch, soll ich sie dir etwa geben?«

»Das wäre super.«

»Eigentlich dürfte ich das nicht …« Rossi nahm sein Handy, blätterte in irgendeinem Verzeichnis und nannte die Adresse.

Prohaska nahm ein leeres Blatt vom Stapel und notierte sie.

»Danke.«

»Aber sag ihr nicht, dass ich es dir verraten habe.«

»Ist mir klar. Ist sie eigentlich verheiratet?«

Rossi grinste noch breiter.

»Soviel ich weiß, ist sie geschieden, aber ob sie auch frei ist, weiß ich nicht.«

»Ihre Telefonnummer hast du doch bestimmt auch?«

»Ja, aber ich weiß nicht, ob das jetzt nicht zu weit geht.«

»Keine Sorge, ich werde sie nicht sofort anrufen. Nur für den Fall …«

»Na gut«, sagte Rossi und diktierte ihm Veras Handynummer.

»Ich möchte sie nur fragen, ob sie einen Kaffee mit mir trinken will.«

»Dafür wird sie kaum Zeit haben, so wie die Dinge zurzeit stehen.«

»Ich weiß, aber später vielleicht«, sagte Prohaska und schmunzelte, auf die Gefahr hin, in Rossis Augen nun als ein Frauenheld dazustehen.

»Verstehe ich gut.«

»Danke dir.«

»Ciao Joe, und sag sofort Bescheid, wenn du etwas mitbekommst, was mit den beiden Fällen zu tun hat. Und vor allem keine Alleingänge.«

»Selbstverständlich. Ciao.«

Prohaska ging um den Tisch und verabschiedete sich mit einem charmanten Lächeln von Manuela, die gerade zur Tür hereinkam. Dann verließ er den Besprechungsraum.

*

Zwanzig Minuten später war er im Fotoladen. Als sie im Hinterzimmer Kaffee tranken und eine Zigarette rauchten, wollte Ivo wissen, wo Prohaska den ganzen Tag war. Prohaska nippte an seiner Tasse, trank ein Glas Wasser und räusperte sich. Er hatte im Auto eine Lutschtablette eingenommen und seine Zunge war ganz pelzig, aber die Halsschmerzen hatten endlich nachgelassen.

»Ich bin herumgefahren und habe nachgedacht«, schwindelte er und hoffte, dass Ivo es ihm abnehmen würde.

Was dieser allerdings nicht tat.

»Warst du auch bei diesem Millionenanwesen?«

»Ja, aber von außen kann man nichts sehen. Die Mauer ist mindestens drei Meter hoch. Ich habe lediglich ein Foto vom Tor gemacht. Das ganze Areal ist videoüberwacht.«

Er hatte sich die Aufnahme angeschaut, als er vom Parkplatz zum Fotoladen ging und konnte nach dem Gespräch mit Rossi seinen Freund nicht noch mehr in die Sache hineinziehen, obwohl er sicher war, dass Ivo es nicht ausplaudern würde.

Auf dem Schild stand »Vila Morena«. Darunter befand sich ein schmales Metallschild, auf dem in Großbuchstaben die Worte »Privatgrundstück – Videoüberwachung – Fotografieren verboten« aufgedruckt waren.

»Damit hast du bestimmt irgendwelche Gesetze übertreten, wie zum Beispiel Schutz der Privatsphäre oder etwas in der Art«, sagte Ivo skeptisch.

»Ich glaube nicht, und wenn, muss ich damit leben«, erwiderte Prohaska lakonisch. Er nahm sein Smartphone, strich über den Bildschirm und stellte fest, dass Martha versucht hatte, ihn zu erreichen. »Sag mal«, sagte er zu Ivo, der am Fenster stand und rauchte. »Dein Nikola kennt vielleicht das Mädchen, von dem ich dir erzählt habe, diese Belinda. Ich bin ihr und noch einer anderen Frau nachgegangen, als wir bei Maurizio essen waren.«

»Ja, ja, ich weiß, wen du meinst.«

»Könntest du Niko fragen, ob er ihren Nachnamen weiß?«

»Joe, was soll das schon wieder bedeuten? Ich dachte, du hättest Rossi alles erzählt und der würde sich um die Sache kümmern.«

»Das habe ich, aber er hat im Moment einfach zu viel zu tun.«

»Na gut, ich frage ihn.«

Keine zwei Minuten später wusste Prohaska, dass Belinda ebenfalls Davidović hieß. War sie Veras Tochter? Oder waren sie vielleicht Schwestern oder Cousinen? Er musste es sofort wissen. Er trank seinen Kaffee aus, bedankte sich und verabschiedete sich von Ivo mit der Ausrede, dass er etwas essen müsse und sich später wieder melden würde.

»Warte nicht auf mich, wir sehen uns morgen im Laufe des Tages.«

»Okay.«

Prohaska verließ den Fotoladen, holte sich beim Bäcker um die Ecke ein großes Stück Pizza Margherita und eine Limonade und machte sich in die Altstadt auf. Die Terrassen vor den Cafés und Restaurants waren fast voll. Für Ende Mai war das Wetter ungewöhnlich warm, und da in Deutschland die Pfingstferien begonnen hatten, waren viele Familien mit Kindern angereist.

Als er die Adresse fand, die Rossi ihm genannt hatte, musste er lächeln. Der große viereckige Innenhof war ein beliebtes Fotomotiv der Besucher aus aller Welt.

Dass Vera hier wohnte, fand er bemerkenswert. In der Altstadt war jedes freie Zimmer oder Appartement inzwischen an Touristen vermietet. ›Sie hatte einfach Glück oder gute Beziehungen oder viel Geld. Frag sie doch einfach‹, sagte die innere Stimme, die sich in den letzten Stunden mit Kommentaren zurückgehalten hatte.

Er machte wie ein junges Polnisch sprechendes Paar, das mit ihm hineingegangen war, ein paar Fotos mit dem Handy. Er ging über eine uralte steinerne Treppe hoch, die mit bunten Pflanzenkübeln und Keramikfiguren geschmückt war. An einer Leine, die im ersten Stock über die Ecke gespannt war, hing Wäsche. In einem offenen Fenster im dritten Stock trillerte ein Kanarienvogel in einem Käfig. Prohaska suchte auf den Klingelschildern den Namen Davidović und als er ihn schließlich fand, drückte er auf die Klingel und wartete. Aber nichts tat sich. Er drückte auf die Klingel darunter. Einen Moment später surrte das Schloss und die Tür sprang auf. Prohaska betrat das Treppenhaus. Im ersten Stock ging eine Tür auf und eine Frau fragte im Rovinjer Dialekt, wer da sei.

»Ich möchte zu Frau Davidović. Wissen Sie zufällig, ob sie da ist?«, antwortete er, während er die Treppen hinaufging.

Auf dem Treppenaufsatz stand eine alte Frau vor ihrer offenen Wohnungstür und musterte ihn argwöhnisch. Sie war vielleicht achtzig, klein und ein wenig bucklig. Ein graues T-Shirt und der lange schwarze Rock aus dünnem Stoff hingen an ihrem mageren Körper. Ihre grauen Haare waren kurz geschnitten, das Gesicht schmal, die Augen klein und ein wenig getrübt, als litte sie an einem grauen Star. »Und wer sind Sie?«

»Ich bin ein Bekannter von Vera.«

»So, ein Bekannter? Sie bekommt so gut wie nie Besuch.«

Prohaska lächelte. Die Frau kam einen Schritt näher.

»Sie wird noch in der Arbeit sein.«

»Wissen Sie, wann sie nach Hause kommt?«

»Nein, woher? Aber meistens kommt sie erst nach acht.«

»Ist dann ihre Tochter da?«, fragte er ins Blaue.

»Belinda?« Prohaska nickte.

»Ich würde ihr eine Nachricht für Vera dalassen.«

»Vielleicht, aber sie ist bestimmt auch unterwegs. Wenn Sie mich fragen, lässt ihre Mutter ihr viel zu viel Freiheit. Das Mädchen ist erst fünfzehn und hat schon einen Freund.« Die alte Frau schüttelte den Kopf. »In meiner Jugend haben die Eltern auf ihre Töchter aufgepasst, damit sie keinen Unsinn anstellen.«

»Da gebe ich Ihnen Recht«, erwiderte Prohaska. »Und sie hat einen Freund?«

»Ja, ein hübscher Bursche, aber recht eingebildet. Er bringt sie manchmal bis vor die Tür und dann stehen sie unten im Hof und knutschen. Vor drei oder vier Tagen, als Vera nicht da war, ist er sogar rauf gekommen. Dann haben sie so eine schrecklich laute Musik angestellt, dass ich schon nach oben gehen und an die Tür klopfen wollte. Na ja, die heutige Jugend kennt keine Grenzen.« Sie schüttelte abermals den Kopf.

Prohaska verbarg seine Überraschung hinter einem charmanten Lächeln. Vor drei Tagen war Vera also nicht da. Er musste unbedingt herausbekommen, wo sie gewesen war. »Tja, dann gehe ich mal wieder, schönen Abend noch.«

Die Greisin nickte und verschwand in ihrer Wohnung.

Aber Prohaska ging nicht hinunter, sondern in den zweiten Stock. Neben einer der drei Türen war ein Schild, auf dem die Initialen V. D. standen. Obwohl die Alte gesagt hatte, dass Vera nicht da sei, drückte er auf die Klingel. Das schrille Geräusch war bis ins Treppenhaus zu hören, aber niemand öffnete. Er wartete ein paar Sekunden und wollte schon zurückgehen, als die Tür auf der gegenüberliegenden Seite des Flurs aufging.

Prohaska drehte sich um.

Belinda stand auf der Schwelle und sah ihn überrascht an.

»Hallo«, sagte Prohaska und lächelte. »Wir haben uns neulich am Hauptplatz gesehen. Ich bin Joe Prohaska und ...«

»Ich weiß, wer Sie sind«, erwiderte sie leise.

»Ich wollte kurz mit deiner Mutter sprechen.«

»Sie ist nicht da.«

»Und wann kommt sie heim?«

»Keine Ahnung.«

»Wohnst du da drüben?« Er deutete auf die offene Tür hinter ihr, durch die er in den weiß gestrichenen Flur sehen konnte. An einer Garderobe aus silbern glänzenden Metallstäben hing ein Strohhut, auf der Ablage darunter stand in einer Vase ein Lavendelstrauß. Auf dem Fliesenboden lag ein blauer Teppich. So wie es aussah, war die Einrichtung recht spartanisch und neu.

»Nein, das ist die Ferienwohnung. Ich habe nur schnell die Handtücher gewechselt, solange Frau Martha einkaufen ist.«

Prohaska fiel fast die Kinnlade nach unten.

»Du meinst Martha Schön?«

»Ja, sie ist Schriftstellerin und wohnt in Wien. Kennen Sie sie etwa?«

»Nur flüchtig.«

»Könntest du deiner Mutter nachher sagen, dass sie mich anrufen soll?«

»Und warum?«

»Es ist wichtig.«

Er riss aus seinem Notizblock eine Seite und schrieb seine neue Handynummer auf den Zettel. Belinda nahm zögernd das Blatt entgegen.

»Geht es um Sandro?«

Prohaska kam aus dem Staunen nicht heraus.

»Du kennst ihn?«

»Ja, aber …«, sagte sie und hielt sich die Hand vor den Mund.

»Aber?«

»Er ist verschwunden, ich darf nicht darüber sprechen.« Sie trat ins Treppenhaus, zog sie die Tür hinter sich zu, fingerte einen Schlüsselbund aus der hinteren Jeanstasche, ging die wenigen Schritte an Prohaska vorbei und schloss die Tür von Veras Wohnung auf.

»Wissen Sie, wo er ist?« Prohaska nickte.

»Ich muss dir leider etwas sehr Trauriges mitteilen, obwohl das streng genommen nicht meine Aufgabe wäre.«

»Hat er einen Unfall gehabt? Ist er im Krankenhaus?«

»Nein, er ist tot.«

Belinda starrte ihn an, schüttelte den Kopf und lehnte sich an die Wand. Prohaska kam näher und hoffte, dass sie nicht umkippte.

»Das kann nicht wahr sein«, flüsterte sie.

»Leider doch.«

Belinda umschlang ihre Taille mit den Armen, ging zitternd in die Hocke und legte den Kopf auf die Knie. Ihre langen Haare fielen wie ein schützender Vorhang nach vorne.

Sie braucht Zeit, um es zu begreifen, dachte Prohaska.

»Es tut mir leid.«

Prohaska berührte sachte ihre Schulter, setzte sich dann auf den Treppenabsatz und zündete sich eine Zigarette an.

Belinda hob den Kopf und setzte sich zu ihm.

»Kann ich auch eine haben?«

Er hielt ihr die Zigarettenpackung hin, sie zog mit zitternden Fingern eine Zigarette heraus und er gab ihr Feuer.

»Ich habe es irgendwie geahnt.« Sie nahm einen tiefen Zug, hustete und blies den Rauch durch die Nase.

»Kannst du mir von ihm erzählen?«

Sie sah ihn von der Seite an.

»Ich weiß nicht ... wird mich die Polizei auch nach ihm fragen?«

»Das nehme ich an, weil du ihn gekannt hast. Sie brauchen jeden Hinweis, um den Täter so schnell wie möglich zu fassen.«

Belinda starrte ihn an.

»Den Täter?«

»Ja, Sandro wurde umgebracht. Es ist furchtbar, dass ich es dir sagen muss, aber ich denke, du solltest es wissen.«

Belinda beugte sich vor, ihre Schultern zitterten. Dann richtete sie sich ruckartig auf und starrte zum Flurfenster. Durch die halb geschlossenen Klappläden fiel etwas Licht hinein. Auf dem Fensterbrett mickerte eine Hängegeranie vor sich hin.

Prohaska wartete und als sie sich ein wenig beruhigt hatte, fragte er:

»Wann hast du ihn denn kennengelernt?«

Belinda zog an der Zigarette.

»Vor zwei Monaten, kurz nachdem wir hierher gezogen sind.«

»Und wo habt ihr früher gelebt?«

»Als ich klein war, in der Nähe von Zürich, aber daran erinnere ich mich nicht mehr. Die letzten Jahre waren wir in Triest.«

Prohaska horchte auf. »Und weshalb seid ihr hergezogen?« Belinda zuckte mit den Schultern.

»Wegen Veras Arbeit. Ich wollte nicht mitkommen, aber ... na ja, egal.«

»Weißt du, was Sandro so gemacht hat, ich meine, wo er gearbeitet hat?«

»Ich glaube, er hatte keinen festen Job. Aber manchmal er hat als Fahrer in der Firma gearbeitet, die dem Vater von meinem Freund gehört.«

Bei Lorenzo Morena, zu dem alle Spuren zu führen schienen, dachte Prohaska. Er musste so schnell wie möglich Rossi darüber informieren. »Wann hast du Sandro zuletzt gesehen?«

»Vor einer Woche oder so, als er Leon von der Schule abgeholt hat.«

»War es normal, dass er ihn abholte?«

»Nein, das war nur, weil Leons Moped kaputt war. Sie wohnen außerhalb.«

»Warst du mal bei Leon daheim?«

»Nein!«

»Und weißt du noch, was für ein Auto Sandro da gefahren hat?«

»Klar, den Cayenne von Leons Vater.«

»Dann ist der ziemlich vermögend?«

»Er hat doch die Firma.«

Prohaska lächelte. »Und Sandro war sein Chauffeur?«

»Ja, Leons Vater ist viel auf Geschäftsreise und arbeitet auch während der Fahrt. Deshalb hab ich Sandro kaum gesehen, aber wir haben uns auf WhatsApp geschrieben. Und dann hat Leon gesagt, dass Sandro verschwunden ist. Alle haben ihn gesucht.«

»Wer alle?«

»Na, die Leute von der Firma.«

»Ach so, natürlich.«

Prohaska nahm noch einen Zug und drückte die Zigarette aus. Die Glut hinterließ einen Fleck auf den Holzbohlen.

»Ich müsste jetzt wieder gehen. Kann ich dich allein lassen oder soll ich lieber warten, bis deine Mutter kommt?« Belinda schüttelte den Kopf und starrte dann auf ihre Füße, die in weißblauen Flipflops steckten.

»Sie ist nicht meine Mutter«, sagte sie mit bebender Stimme.

»Nicht? Was ist sie dann?«

»Meine Adoptivmutter. Sie hat mich zu sich genommen, als ich ein Baby war. Ich weiß es erst seit ein paar Tagen, obwohl ich es irgendwie schon immer geahnt habe.« Tränen liefen ihr übers Gesicht. Sie wischte sie weg und lächelte. »Sie sind der Erste, dem ich es sage. Aber jetzt … ich weiß nicht, was ich machen soll. Es ist … so furchtbar. Und Sandro ist … jetzt tot. Er war … Er hat es mir gesagt … dann hab ich Vera gefragt, ob das stimmt. Sie wollte es nicht … zugeben, hat früher immer behauptet, meine Mutter wäre … bei meiner Geburt gestorben.« Belinda schluchzte.

»Weißt du, wer deine richtige Mutter ist?«, fragte er nach einer Weile. Sie wischte sich in einer heftigen Bewegung mit dem Handrücken die Tränen ab.

»Ja, sie heißt Branka, aber eigentlich ist ihr Name Blanka. Keine Ahnung, warum sie ihn geändert hat. Blanka ist viel schöner.«

Prohaska hielt die Luft an und blinzelte. Aber natürlich! Deshalb war ihm die Frau bekannt vorgekommen. Und sie war so nervös gewesen, weil sie fürchtete, dass er sie erkennen würde. Vor fünfzehn Jahren war sie dünn, fast magersüchtig, strohblond und hatte wasserblaue Augen. Jetzt war ihr Haar tief schwarz und sie trug farbige Kontaktlinsen, die ihre Augen dunkler erscheinen ließen. Auch das Gesicht hatte sie vermutlich korrigieren lassen. Die Blanka von damals hatte ein fliehendes Kinn und schiefe Vorderzähne. Und weil es inzwischen hier so leicht war, hatte sie ihren Vornamen auch gleich ändern lassen. Aber warum?

»Und wie weiter?«, fragte er heiser.

»Jakupić, sie ist Sandros Cousine zweiten Grades oder so. Jedenfalls waren die Väter Cousins, aus Mostar.«

Prohaska sah Belinda an und räusperte sich.

»Sandros Cousine«, wiederholte er leise. Belinda nickte.

Vor Prohaskas innerem Auge erschien schemenhaft das Gesicht der jungen Frau, die er nach Ribars Verhaftung befragt hatte und die ihm bei der Gerichtsverhandlung rundlicher vorgekommen war. Sie war damals mit Belinda schwanger. Aber wie konnte er nur ihren Namen vergessen, fragte er sich entsetzt.

»Weißt du denn, wo sie lebt?«

»Nein, Sandro sagte, ich soll sie selbst fragen. Er hat mir nur ihre Telefonnummer gegeben. Aber ich kann sie nicht anrufen … ich traue mich nicht … sie hat mich weggegeben … als wäre ich ein Nichts …« Belinda unterdrückte ein Schluchzen.

Prohaska hätte sie am liebsten in die Arme genommen.

»Und dein Vater?«

Belinda schüttelte den Kopf.

»Sandro wollte mir zuerst nichts von ihm erzählen, aber dann meinte er, dass er mir das später sagt … und jetzt ist er …« Sie bedeckte ihr Gesicht mit den Händen und murmelte. »Aber ich habe ein Recht darauf, oder? Ach, keine Ahnung. Ich hab mir geschworen … eines Tages finde ich ihn.«

»Ganz bestimmt«, sagte Prohaska sanft. Er brachte es nicht übers Herz, sie über ihre Eltern aufzuklären.

»Aber was mache ich, wenn er auch nichts von mir wissen will? Könnten Sie ihn nicht suchen? Sie sind doch so etwas wie ein Detektiv.« Prohaska lächelte.

»Ich kann es versuchen. Oder du überlässt es der Polizei, die ist dafür zuständig.«

Belinda nickte.

»Okay, aber Sie könnten es trotzdem versuchen.«

»Ja.«

»Bitte, sagen Sie Vera nichts, sie flippt sonst total aus.«

»Okay.«

In Prohaskas Hosentasche vibrierte das Smartphone.

Belinda fuhr zusammen und erhob sich.

»Ich muss Hausaufgaben machen. Vera kommt bald, sie darf nicht merken, dass ich …«

»Dass du Bescheid weißt?«

Belinda nickte.

»Soll ich nicht lieber warten, bis sie kommt?«

»Nein, nein, ich kann … es geht schon. Sagen Sie ihr nicht, dass ich über das alles mit Ihnen gesprochen habe. Sie ist immer so misstrauisch.«

»Keine Sorge«, erwiderte Prohaska, obwohl ihm bewusst war, dass es Vera natürlich erfahren würde. Aber sie selbst musste Rossi einiges erklären. Bei dem Gespräch würde er gern dabei sein.

Er hielt sich am Treppengeländer fest und stand auf.

»Eine Frage noch. Kennst du einen Rudi Selica oder seine Frau Martina Vincente?«

Belinda stand auf und klopfte sich den Staub von der Hose.

»Nein, aber Leon hat gesagt, dass Rudi in der Firma arbeitet. Und er hasst ihn.«

»Ach, und warum?« Belinda wurde rot.

»Weil der Blödmann wohl auf Jungs steht und ihn mal angemacht hat. Aber Leon traut sich nicht, das seinem Vater zu sagen.«

»Und seiner Mutter auch nicht?«

»Seine Eltern leben seit Jahren getrennt.«

»Und weißt du vielleicht auch, wo seine Mutter ist?«

»Keine Ahnung, irgendwo im Ausland, aber ich kann ja Leon fragen, wenn Sie wollen.«

»Das wäre super.«

»Okay.«

»Ich muss jetzt gehen. Soll ich die Nachbarin von unten fragen, ob sie bei dir bleiben kann?«

»Bloß nicht! Ich rufe Leon an. Die Frau ist furchtbar neugierig und tratscht herum. Außerdem kann sie mich nicht ausstehen.«

»Na gut. Meine Telefonnummer hast du ja.«

Belinda faltete den Zettel auf die Größe einer Briefmarke und steckte ihn in die Hosentasche.

»Soll Vera Sie dann auch anrufen oder lieber nicht?«

»Ja, doch, bitte. Ich muss sie etwas Wichtiges fragen.«

»Aber wenn sie erfährt, dass ich mit Ihnen gesprochen habe ...«

»Dann werde ich es ihr erklären.«

»Vielleicht hätte ich es doch nicht tun sollen. Sie sagt, ich soll nicht mit Fremden reden. Voll blöd, echt, als ob ich ein Baby wäre.«

Prohaska lächelte.

»Aus Fremden werden manchmal Freunde, aber dafür muss man einander vertrauen, okay?«

Belinda schloss die Tür auf, aber bevor sie sie hinter sich zumachte, sah sie ihn an und lächelte. »Okay.«

*

Er hätte Vera doch anrufen oder so lange bei Belinda bleiben sollen, bis sie nach Hause kam, überlegte Prohaska, während er hinunter ging. Aber er musste erst einmal die vielen Informationen sortieren und dann mit Rossi reden.

Belinda war sicher schon dabei, ihrem Freund zu erzählen, dass er da gewesen war und ihr von Sandros Tod erzählt hatte. Aber wusste Leon nicht längst, dass Sandro tot war? Belinda hatte selbst gesagt, alle in der Firma hätten ihn gesucht. Es war doch seltsam, dass Leon es ihr nicht gesagt hatte. Durfte oder wollte er es nicht?

Es waren noch so viele Fragen offen. Die wichtigste war, wer Alfonso Greco und Sandro Tomčić getötet hatte. Welches Motiv hatte der Täter? War es ein und derselbe? Wer hat Sandro nach seiner Flucht mit dem Boot ausfindig gemacht? Hatte Sandro seinen Mörder gekannt und ihn aufs Boot gelassen? Oder war der Mörder in Begleitung gewesen, damit er anschließend abhauen konnte? Aber warum hat man ihn im Boot liegen gelassen? Das Ding war doch ein wichtiges Beweismittel. War es so geplant gewesen oder hatte der Täter keine Zeit gehabt, Sandros Leiche und das Boot zu beseitigen? War es eine Frau? Wenn ja, wer kam dafür überhaupt infrage? Er überdachte alle Möglichkeiten, aber außer Sabrina, Vera und Branka, und natürlich Belinda, die wohl nicht infrage kam, kannte er keine anderen Frauen, die mit Sandro Kontakt hatten. Aber dann fielen ihm noch Selicas Ehefrau Marina und seine Tante Olga ein.

Prohaska schwirrte der Kopf. Es hatte doch keinen Sinn, darüber zu spekulieren. Er brauchte Fakten. Aber er hatte keine Akteneinsicht und würde sie auch nicht bekommen. Er musste selbst herausfinden, wo Branka Jakupić, Rudi Selica und seine Frau Marina steckten. Und dazu musste er zu Morenas Anwesen fahren. Aber würde man ihn hereinlassen? Er hatte keinerlei Befugnis, war weder Privatdetektiv noch Polizist, er hatte keinen richterlichen Beschluss und müsste sich aus allem heraushalten. Er hätte es beim ersten Mal einfach versuchen sollen. Wenn jemand im Haus gewesen war, hatte man ihn gesehen, die Kamera am Tor war eingeschaltet. Jetzt dort aufzutauchen, könnte die Sache nur noch verschlimmern. Es lag nun an Inspektor Rossis Ermittlungsgruppe und Staatsanwalt Cipoletti, die Sache aufzuklären.

Als er in eine Gasse bog, die steil zum Hafen führte und nur aus Stufen bestand, kam ihm eine Gruppe junger Männer entgegen, dem Dialekt nach waren es Österreicher. Prohaska musste an Martha denken, die er immer noch nicht zurückgerufen hatte. Er ließ die Burschen vorbei und lehnte sich an eine Hauswand. Sein linkes Bein und das Knie schmerzten höllisch. Die Stufen machten ihm arg zu schaffen. Er nahm sich vor, endlich einen Termin beim Arzt zu vereinbaren und sich durchchecken zu lassen.

Nach einer Minute ließen die Schmerzen nach und er setzte sich wieder in Bewegung. Von unten kamen ihm mehrere Leute entgegen.

Er erkannte Martha sofort. Sie hielt in einer Hand die Einkaufstaschen, in der anderen das Smartphone. Der Schein des Bildschirms erhellte ihr Gesicht. Aber er konnte jetzt nicht mit ihr reden und er wollte auch nicht wissen, warum sie ihm verschwiegen hatte, wo sie wohnte.

Ein paar Meter weiter unten sah er auf der rechten Seite eine angelehnte Tür. Er ging rasch hin und schlüpfte in einen dunklen Hausflur. Es roch nach gebratenem Fleisch und Zwiebeln. Das Treppenlicht sprang an und erhellte eine abgetretene Holzstiege, die noch aus der venezianischen Zeit zu stammen schien. Er ließ die Tür einen Spalt offen, damit er hinausspähen konnte. Hoffentlich kam keiner und fragte, was er da zu suchen hatte.

Gleich darauf ging Martha vorbei. Sie hatte das Smartphone immer noch in der Hand. Als er sicher war, dass sie oben angekommen sein musste, verließ er den Flur, zog sein Handy aus der Hosentasche, um Rossi anzurufen, doch dann sah er, dass Heinrich Schimmelpfennig ihm eine Nachricht geschickt hatte.

»Hallo Joe, ruf mich zurück, LG HS.« Prohaska tat es sofort.

Schimmelpfennig bestätigte, dass der Mann auf dem Foto Mirko Ribar war.

»Habe mir seine Akte angesehen. Die Sache wegen des Anschlags auf ihn ist noch nicht abgeschlossen. Wir sind für jeden Hinweis dankbar«, sagte er.

»Hast du die Akte noch da?«

»Nein, aber ich habe mir ein paar Notizen gemacht.«

»Okay, schieß los. Ich habe allerdings im Moment nichts zum Schreiben da.«

»Ich kann es dir später per E-Mail schicken.«

»Wäre super.«

»Also, Ribar hat vier Tage nach dem Anschlag das Krankenhaus auf eigenen Wunsch verlassen. Aber das weißt du schon. Er hätte eigentlich sofort zu uns kommen sollen, um seine Aussage zu Protokoll zu geben, doch er hat es vorgezogen, ins Ausland abzuhauen. Bei der Befragung im Krankenhaus gab er an, dass er keine Ahnung habe, warum man auf ihn geschossen hat. Auf die Frage, mit wem er in diesem Lokal gewesen war, gab er an, er habe sich mit einem Verwandten getroffen. Er sei dann irgendwann vor die Tür gegangen, um eine Zigarette zu rauchen, in dem Moment sei ein Wagen vorbeigefahren und jemand habe zweimal auf ihn geschossen. Dann sei der Wagen davongefahren.«

»Und wo wurde er getroffen?«

»Einer traf ihn am rechten Oberschenkel, der zweite streifte den linken Oberarm.«

»Hat er gesagt, wer dieser Verwandte war, mit dem er dort war?«

»Nein.«

»Klar.«

»Allerdings hat ein Zeuge, das heißt einer der Gäste, der am Nebentisch gesessen war und dessen Eltern aus Ex-Jugoslawien stammen, angegeben, dass er das Gespräch zwischen Ribar und dem anderen Mann ungewollt mit angehört hat. Der andere habe wie ein katholischer Geistlicher ausgesehen.«

»Ribar hat sich mit einem Geistlichen getroffen?«

»Sieht so aus. Der Zeuge sagte, er habe eine Soutane mit einem Kollar getragen.«

»Ein was?«

»Kollar, dieser weiße Stehkragen aus Kunststoff.«

»Ah, klar. Und der war Pfarrer?«

»Keine Ahnung, vielleicht auch Vikar, ich kenne mich da nicht aus.«

»Oder er war weder das Eine noch das Andere und hatte sich nur als Priester verkleidet.«

»Das kann auch sein. Jedenfalls hat dieser Gast mitbekommen, dass der Priester Ribar im Gefängnis besucht hat.«

»Und worüber haben sie gesprochen?«

»Es ging um irgendwelche Geschäfte.«

»Was denn für Geschäfte?«

»Baubranche, ein Hotel oder Casino an der Küste, billige Arbeitskräfte aus Bosnien. Der Priester sollte seine Kontakte spielen lassen und Ribar helfen, Fuß zu fassen. Außerdem sprach Ribar von einer Firma, die das Großprojekt sofort organisieren könnte, bei dem Inhaber spiele das Geld keine Rolle. Der Priester habe zu Vorsicht gemahnt, Ribar solle sich Zeit lassen und vorerst zu seiner Familie gehen.«

Na klasse, dachte Prohaska. Alles fügte sich zusammen. Aber warum hatte sich Ribar immer noch nicht bei ihm blicken lassen, wenn er ihm schon an den Kragen wollte? Hatte er seinen Racheplan etwa aufgegeben oder scheute er sich, ihn in die Tat umzusetzen?

›Er wartet vielleicht auf eine günstige Gelegenheit‹, bemerkte die innere Stimme.

»Joe, bist du noch dran?«, fragte Schimmelpfennig.

»Ja, ja, ich habe nur nachgedacht. Danke dir für die Mühe, Heinrich.«

»Kein Ding. Aber warte, ich habe noch etwas gefunden. Nachdem Ribar verschwunden war, haben Kollegen seine Familie aufgesucht. Der Vater ist vor ein paar Jahren gestorben. Seine Mutter wollte zuerst nicht mit ihnen reden und behauptete, keinen Kontakt zu ihrem Sohn zu haben. Dann aber lenkte sie ein und erzählte unter Tränen, dass er nach Bosnien, den Ort weiß ich nicht auf die Schnelle, zurückgekehrt ist, von wo sie ursprünglich stammten. Außerdem habe kurz nach seinem Verschwinden eine Frau bei ihr angerufen und wollte mit Ribar sprechen. Als die Mutter antwortete, sie wüsste nicht, wo er sei, habe die Frau aufgelegt. Sagt dir der Name Branka etwas?«

»Ja, aber das erzähle ich dir später.«

»In Ordnung.«

»Konntest du auch etwas über Aleksandar beziehungsweise Sandro Tomčić finden?«

»Warte, ich muss kurz blättern« sagte Schimmelpfennig. »Also, Tomčić wurde in Stuttgart-Berg geboren, wohnte bis zum Tod seiner Mutter in der Eigentumswohnung der Eltern in Untertürkheim. Sie hieß Anka, geborene Kovačić, Jahrgang Einundsechzig, arbeitete als Köchin in einem Krankenhaus, ist aber vor einem halben Jahr an Krebs gestorben. Sandro hat irgendwann danach Stuttgart verlassen. Die Wohnung hat er an drei Kroaten vermietet, die bei einer kroatischen Baufirma arbeiten. Ihre Namen habe ich mir aber nicht aufgeschrieben. Tomčić hat eine Ausbildung zum Automechaniker abgeschlossen, ist vor elf Jahren straffällig geworden …«

»Ach, und weswegen?«

»Fahren ohne Führerschein und Drogenbesitz in geringen Mengen, achtmonatige Jugendstrafe, zwei Jahre Bewährung, danach aber sauber geblieben, jedenfalls habe ich keine Verurteilungen gefunden. Er hielt sich danach etwa vier Jahre in Kroatien auf, kam dann zu seiner Mutter zurück, jobbte bei einem Pizza–Lieferdienst und als LKW-Fahrer, war Kellner in einer Bar und arbeitete gelegentlich auf dem Bau. Mehrere Aufenthalte in Triest bei irgendwelchen Verwandten.

Die Eltern haben sich scheiden lassen, als er elf war. Seitdem hatte er zum Vater keinen Kontakt mehr. Aber wenn du Details wissen willst, frag ihn doch selbst.«

»Das geht nicht.«

»Warum?«

»Sandro ist tot. Er wurde erschossen, regelrecht liquidiert. Man hat ihn heute früh gefunden. Die Ermittlungen sind in vollem Gange.«

»Das gibt's nicht! Was ist da unten bei dir los?«

»Erzähl ich dir auch später. Eine Frage noch«, sagte Prohaska leise. Inzwischen hatte er den Hafen erreicht und ging auf die große Mole. »Hast du in den Akten etwas über einen Rudi Selica gefunden?«

»Selica? Der Name sagt mir leider nichts. Aber ich kann gerne noch einmal nachschauen.«

»Ja, danke, aber es eilt nicht so. Ich wollte nur wissen, ob er sich irgendwann in Deutschland beziehungsweise in Stuttgart aufgehalten hat.«

»Wenn er nichts angestellt hat, taucht er bei uns auch nicht auf.«

»Klar. Danke dir. Das Angebot mit dem Urlaub in Kloštar gilt.«

»Okay, vielleicht komme in den nächsten zehn Jahren darauf zurück.« Prohaska versprach, sich bald wieder zu melden.

Er setzte sich auf einen der riesigen Kalksteinblöcke, die hinter der Kaimauer als Wellenbrecher aufgetürmt waren. Am Horizont versank die Sonne allmählich im Meer. Eine Brise kräuselte die Wellen. Sie glitzerten, als würden Schwärme silberner Fische hochspringen und gleich wieder in der Tiefe verschwinden. Prohaska schaltete die Handykamera ein und machte ein Foto. Auf den Terrassen der Lokale, die sich wie Schwalbennester an das steile Ufer der Altstadt schmiegten, gingen Lichter an. Touristen kamen auf die Mole und fotografierten den Sonnenuntergang. Ein Ausflugsboot fuhr aus dem Hafen an der Insel Katarina vorbei aufs offene Meer. In der Ferne konnte Prohaska weitere Boote ausmachen. Die Skipper zeigten den Touristen die Delfine, die sich allabendlich dort tummelten. Er selbst hatte mit Ivo und seinen Söhnen auch eine solche Ausfahrt gemacht, doch er hatte sich geschworen, diesen Tourismuszirkus nicht noch mal mitzumachen.

Er zündete sich eine Zigarette an, rief Rossi an und berichtete ihm, was er von Belinda und Schimmelpfennig erfahren hatte.

Der Inspektor notierte sich alles.

»Vera Davidović und Sandro sind verwandt, das ist eine sehr wichtige Information. Ich werde Vera gleich morgen früh zu mir bitten.«

»Sie hat lange in Triest gelebt«, sagte Prohaska. »Fragen Sie sie, ob sie Alfonso Greco gekannt hat.«

»Worauf Sie sich verlassen können. Ich habe zwar keine Ahnung, ob sie irgendwie in die Sache verwickelt ist, schließlich arbeitet sie bei uns, aber man weiß ja nie.«

»Was einiges erklären würde. Sie könnte an interne Informationen gekommen sein und sie an wen auch immer weitergegeben haben«, bemerkte Prohaska. »Doch es fällt mir schwer zu glauben, dass sie mit den Morden etwas zu tun haben könnte. Vielmehr frage ich mich, ob Rudi Selica oder Branka Jakupić dahinterstecken. Schließlich haben sie mich auf eine miese Weise aus dem Gefecht ziehen wollen.«

»Stimmt, aber dann müssten sie in irgendeiner Verbindung zu Mirko Ribar stehen.«

»Mirko Ribar ist höchstwahrscheinlich Belindas Vater. Vera ist ihre Tante, also entweder Schwester oder Cousine von Branka Jakupić. Sandro hat bei Morena als Fahrer gearbeitet. Rudi Selica und seine Frau Marina wohnen angeblich in seinem Haus. Jedenfalls führen viele Spuren zu Morena. Die Frage ist, welche Rolle spielen Branka und Selica in dem Stück.

»Ich hoffe, dass wir das bald wissen. Der Duchsuchungsbeschluss ist beantragt. Wir lassen das Haus beobachten. Vielleicht taucht jemand auf.«

»Habt ihr etwas über Morenas Baufirma erfahren?«

»Das Büro befindet sich in einem Neubau im Industriegebiet hier in Rovinj. Die italienischen Kollegen haben uns mitgeteilt, dass sich Lorenzo Morena in den letzten zwei Jahren regelmäßig in Triest aufgehalten hat. Bei wem er dort war und was er wollte, weiß man noch nicht.«

»Dann wünsche ich viel Erfolg.«

»Danke, wir hören uns.«

»Bis dann.« Prohaska machte sich auf den Weg zum Parkplatz. Auf dem Hauptplatz blieb er stehen und rief Martha an. Sie meldete sich nicht.

*

Als er eine Stunde später in Kloštar ankam, war es dunkel. Der Vollmond hing über dem Waldsaum. Prohaska stellte den Fiat in den Hof und ging ins Haus, um sich frisch zu machen, bevor er zu Enzo und Josefina ging.

Bello sprang kläffend an seinen Beinen hoch, und als sie sich an den Küchentisch setzten, legte er sich neben Prohaskas Füße. Josefina bot ihm an, etwas zu essen und wollte auftischen, aber Prohaska bedankte sich, da er ihre Hilfsbereitschaft nicht noch mehr strapazieren wollte. Nach einem Kaffee und zwei Grappa, auf die Enzo bestanden hatte, ging er nach Hause.

Während er duschte, fiel ihm ein, dass er vergessen hatte, die Wäsche aus der Waschmaschine herauszunehmen und aufzuhängen. Nachdem er das erledigt hatte, briet er sich ein Steak, machte einen Tomatensalat, trank zwei Gläser Weißwein und dachte nach. Danach räumte er die Küche auf, ließ die Katze ins Haus, gab ihr zu Fressen und ging ins Wohnzimmer. Er ließ er sich auf die Couch fallen und schaltete den Fernseher ein. Die Katze rollte sich zu seinen Füßen und ließ sich kraulen. Bello lag auf seiner Decke.

Prohaska zappte sich zum Lokalsender durch. Ein paar Minuten später kamen auf Istra TV die Spätnachrichten mit dem Top-Bericht über den Mord an Sandro Tomčić. Danach folgte der Hinweis auf die Pressekonferenz, die für morgen um zehn Uhr anberaumt war und über die man live berichten werde. Nach dem Wetterbericht, der lokale Gewitter in Zentralistrien und Temperaturen bis dreißig Grad an der Küste versprach, fiel Prohaska in einen traumlosen Schlaf.

Das Surren des Handys weckte ihn eine Stunde später. Prohaska schaltete den Fernseher aus, nahm das Handy vom Tisch und sah aufs Display. Es war halb zwölf. Die Nummer des Anrufers war unterdrückt. Er setzte sich auf und meldete sich.

»Vera am Apparat, Belinda hat mir erzählt, dass Sie heute hier waren.«

»Ja, ja, nett, dass Sie zurückrufen.«

»Nett? Wer hat Ihnen meine Adresse gegeben?«

Prohaska wollte etwas erwidern, doch Vera redete leise, aber wütend weiter.

»Wer hat Ihnen erlaubt, mit Belinda über Sandro Tomčić zu reden? Sie ist völlig durcheinander.«

»Tut mir leid, aber Sie hätten es ihr sagen sollen.«

»Das hätte ich schon noch gemacht. Aber Sie kommen einfach her und gebärden sich, als wären Sie Polizist. Das ist nicht Ihr Job! Ich habe keine Worte für Ihr Verhalten und werde es gleich morgen früh Inspektor Rossi mitteilen.«

»Ich konnte leider nicht umhin, es ihr zu sagen. Und ich habe ihr angeboten dazubleiben, bis Sie nach Hause kommen, aber Belinda wollte es nicht. Sie ist ein sehr tapferes Mädchen.«

»Was oder wie sie ist, geht Sie gar nichts an. Sie hätten mich anrufen können, dann wäre ich sofort gekommen. Es war unverantwortlich, sie in dieser Situation allein zu lassen.«

Prohaska wollte schon sagen, dass Belinda mit Leon telefonieren wollte, also nicht ganz allein war, doch dann beschloss er, es nicht zu erwähnen.

»Ich kann nur wiederholen, als ich ging, hatte sie sich beruhigt.«

Vera schnaufe. »Und warum wollten Sie mich sprechen?«

»Ich war neugierig und bin immer noch überrascht, dass Sie bei der Polizei arbeiten.«

»Ja, bei der Spurensicherung, aber das hat Ihnen Rossi bestimmt schon gesagt.«

»Ich habe mich gefragt, warum Sie, als sie mich beim ihm gesehen haben, so getan haben, als würden wir uns nicht kennen?«

»Sie haben doch auch nichts gesagt.«

»Ich war perplex, außerdem hatte ich Halsschmerzen.«

»War's das jetzt? Soll ich Ihnen meinen Lebenslauf schicken oder reicht die Kurzfassung?«, fragte sie bissig.

»Die Kurzfassung wäre ganz okay.«

»Aber sicher nicht jetzt! Ich habe den ganzen Tag gearbeitet und muss sehen, dass ich Belinda beruhige, nachdem Sie sie so durcheinandergebracht haben.«

»Tut mir leid, aber ich war nur der Bote.«

»Es steht Ihnen nicht zu, sich in meine Privatangelegenheiten einzumischen.«

»Da bin ich aber anderer Meinung. Zwei Morde innerhalb weniger Tage? Das ist ganz sicher nicht Ihre Privatsache. Aber ich will nicht mit Ihnen streiten. Vielleicht können wir morgen bei einer Tasse Kaffee in aller Ruhe über alles reden. Ich hätte schon noch ein paar weitere Fragen.«

»Was für Fragen denn? Sie sind kein Polizist!«

»Das stimmt, dennoch …«

»Glauben Sie, dass ich Zeit und Lust dazu habe? Sie wissen doch genau, was gerade los ist. Ich weiß nicht, wo mir der Kopf steht.«

»Aber eine Pause werden Sie ja machen«, sagte Prohaska versöhnlich und lächelte. Vera schien zu überlegen.

»Na gut, aber ich werde nicht über meine Arbeit reden. Und rufen Sie mich nicht an. Ich melde mich bei Ihnen.«

»In Ordnung. Eine Frage hätte ich noch!«

»Von mir aus.«

»Woher kennen Sie eigentlich Martha Schön?«

»Das sage ich Ihnen morgen. Gute Nacht!«, sagte Vera und legte auf.

Prohaska schleppte sich ins Bad, putzte die Zähne, ging ins Schlafzimmer und öffnete das Fenster. Bello folgte ihm wie ein Schatten. Prohaska legte sich ins Bett, rollte sich auf die Seite und zog das Laken über den Kopf. Jeder Knochen tat ihm weh. Der Mond schien hell ins Zimmer, das Licht fiel auf den Korbstuhl mit der ungebügelten Wäsche. Im Garten schlug die Nachtigall. Nach ein paar Minuten richtete Prohaska sich plötzlich auf, lehnte sich an das Bettende, nahm das Smartphone und schaltete es ein. Es war kurz nach Mitternacht, aber die Sache mit Martha und Vera ließ ihm einfach keine Ruhe. Er musste es sofort wissen, auch auf die Gefahr hin, dass er Martha aus dem Tiefschlaf aufschreckte.

Aber sie schlief nicht, sondern meldete sich nach dem zweiten Klingelzeichen.

»Joe? Ist etwas passiert?«

»Ich kann nicht schlafen. Kommst du gut voran?«

»Es geht so. Und bei dir?«

»Ich hab gesehen, dass du mir geschrieben hast, ich konnte mich aber nicht eher melden.«

»Macht nichts. Ich wollte dir nur etwas erzählen, was dich vielleicht interessieren könnte.«

»Und das wäre?«

»Ich war heute Vormittag auf dem Markt. Auf dem Weg zurück habe ich bemerkt, dass mir jemand folgt. Als ich stehen blieb, hielt er auch an und tat so, als würde er am Handy telefonieren. Ich bin dann nicht direkt in die Wohnung gegangen, sondern habe einen Umweg gemacht. Es kann natürlich ein Zufall gewesen sein.«

»Hat er dich angesprochen?«

»Nein, nein. Ich bin schneller gegangen und hab ihn dann abgeschüttelt.«

»Wie hat er ausgesehen?«

»Er ist einen Kopf kleiner als du, vielleicht um die vierzig, trug eine schwarze Kappe und ging auf Krücken.«

»Das war der Mann, von dem ich dir erzählt habe, der mir Rache geschworen hat.«

»O nein, aber wieso verfolgt er dann mich?«

»Vielleicht wollte er so an mich herankommen. Er muss uns zusammen gesehen haben.«

»Und was jetzt? Soll ich mich im Haus einschließen? Ich war heute Abend draußen, habe ihn aber nicht mehr gesehen.«

Prohaska ging ins Wohnzimmer und zündete sich eine Zigarette an.

»Auf jeden Fall solltest du vorsichtig sein und mir Bescheid geben, falls du ihn siehst.«

»Okay. Ich habe überlegt, meine Vermieterin darauf anzusprechen. Sie sagte, dass eine Nachbarin bei der Polizei arbeitet.«

»Interessant«, erwiderte Prohaska nur. »Können wir uns morgen zum Frühstück treffen?«, fragte er stattdessen.

»Sehr gern.«
»So um elf auf dem Hauptplatz?«
»Passt mir gut.«
»Dann warte ich am Brunnen.«
»In Ordnung.«
»Dann bis morgen, und schlaf gut.«
»Du auch, gute Nacht.«

Am nächsten Morgen wachte Prohaska kurz vor sechs Uhr auf. Bello gähnte, streckte sich und sprang vom Bett. Prohaska schlug die Decke zurück, ging in die Küche und schaltete das Radio ein. Es lief *Chan Chan* von Buena Vista Social Club, das er besonders mochte. Nachdem er Kaffee gemacht hatte, nahm er den Becher mit ins Bad, duschte und betrachtete sich im Spiegel. Die Kratzer waren kaum noch zu sehen und auch der Bluterguss unter seinem Auge war fast verschwunden. Er putzte die Zähne, rasierte sich und tupfte etwas von der Salbe, die er in der Apotheke gekauft hatte, auf die Blessuren. Dann zog er Boxershorts an, holte Bügelbrett und Bügeleisen aus dem Besenschrank und trug sie auf die Terrasse. Er bügelte gerne. Und so viel war es nun auch wieder nicht, dachte er, während er Stück für Stück glättete. Eine Dreiviertelstunde später waren alle Hemden, T-Shirts und Hosen gebügelt, zusammengelegt oder auf Kleiderbügeln aufgehängt. Dann legte er die Bettwäsche, Handtücher, Socken und Unterwäsche zusammen, verstaute alles im Kleiderschrank und in einer alten Truhe und bezog das Bett neu. Nach einer Zigarettenpause räumte er das Wohnzimmer und die Küche auf, putzte das Bad und die Toilette und wischte die Böden auf. Als er mit allem fertig war, war es neun. Er stieg noch einmal unter die Dusche, zog eine schwarze Leinenhose und ein weißes Poloshirt an, schlüpfte in schwarze Socken und bequeme Slipper aus weichem Hirschleder.

Um halb zehn ging er mit Bello zu Enzo und Josefina und bat sie, noch einmal auf den Hund aufzupassen. Sie saßen gerade draußen unter der Weinlaube beim Frühstück und boten ihm an, sich dazu zu setzen und etwas zu essen.

»Danke, ich frühstücke nachher in Rovinj.«

»Aber einen Kaffee kannst du trotzdem trinken«, sagte Josefina entschieden und stand auf, um eine Tasse für ihn zu holen.

Prohaska lächelte und nahm Platz.

»Soll ich euch etwas mitbringen?«

»Danke, wir sind wunschlos glücklich.« Enzo deutete auf das frisch gebackene Brot und eine Platte mit Schafskäse, luftgetrocknetem Schinken, Oliven und einen Teller mit Tomaten und Lauchzwiebeln. »Komm, greif doch zu.«

Prohaska aß dann doch ein wenig, und als Josefina zurückkam und ihm Kaffee einschenkte, setzte sie sich wieder und sah ihn lächelnd an.

»Und, hast du diese Frau gefunden, die neulich hier war?«, fragte sie.

»Ja, ja, das hab ich.«

»Und, wie ist sie so?«

Prohaska seufzte.

»Ach, sie ist ganz nett, aber ansonsten ist es eine ziemlich komplizierte Geschichte.«

»Das wird schon«, sagte Josefina und tätschelte ihm die Hand.

Prohaska musste lachen.

»Wir werden sehen. Aber jetzt muss ich mich sputen. Wenn es heute Abend spät werden sollte, hole ich Bello morgen erst ab«, sagte Prohaska und trank den Kaffee aus.

Während der Fahrt überlegte er, den Inspektor anzurufen und sich nach dem neuesten Stand der Ermittlung zu erkundigen, doch dann fiel ihm ein, dass Rossi wegen der Pressekonferenz keine Zeit haben würde. Es war kurz vor zehn Uhr. Prohaska stellte das Radio lauter. Es lief *Roxanne* von Sting. Als ein paar Minuten später in den Nachrichten die Topmeldung über einen weiteren Mord in der Region mit der dringenden Bitte an die Bevölkerung um eventuelle Hinweise gesendet wurde, wartete er auf die Pressekonferenz, aber sie wurde im Radio nicht übertragen. Es folgten Kurznachrichten über die neuesten Skandale in Politik und Wirtschaft.

Halb elf war er in der Stadt, stellte den Fiat am Parkplatz ab und ging in den Fotoladen. Als Prohaska hereinkam, saß Ivo hinter der Theke auf seinem Hocker und starrte auf den Bildschirm des Laptops. Er hob die Augenbrauen und lächelte breit.

»He Joe, guten Morgen, hast du etwas Besonderes vor?«

»Wieso?«

»Du siehst irgendwie anders aus.«

Prohaska sah an sich hinunter.

»Finde ich nicht.«

»Doch, doch, du strahlst richtig, und im Vergleich zu den letzten Tagen siehst du wieder wie ein Mensch aus«, witzelte Ivo.

»Ich bin im Gegensatz zu dir sehr früh aufgestanden, habe meinen Haushalt in Ordnung gebracht, mich dann schön gemacht und bin schnell hierher, um deine Meinung über mein Aussehen abzuholen«, erwiderte Prohaska im gespielten Ernst.

»Ach, deshalb. Du siehst echt schick aus.«

»Jetzt hör aber auf.« Ivo lachte und zeigte auf das Hinterzimmer. »Kaffee?«

»Ja, aber nur eine halbe Tasse, ich muss auf mein Herz aufpassen.«

Sie gingen ins Hinterzimmer. Prohaska nahm sich eine Tasse, Ivo schenkte ihm und sich ein und öffnete das Fenster. Prohaska nahm sich vor, sich mit dem Rauchen zurückzuhalten.

»Wieso dein Herz? Bist du etwa krank?« Prohaska lächelte.

»Nein, ich frühstücke nachher mit Martha.«

»Soso, mit der schönen Martha? Vertragt ihr euch denn wieder?«

»Es sieht ganz so aus, aber das ist rein freundschaftlich.«

»Natürlich, rein freundschaftlich«, sagte Ivo und schaute Prohaska streng an. »Was ist los mit dir? Da kommt sie extra her, aber du ziehst es vor, lieber Räuber und Gendarm zu spielen.«

»Ich ziehe gar nichts vor.«

»Dann ist es gut. Und was gibt es Neues bei der Verbrecherjagd?«

»Die Ermittlungen sind in vollem Gange, aber ich darf leider nicht darüber reden.«

»Ach nein? Hat dich Rossi jetzt doch am Haken?«

»Das hat er nicht, zumindest nicht ganz.«

»Du musst es ja wissen.«

»Weiß ich auch. Mach dir deswegen keine Gedanken. Ich habe schon einiges herausfinden können, unter anderem weiß ich jetzt, wo Martha wohnt.«

»Und wo?«

Prohaska sagte es ihm.

»Sie wollte es mir nicht verraten. Und ich glaube, ich weiß jetzt auch, warum. Das ist der eigentliche Clou, aber du weißt von nichts, klar?«

»Ich weiß eh nie etwas, außerdem bin ich in letzter Zeit sehr vergesslich geworden«, sagte Ivo mit einem Augenzwinkern. »Trotzdem musst du mich nicht jedes Mal daran erinnern.«

»Entschuldige, aber die Sache ist leider nicht witzig. Martha wurde gestern von Mirko Ribar beschattet. Und vielleicht schon die Tage zuvor. Sie hat es mir gestern Abend am Telefon gesagt. Hinzu kommt, dass sie eine Ferienwohnung ausgerechnet bei der Frau gemietet hat, die ich am Samstag mit Belinda gesehen habe.«

»Wo ist das Problem?«

»Diese Frau, sie heißt übrigens Vera Davidović, und jetzt halt dich fest, arbeitet seit Kurzem hier bei der Polizei, genauer bei der Spurensicherung.«

»Das gibt's nicht!«

»Und wenn das Ribar herausfindet, ist Martha dort nicht mehr sicher.«

»Du glaubst, er will ihr etwas antun?«

Prohaska drückte seine Zigarette aus und stand auf.

»Ich habe keine Ahnung, wie der Kerl tickt und ob er etwas im Schilde führt. Bei der nächsten Gelegenheit werde ich ihn mir vorknöpfen. Es nervt mich, dass er sich wie ein Feigling versteckt. Wenn er etwas von mir will, soll er das endlich sagen.«

»Große Klappe und nichts dahinter«, sagte Ivo lakonisch. »Du solltest ihn der Polizei überlassen.«

»Und mit welcher Begründung? Ich kann nicht beweisen, dass er eine Straftat begangen hat oder vorhat, eine zu begehen.«

»Was weiß ich? Stalking zum Beispiel.«

Prohaska sah auf die Uhr. Es war zehn Minuten vor elf Uhr.

»Ich muss los, danke für den Kaffee.« Ivo winkte ab.

*

Ein paar Minuten später stand Prohaska neben dem Brunnen auf dem sonnenüberfluteten Hauptplatz und sah zum Balbi Tor, von wo Martha auftauchen sollte. Einen Mann auf Krücken sah er nirgends. Während er langsam den Brunnen umkreiste, schaute er die Leute an, die in den beiden Cafés saßen. Plötzlich tippte ihm jemand auf die Schulter.

Prohaska fuhr herum.

»Hallo, Herr Kommissar!«, sagte Martha und lächelte.

Sie trug ein Sommerkleid mit zartem Blumenmuster, dazu weiße Riemchensandalen und den Strohhut, den er an der Garderobe im Appartement gesehen hatte.

»Du schaust gut aus, wie eine englische Lady.«

»Danke, danke. Wo gehen wir hin? Ich hab nur zwei Kannen Kaffee getrunken und sterbe jetzt vor Hunger.«

»Wo du möchtest.«

»Dann gehen wir doch da rüber.«

Martha zeigte zur Terrasse vor dem Hotel Adriatic, das nur ein paar Schritte entfernt war. »Okay.«

Sie setzten sich an einen Tisch mit Polstersesseln und Blick auf den Hafen und als die Bedienung kam, bestellten sie ein Frühstücksmenü für zwei. Während sie warteten, erkundigte sich Prohaska nach ihrem Roman. Die anderen Fragen wollte er lieber erst nach dem Essen stellen.

»Es wird langsam. Ich habe den Plot ein wenig geändert, einige Figuren mussten verschwinden und jetzt läuft es. Aber ich muss dranbleiben, weil mir die Zeit davonläuft.«

»Disziplin muss sein.«

»Ja, und stell dir vor, ich weiß endlich, wie die Geschichte zu Ende geht.«

»Mit einem Happy End?«

Martha nahm den Hut ab und schob die Sonnenbrille ins Haar.

»Vielleicht«, sagte sie und lächelte.

»Okay, okay, ich lass mich überraschen.«

Als das Frühstück kam, machte Martha sich mit Appetit darüber her. Prohaska ließ sich Zeit. Nachdem der erste Hunger gestillt war, lehnte er sich zurück und schaute Martha zu. Sie hatte die Spiegeleier, Tomaten und Gurkenscheibchen in einer Geschwindigkeit aufgegessen, als hätte sie seit Tagen nichts zu Essen bekommen. Jetzt biss sie in ein Brötchen, das sie dick mit Butter und Honig bestrichen hatte. Als sie merkte, dass er sie beobachtete, legte sie es auf den Teller und trank einen Schluck Kaffee. Prohaska schmunzelte.

»Ich esse normalerweise nicht so schnell«, sagte sie und lachte. »Aber zu zweit schmeckt es besser, und da ich bald zurückmuss und du bestimmt auch noch etwas vorhast ...« Sie wurde plötzlich ernst und starrte an ihm vorbei.

»Was ist?«, fragte Prohaska und sah sich um.

»Der Kerl mit den Krücken«, flüsterte Martha.

»Wo?«

»In der zweiten Reihe drüben im Café.«

Martha deutete auf die andere Seite des Platzes.

Prohaska schaute in die Richtung, trank den Kaffee aus, setzte die Sonnenbrille auf und stand auf.

»Bin gleich da.«

»Das würde ich nicht machen. Was, wenn er eine Waffe dabeihat?«

»Wir werden ja sehen.«

»Spinnst du!?« Prohaska lächelte.

»Mach dir keine Sorgen.«

Ohne Eile überquerte er den Platz, ging direkt zu Ribars Tisch und setzte sich ihm gegenüber. Ribar lächelte schmal.

Prohaska hatte gute Lust, ihn am Kragen zu packen und vor allen Leuten anzuschreien.

»Ich glaube, Sie schulden mir eine Erklärung«, sagte er leise.

»Hallo Herr Kommissar, oder soll ich Ex-Kommissar sagen?«

»Ist mit Wurscht. Sagen Sie, was Sie zu sagen haben, und dann lassen Sie mich in Ruhe.«

»Oh, ich hätte viel zu sagen, könnte einen Roman darüber schreiben.«

»Was wollen Sie?«

»Gar nichts, ich sitze hier, trinke einen Kaffee und genieße das schöne Wetter.«

»Na gut, dann kann ich ja wieder gehen«, Prohaska erhob sich.

»Bleiben Sie«, sagte Ribar. »Ich muss mit Ihnen reden.«

Prohaska setzte sich wieder, nahm seine Zigarettenschachtel aus der Hosentasche und bot Ribar eine Zigarette an.

»Danke sehr, ich wollte mir das Rauchen abgewöhnen, aber im Knast war das unmöglich.«

Prohaska nickte, gab ihm Feuer und zündete sich auch eine Zigarette an.

»Also, worum geht es?«

»Um die beiden Toten.«

Prohaska verzog keine Miene.

»Interessant.«

Ribar schaute sich um, lehnte sich vor und flüsterte.

»Ich weiß, wer es getan hat.«

»Na, wunderbar! Warum sagen Sie das nicht der Polizei?«

Ribar zuckte mit den Schultern.

»Ich kann nicht.« Prohaska starrte ihn an.

»Wenn Sie etwas darüber wissen, sind Sie verpflichtet, die Behörden zu informieren.«

»Mit denen will ich nichts mehr zu tun haben.«

»Ein guter Vorsatz für die Zukunft. Und wenn Sie es bei mir loswerden wollen, bitte tun Sie sich keinen Zwang an. Allerdings muss ich das umgehend weitergeben.«

»Das ist okay«, sagte Ribar versöhnlich.

Prohaska blies den Rauch zur Seite.

»Dann reden Sie, ich habe nicht den ganzen Tag Zeit.«

»Sie haben sich überhaupt nicht verändert, Herr Kommissar. Immer noch angriffslustig wie damals.« Ribar beugte sich noch mehr über den Tisch. »Richten Sie Ihrem Kollegen Rossi aus, dass er sich sputen soll.«

»Wie meinen Sie das?«

»So wie ich es sage. Morena ist ein skrupelloser Geschäftsmann, er hinterzieht wahrscheinlich seit Jahren Steuern und beschäftigt illegale Arbeiter, aber ein Mörder ist er nicht.«

»Sie müssen es ja wissen. Ich hab gehört, dass Sie mit ihm Geschäfte machen.«

»Ach, das hat sich herumgesprochen?«

»Ja. Wo ist er?«

»Keine Ahnung.«

»Sind sie gestern Abend der Frau, die da drüben auf der Terrasse sitzt, nachgegangen?«, wechselte Prohaska das Thema und deutete zu Martha rüber.

»Ja, ja, eine hübsche Person.«

»Lassen Sie das! Warum sind Sie ihr nachgegangen?«

»Reine Neugier. Ich wollte sehen, wo sie wohnt.« Ribar klopfte auf die Krücken, die am Stuhl neben ihm lehnten. »Aber sie ist mir entwischt. Bin mit diesen Scheißdingern zu langsam.«

Prohaska spielte den Ahnungslosen.

»Warum müssen Sie denn auf Krücken gehen?«

Ribar lehnte sich zurück, nahm einen tiefen Zug und schüttelte den Kopf.

»Jetzt sagen Sie bloß nicht, dass Sie das nicht wissen. Ich habe Sie mit Sabrina reden gesehen. Sie hat Ihnen sicher von diesem Zeitungsartikel erzählt.« Prohaska lächelte.

»Und wieso sind Sie aus dem Krankenhaus abgehauen, anstatt mit der Polizei in Stuttgart zu kooperieren?«

»Ich sagte doch, dass ich mit euch Bullen nichts mehr zu tun haben will.«

»Na prima, dann läuft der Mann, der Sie vor dem Lokal angeschossen hat, noch frei herum. Und wenn er Sie findet, lassen Sie sich einfach abknallen?«

»Nett, dass Sie sich Sorgen machen, Prohaska, aber dazu ist er nicht mehr in der Lage.«

»Warum nicht?«

»Weil er tot ist.«

»Meinen Sie Sandro?«

»Nein, ich meine den Italiener, ein übler Bursche übrigens.«

»Ich dachte, er war Maler und Stuckateur.«

»Vordergründig. Aber eigentlich hatte er den Auftrag, Sandro und mich aus dem Weg zu schaffen, weil wir nicht mit ihm, sondern mit Morena ins Geschäft kommen wollten.«

»Und was für ein Geschäft sollte das sein?«

»Dazu möchte ich im Moment nichts sagen.«

Prohaska schüttelte den Kopf.

»Kann ich mir lebhaft vorstellen. Ein sauberes kann es aber nicht gewesen sein. Ich tippe, es ging um Drogen.«

»Sie haben eine sehr lebhafte Fantasie. Glauben Sie, ich würde dann hier sitzen und mit Ihnen reden?«

»Wer weiß? Ich bin ja nicht Sie.« Prohaska lehnte sich zurück. »Und wer soll Greco beauftragt haben, Sie umzubringen?«

»Sind Sie so naiv oder tun Sie nur so?«, fragte Ribar.

»Suchen Sie es sich aus.«

»Es war dieselbe Person, die Greco und Sandro auf dem Gewissen hat.«

»Okay. Und jetzt bitte Name, Vorname, Aufenthaltsort.«

»Diese Information ist aber nicht kostenlos zu haben.«

»Sie machen mir Spaß!«, zischte Prohaska. »Ich rufe Rossi an, dann soll er sich mit Ihnen befassen.«

»Ich glaub schon, dass wir uns einigen, Herr Kommissar.«

»Ach ja? Und wie?«

»Eine Hand wäscht die andere«, sagte Ribar. »Ich verrate Ihnen, und zwar nur Ihnen, wer die beiden abgeknallt hat, und im Gegenzug richten Sie Rossi und diesem Staatsanwalt aus, dass ich mit der Sache nichts zu tun habe, und zweitens, dass sie Lorenzo Morena in Ruhe lassen.«

»Ahh ...« Prohaska schaute auf. »Na, ich glaube, da überschätzen Sie meine Einflussmöglichkeiten. Die beiden werden ganz sicher nicht auf mich hören, sondern ihre Arbeit tun.« Prohaska stützte sich mit den Händen auf den Tisch und kam Ribars Gesicht ganz nahe. »Das Einzige, was ich machen könnte, wäre, dass ich ein gutes Wort für Sie einlege, weil Sie so wichtige Informationen zurückhalten und die Arbeit der Polizei behindern. Aber das mache ich nur, wenn Sie alles, was Sie wissen, noch heute zu Protokoll geben, und das unter der Bedingung, dass Sie mich und meine Begleiterin dort in Ruhe lassen und aus der Stadt verschwinden. Ich brauche zwei Minuten, um mich von ihr zu verabschieden. Dann komme ich zurück, rufe Rossi an und fahre Sie persönlich zu ihm. Sie rühren sich nicht vom Fleck. Alles klar?«

»Ja, aber ich hätte noch etwas.«

»Sagen Sie das nachher alles dem Inspektor.« Prohaska richtete sich auf und steckte die Zigaretten in die Hosentasche.

»Nein, das ist eine private Bitte.«

»Von mir aus.«

»Sie müssen mir versprechen, dass Sie sich um Belinda kümmern, falls mir etwas zustoßen sollte.«

Prohaska setzte sich wieder.

»Sie wissen von ihr?«

»Ja.«

»Von wem?«

»Sandro hat es mir gesagt, deswegen bin ich eigentlich hergekommen.«

»Und wieso haben Sie nicht mit ihr Kontakt aufgenommen?«

»Weil ich es nicht übers Herz gebracht habe. Sie wird mich hassen, wenn sie erfährt, wer ich bin und was ich getan habe.«

»Das kann sein, aber wenn Ihnen etwas an ihr liegt, dann sagen Sie ihr einfach die Wahrheit.« Ribar schüttelte den Kopf.

»Das kann ich nicht, solange sie bei Vera ist.«

»Dann reden Sie mit Vera. Und warum sollte Ihnen etwas zustoßen? Sobald der Mörder von Alfonso Greco und Sandro Tomčić gefasst ist, haben Sie ja nichts mehr zu befürchten.«

»Ist Ihnen nie der Gedanke gekommen, dass es sich um eine Mörderin handeln könnte?«

»Ja, sicher. Aber ich dachte, Sie wollten mir den Namen sagen.« Ribar zerquetschte die Zigarette im Aschenbecher aus.

»Sie kennen sie bereits«, sagte Ribar und lächelte. »Die schöne Branka, diese falsche Schlange, die mein Leben ruiniert hat.«

Prohaska sah ihn ungläubig an.

»Branka? Welches Motiv hat sie, zwei Männer umzubringen?«

»Fragen Sie sich doch selbst! Sie finden sie mit ihrem Quasimodo Selica in Triest. Vera kann Ihnen die Adresse geben.«

»Was hat sie denn damit zu tun?«

»Fragen Sie sie doch.«

»Woher wissen Sie das alles?«

»Spielt keine Rolle.« Prohaska schüttelte den Kopf.

»Warum erzählen Sie mir das? Ich dachte, Sie wollen sich an mir rächen?« Ribar lächelte.

»Ich habe in meinem Leben genug Scheiße gebaut und dafür teuer bezahlt. Jetzt versuche ich, ein neues Leben anzufangen.«

Prohaska glaubte ihm kein Wort.

»Warten Sie hier, ich bin gleich zurück.«

»Aber gerne, Herr Kommissar, lassen Sie sich Zeit«, sagte Ribar mit einem ironischen Lächeln.

Prohaska ging über den Platz zu Martha, gab schon von weitem der Bedienung ein Zeichen und bat um die Rechnung.

»Und, was war?«, fragte Martha ungeduldig, als er sich hinsetzte.

»Ich muss gleich weg, aber er wird dich nicht mehr behelligen. Tut mir leid, dass ich unser Treffen abbrechen muss.«

»Ja, ja, kein Problem, aber ich verstehe trotzdem nicht ganz, ich dachte, er wäre dein größter Feind.«

Prohaska zuckte mit den Schultern.

»Er war nie mein Feind. Ich habe ihn verhaftet, weil er ein Mörder war.«

»Ja, das weiß ich, ich dachte, dass er sich rächen will.«

»Er hat nichts dergleichen gesagt. Ich bringe ihn jetzt zur Polizei. Es gibt wichtige Dinge zu klären, und da möchte ich dabei sein.«

»Sei trotzdem vorsichtig.« Prohaska lächelte.

»Bin ich doch immer.«

»Na, ich weiß nicht.«

Die Kellnerin kam mit der Rechnung, Prohaska bezahlte, verabschiedete sich von Martha und ging eilig zurück. Aber Ribar war nicht mehr da. Prohaska fluchte laut und schaute sich um. Das Café war fast voll. Ein Kellner schlängelte sich zwischen den Tischen mit einem Tablett mit Getränken und Eisbechern.

»Hast du gesehen, in welche Richtung der Mann mit den Krücken gegangen ist?«, fragte ihn Prohaska. »Ich saß noch vor ein paar Minuten hier mit ihm am Tisch.«

»Keine Ahnung, nein, er hatte schon vorher bezahlt und war dann einfach weg.«

»Okay, danke.«

Prohaska fragte auch die Leute an den Nebentischen, aber sie schüttelten nur den Kopf. Er ging auf den Platz und schaute zur Terrasse vor dem Adriatic, doch Martha war schon gegangen. Wie konnte ihm Ribar bloß entwischen, fragte er sich wütend. Er hätte Rossi sofort verständigen sollen, anstatt Ribar anzubieten, mit ihm zu kommen. Inzwischen konnte der Kerl überall sein, hier in der Nähe in einem Laden oder auf dem Weg zum Parkplatz, falls er mit einem Auto unterwegs war. Während er noch überlegte, warum und wohin Ribar abgehauen war, rief er Rossi an und erzählte ihm, was vorgefallen war.

»Es ärgert mich maßlos, dass er mich reingelegt hat. Sie müssen der italienischen Polizei wegen Branka Jakupić und Rudi Selica sofort Bescheid geben. Allerdings kann ich nicht garantieren, dass Ribars Angaben stimmen. Vielleicht hat er mich nur ablenken wollen. Der kann was erleben, wenn ich den in die Finger kriege.«

»Beruhigen Sie sich. Ich rufe gleich Cipoletti an«, sagte Rossi. »Wenn Sie wollen, kommen Sie her.«

»Später vielleicht, ich muss noch etwas erledigen.«

»Wir haben inzwischen weitere Maßnahmen ergriffen, unter anderem lassen wir mehrere Telefone überwachen.«

»Gut«, sagte Prohaska und erinnerte sich an die vielen, sich manchmal über Wochen und Monate hinziehenden Ermittlungen, an den Frust, die schlaflosen Nächte, die Tränen der Opfer und der reuigen Täter, an Gerichtsverhandlungen, Beerdigungen der Opfer und die Wut und Ohnmacht der Ermittler. Alles Dinge, mit denen er sich eigentlich nicht mehr befassen musste. Und dennoch jetzt wieder miterlebte. Rossi redete weiter.

»Außerdem wurde der Leichnam von Alfonso Greco freigegeben. Sein Bruder hat ihn heute identifiziert und lässt ihn nach Triest überführen.«

»Sie sollten ihn überprüfen, bevor er die Grenze erreicht hat.«

»Warum denn? Und außerdem, wir sind per du, vergessen?«

»Hab nicht daran gedacht.«

»Kein Problem. Also, warum soll ich den Mann überprüfen?«

»Weil es sein könnte, dass in dem Sarg nicht nur sein toter Bruder liegt.«

»Jetzt mal langsam mit den wilden Pferden, Joe! Was soll da noch drin sein?«

»Drogen. Lass ihn einfach überprüfen.«

»Okay, ich hoffe, wir kriegen ihn noch. Ach, noch etwas. Du kannst dein Cabrio morgen abholen. Die Spurensicherung ist abgeschlossen.«

»In Ordnung. Habt ihr etwas herausgefunden? Fingerabdrücke oder andere Spuren?«

»Ich bekomme den Bericht heute Nachmittag. Wenn es etwas Wichtiges ist, ruf ich dich an.«

»Danke. Eine Frage noch.«

»Ja?«

»Kannst du bitte schnell feststellen, ob Vera Davidović heute zur Arbeit erschienen ist?«

»Ja, aber warum?«

»Weil ich annehme, dass sie nicht da ist.«

»Ich rufe dich gleich zurück.«

»Okay.«

Prohaska unterbrach die Verbindung und machte sich auf den Weg in die Altstadt.

*

Der Innenhof war leer. Prohaska wischte sich den Schweiß von der Stirn und stieg die Treppe hinauf. Zu seiner Überraschung war die Haustür nicht abgeschlossen. Er drückte sie auf und als er im ersten Stock ankam, stand die alte Frau im Treppenhaus vor ihrer Wohnung.

»Hallo«, sagte Prohaska und lächelte. »Die Tür war offen.«

»Dacht ich mir. Ich hab Sie vom Fenster aus gesehen, aber wenn Sie zu Frau Davidović wollen, kommen Sie etwas zu spät.«

»Ach?«

»Sie ist vor einer Stunde weggegangen, hatte einen Koffer dabei.«

»Ich muss aber trotzdem nach oben.«

»Zu Frau Martha?«

»Stimmt.«

»Sie ist auch nicht da, hatte eine Verabredung.«

»Ach so …«

»Ich hab gehört, dass Sie aus Deutschland sind und früher Polizist waren.«

»Sie wissen erstaunlich gut Bescheid.«

»Natürlich, ich muss doch wissen, wer in meinem Haus ein und aus geht.«

»Das ist Ihr Haus?«, fragte Prohaska ungläubig.

»Ja sicher, ich habe es von meinem Mann geerbt. Was wollen Sie von den beiden Damen eigentlich?«

»Sie müssen sich keine Sorgen machen«, sagte Prohaska und lächelte. »Ich bin nur ein Fotograf.«

»Ich weiß, bei Ivo Horvat.«

»Genau.«

»Wollen Sie Martha etwa fotografieren?«

»Ja, und Sie vielleicht auch.«

Die Frau fuhr sich mit der Hand durch die Haare.

»Mich?«

»Wenn Sie nichts dagegen hätten.«

»Aber ich bin nur eine hässliche alte Frau.«

»Das finde ich gar nicht. Die wahre Schönheit ist zeitlos.«

»Ach, ich weiß nicht ... dass Sie ausgerechnet mich fotografieren wollen. Das gibt's ja gar nicht.«

Prohaska brummte sanft, wie in Gedanken: »Eine gestandene Dame! Zierde für unsere Altstadt!« Er winkte und eilte hinaus.

*

Als er auf dem Weg zum Hauptplatz war, rief ihn Rossi zurück.

»He, du hattest Recht. Die Davidović hat sich heute krankgemeldet.«

»Und sie hat vor einer Stunde das Haus verlassen, mit einem Koffer in der Hand. Ihre Nachbarin hat es mir gerade gesagt.«

»So ein Mist! Wenn ich nur wüsste, wo ich jetzt ansetzen soll«, fluchte Rossi.

»Ich bin sicher, dass Morena es dir sagen kann. Habt ihr ihn schon gefunden?«

»Nein, aber wir haben mit zwei Arbeitern in der Firma gesprochen. Sie sagen, er habe sich vor drei Tagen in die Herzegowina abgesetzt, angeblich ist er Međugorje.«

»Na klasse! Er braucht wohl dringend den Zuspruch Mutter Gottes«, bemerkte Prohaska sarkastisch.

»Sollte sich bestätigen, dass er in kriminelle Machenschaften verwickelt ist, wird ihm kein Gebet helfen. Allerdings, wenn er sich dort versteckt, kommt er wahrscheinlich nicht so bald zurück. Er und seine Familie haben die kroatische und bosnisch-herzegowinische Staatsbürgerschaft. Aber ich muss auflegen, die Besprechung fängt an.«

»Viel Glück!«

*

Prohaska war sicher, dass Morena von jemandem gewarnt wurde. Doch von wem? Etwa von Vera? Immerhin konnte sie leicht an polizeiinterne Informationen kommen. Und nun hatte sie sich ebenfalls aus dem Staub gemacht und nahm womöglich Belinda mit. Das musste er sofort wissen.

Er blieb stehen, suchte in seinem Notizheft die Telefonnummer des Gymnasiums und rief dort an. Die Schulsekretärin meldete sich und er bat sie, nachzufragen, ob Belinda Davidović noch in der Schule sei. Die Sekretärin fragte, wer er sei und warum er das wissen wolle. Sie gebe Fremden grundsätzlich keine Auskunft über die Schüler. Prohaska musste sie erst mühsam davon überzeugen, dass diese Information äußerst wichtig war. Sie könne auch Inspektor Rossi anrufen und sich über ihn, Prohaska, erkundigen. Die Nummer würde er ihr gerne geben. Daraufhin lenkte sie ein.

»Na gut, rufen Sie in einer Viertelstunde wieder an.«

Prohaska bedankte sich, ging zum Hauptplatz und von dort aus zum Markt an der Valdibora. Er konnte im Moment nichts weiter tun als abzuwarten. Und das konnte er zuhause genauso gut. Inzwischen war es fast zwei und er beschloss, etwas für das Abendessen zu besorgen. Später würde er Martha anrufen und sie zum Essen einladen.

In der Fischhalle war wenig los, die Auswahl für die Uhrzeit wider Erwarten noch gut und abgesehen vom Geruch angenehm kühl. Er kaufte zwei schöne Doraden, ließ sie von der Verkäuferin gleich ausnehmen und gut verpacken. Dann kaufte er am Stand einer Bäuerin einen Bund Mangold und neue Kartoffeln, die er zum Fisch zubereiten wollte.

Auf dem Weg zum Parkplatz setzte er sich an die Kaimauer und rief in der Schule an.

»Belinda ist heute nach der großen Pause nach Hause gegangen, sie hat sich unwohl gefühlt. Aber ich bin jetzt sehr irritiert.«

»Weshalb?«

»Die Klassenlehrerin hat gesagt, dass Leon Morena heute nicht in die Schule gekommen ist. Und vor einer halben Stunde war Belindas Mutter hier und wollte Belinda abholen. Als sie hörte, dass sie nicht da ist, sei sie fast in Ohnmacht gefallen und ist dann wortlos weggerannt.«

»Ist Belinda in letzter Zeit öfter vom Unterricht ausgeblieben?«

»Weiß ich nicht. Das ist Sache der Klassenlehrerin.«

»Ja, natürlich.«

»Wissen Sie vielleicht, wo Belinda sein könnte?«, fragte die Sekretärin besorgt.

»Leider nein, aber das wird sich sicher bald aufklären. Ich danke Ihnen für die Auskunft.«

»Keine Ursache. Ich hoffe nur, dass sie keinen Unsinn angestellt hat.«

»Das glaube ich nicht«, erwiderte Prohaska und verabschiedete sich. Anschließend schrieb er Rossi eine Nachricht, dass Belinda verschwunden sei und Leon Morena auch nicht in die Schule gekommen war. Danach blieb er noch eine Weile sitzen und starrte gedankenverloren aufs Meer.

*

»Das war aber ein sehr langes Frühstück«, sagte Ivo, als Prohaska zur Tür hereinkam.

»Kann man wohl sagen. Und dabei habe ich kaum etwas gegessen.« Ivo grinste.

»Doch nicht etwa vor Aufregung?«

»Quatsch! Ich kam gar nicht dazu.«

Prohaska ging ins Hinterzimmer, riss den Kühlschrank auf und legte die Fische ins Eisfach.

Ivo kam hinterher und machte sofort Kaffee. Prohaska setzte sich, zündete sich eine Zigarette an und schenkte Mineralwasser ein.

»He, was ist? Du siehst aus, als hättest du einen Frosch verschluckt.«

»Es ist zum Auswachsen, andauernd verschwinden Leute.«

»Wer denn schon wieder?«

Prohaska erzählte ihm das Wichtigste.

»Mach dich doch nicht verrückt. Belinda ist sicher bei einer Freundin, wo sie sich ausheulen kann. Und die anderen überlass einfach der Polizei.«

»Das mach ich ja. Aber dabei fühle ich mich hundsmiserabel, wie ein gemeiner Verräter.«

»Na ja, in gewisser Weise stimmt es auch. Ich hab dir ja gesagt, dass du dich raushalten sollst. Und jetzt bist du mittendrin und kannst doch nichts tun.« Prohaska nickte mürrisch.

»Eigentlich wollte ich heute Abend Martha zum Essen einladen, habe zwei Doraden gekauft, aber jetzt habe ich keine Lust mehr zum Kochen.«

»Wieso denn? Du kannst Martha trotzdem zum Essen einladen.«

»Ach, ich weiß nicht, am Ende versteht sie es wieder falsch und denkt, dass ich etwas von ihr will.«

»Und, tust du es?«

»Nein, das hat keinen Sinn.«

»Dann komm zu uns zum Abendessen. Miranda und die Jungs werden sich freuen, dich mal wieder zu sehen.«

Prohaska trank den Kaffee aus, den Ivo ihm obligatorisch eingeschenkt hatte und stand auf.

»Ich überlege es mir.«

»Und was machst du jetzt?«

»Keine Ahnung, vielleicht fahre ich an den Strand und schau mir das Meer an.«

»Da musst du doch nicht fahren, es liegt doch vor deiner Nase.«

»Ich weiß, aber zum Nachdenken muss ich allein sein.«

»Okay, aber danach kommst du zu uns.«

»Mal schauen. Ich ruf dich an.«

*

Er blieb vor dem Schaufenster des Ladens mit Badezubehör und anderem Schnickschnack stehen. Die Schaufensterpuppen starrten ihn an. Die linke mit langen Haaren und einem breitkrempigen Strohhut trug einen knappen Bikini in leuchtendem Orange. Die rechte mit breitem Oberkörper und schmalen Hüften hatte eine knallrote Herrenbadehose an. Prohaska dachte: Ich mach' das jetzt, meine Sachen zuhause passen mir eh nicht mehr.

Er betrat den Laden. Die Verkäuferin, eine zierliche junge Frau und Verwandte des Ladenbesitzers, sprach ihn freundlich an. Als er ihr sagte, was er wünschte, brachte sie ihm einen Stapel Strandhandtücher und verschiedenfarbige Badehosen und empfahl ihm, sich auch ein paar Badeschuhe zuzulegen, die er jedoch ablehnte. Nach zehn Minuten, in denen er mehrere Badehosen anprobiert, zwei davon ausgesucht und ein Strandhandtuch gekauft hatte, war er wieder draußen.

Er war früher regelmäßig zum Schwimmen gegangen, aber seitdem er das Meer in greifbarer Nähe hatte, gönnte er sich diesen Spaß eher selten. Zum einen, weil er sich wie die meisten Küstenbewohner sagte, er könne jederzeit hineinspringen, es liefe ihm nicht weg, zum anderen, weil er sich seiner Verletzung schämte. Sein linker Unterschenkel war dünner als der rechte – die Narben waren immer noch deutlich zu sehen – und diesen Anblick wollte er anderen nicht zumuten. Heute aber war es so heiß, dass er sich einfach abkühlen musste. Und er wusste auch schon, wo.

Auf dem Parkplatz am Nordhafen war die Schwüle noch schlimmer. Kein Lüftchen regte sich. Das Meer lag da, als wäre es mit einer dicken Ölschicht bedeckt. Hinten über dem Festland türmten sich riesige Kumuluswolken wie frisch geschlagene Sahne. Prohaska legte die Einkaufstaschen in den Kofferraum, öffnete die Fahrertür und setzte sich ans Steuer. Als er es anfasste und den Motor startete, verbrannte er sich fast die Hand. Der Punto hatte sich in einen Backofen verwandelt. Prohaska ließ die Fensterscheiben hinunter und drehte die Klimaanlage auf. Ein Schwall heißer Luft schlug ihm entgegen. Im Radio lief eine alte Version von *Bessame mucho*.

*

Zehn Minuten später stellte er den Wagen vor dem Eingang des Parkwalds ab, nahm seine Badehose und das Handtuch aus der Tasche, riss die Preisetiketten ab, schloss den Wagen ab und machte sich auf den Weg zum Strand. Die Vögel zwitscherten um die Wette. Ein Radfahrer sauste an ihm vorbei, ansonsten war kein Mensch unterwegs. Kurz bevor er die Küste erreichte, bog er auf den Weg, der zum Lovor-Grill führte. Als das Tempelchen in Sichtweite kam, sah er schon die aufgespannten Sonnenschirme. Das war ihm recht, dann würde er dort nach dem Schwimmen eine Kleinigkeit essen und ein kühles Bier trinken.

Er ging an der Terrasse vorbei, wo ein Dutzend Gäste saß, die ihn nicht weiter beachteten. Dass vor ein paar Tagen hier am Strand ein Toter aus dem Meer geborgen wurde, schien dem Geschäft nicht abträglich gewesen zu sein. Prohaska ging auf die Toilette, zog sich um, wickelte das Handtuch um die Hüften und kehrte zurück. Unten am Strand schaute er zu der Stelle, wo Alfonso Greco gelegen hatte, und ging dann in die entgegengesetzte Richtung. Ein paar Meter weiter fand er unter den Kiefern eine schattige Stelle, wo er seine Sachen hinlegen konnte. Er kletterte über die Felsen, legte seine Kleider hin und deckte sie mit dem Handtuch zu. Dann stakste er ins Wasser, kühlte sich ab, warf sich mit einem Bauchklatscher in die Fluten und kraulte los. Das Wasser war erfrischend kalt, aber nach ein paar Zügen richtig angenehm. Doch darüber wollte er jetzt nicht nachdenken. Vielmehr fragte er sich, warum Vera so überstürzt weggegangen war und wohin sie Belinda mitnehmen wollte. Es musste etwas vorgefallen sein. Vielleicht hatten sie sich gestritten. Oder hatte Vera etwas erfahren, was sie in Panik versetzt hatte? Oder sie war nicht in Panik gewesen, sondern hatte ihre Abreise genauso geplant.

›Frag sie doch einfach, du hast ihre Telefonnummer‹, sagte die innere Stimme. Das war zwar eine gute Idee, aber würde sie mit ihm sprechen wollen? Und überhaupt, warum sollte er das tun? Inspektor Rossi hatte Veras Nummer ohnehin und hatte längst versucht, sie zu erreichen. Erfrischt und innerlich ruhig stieg er aus dem Wasser, kletterte auf den Felsen, trocknete sich ab und legte sich in die Sonne. Eine leichte Brise machte die Hitze erträglich, die Wellen rollten sanft heran und zogen sich zurück. Zwei Minuten später war Prohaska eingenickt.

Er wachte erst auf, als er merkte, dass er fröstelte. Der Wind hatte aufgefrischt, das Meer war unruhig geworden, die Wellen trugen weiße Schaumkronen. Die Sonne war hinter dicken grauen Wolken verschwunden, die sich genau über der Bucht zusammenzogen.

Prohaska stand auf, zog das Polohemd und die Hose über die inzwischen trockene Badehose, schlüpfte barfuß in die Schuhe und packte seine Sachen in die Hosentaschen. Dann stieg er die Treppe hinauf. Die Terrasse vor dem Lovor war verlassen. Ein junger Kellner machte mit einer Kollegin die Sonnenschirme zu.

»Macht ihr etwa Feierabend? Ich wollte eigentlich eine Kleinigkeit essen«, sagte Prohaska.

»Die Küche hat vor zehn Minuten zugemacht, tut mir echt leid«, erwiderte das Mädchen und lächelte.

»He, beeil dich, das Gewitter geht gleich los«, rief ihr Kollege.

Sie rannte zum nächsten Tisch und faltete den Sonnenschirm zusammen.

»Soll ich euch helfen?«

»Danke, das geht schon.«

»Okay, passt auf euch auf und kommt gut nach Hause.«

»Sie auch«, rief das Mädchen zurück.

Wie herrlich unbeschwert sie ist, dachte Prohaska. Er winkte ihr zu und machte sich auf den Weg zum Auto.

Der Wind wurde von Minute zu Minute stärker. Über dem Meer zuckten riesige Blitze und ein paar Sekunden danach rollte ein bedrohlich klingender Donner heran. Die Baumkronen bogen sich im Wind, Äste knackten, kleine Zweige und Zapfen fielen herunter. Es blitzte erneut, gefolgt vom Donnerschlag. Prohaska beschleunigte seine Schritte. Dicke Regentropfen klatschten auf die Blätter der Lorbeerhecken, wurden immer mehr und nach einem weiteren Donnerschlag regnete es richtig los. Prohaska hielt sich das Handtuch über den Kopf und begann zu rennen.

Als er den Parkplatz erreichte, war er klatschnass. Es stieg ins Auto, machte die Lüftung an und fuhr los. Es goss in Strömen, die Straßen verwandelten sich in kleine Bäche. Jetzt in die Stadt zu fahren und bei dem Regen zu Ivo zu rennen, hätte keinen Sinn. Er hielt an einer Straßengabelung und rief Ivo an, dass er doch nicht zum Abendessen kommen werde. Als er das Gespräch beendete, sah er, dass Rossi schon vor einer Stunde versucht hatte, ihn zu erreichen.

»Du wolltest mich sprechen?«, fragte Prohaska, als Rossi sich meldete. »Ja, wo bist du?«

»Ich war am Strand von Punta Corrente und bin nach dem Schwimmen eingenickt. Jetzt fahre ich nach Hause.«

»Du warst bei dem Wetter am Strand?«

»Vorhin war es noch schön. Gibt es etwas Neues?«

»Ja, hör zu: Wir haben mit den Schwiegereltern von Rudi Selica und seiner Tante telefoniert. Die Vizentes wissen angeblich nicht, wo er sich aufhält, sagten aber, dass Marina kurz vor der Hochzeit erfahren hat, dass er ein Verhältnis mit Branka Jakupić hat.«

»Ist nicht wahr.«

»Tja, offenbar doch. Die Schöne und das Biest.«

»Und sie arbeiten beide in Morenas Firma?«

»Nur Selica. Branka lebt in Mailand und betreibt da eine Schneiderei für Hochzeitskleider. Und Selica hat in Triest eine kleine Wohnung.«

»Aber warum hat Marina ihn dann geheiratet?«,

»Vermutlich wegen des Kindes, das sie erwartet.«

Prohaska schüttelte den Kopf.

»Das ist aber keine Basis für eine Ehe.«

»Das sagt du, aber es gibt Menschen, die sehenden Auges in ihr Unglück rennen und gegen jede Vernunft handeln.«

»Ich weiß.«

»Nachdem die beiden verschwunden sind, war Marina fix und fertig. Sie hat sich im Haus ihrer Eltern eingeschlossen, weigerte sich, Rudi als vermisst zu melden und wollte auch mit keinem reden.«

»Sie wirkte bei der Trauung sehr deprimiert. Sie kann einem wirklich leidtun.«

»Ich nehme an, dass sie demnächst die Scheidung einreicht. Als wir seine Tante befragten, gab sie an, sie habe es von seinen Schwiegereltern erfahren und habe keine Worte dafür.«

»Verständlich. Apropos, habt ihr Vera Davidović und Belinda und Leon inzwischen gefunden?«

»Leider noch nicht.«

»Dann viel Erfolg.«

»Danke, ich muss weitermachen.«

»Natürlich, danke für die Infos.«

»Ciao, Joe, man sieht sich.«

Prohaska legte das Handy auf den Beifahrersitz und starrte vor sich hin. Von wem hatte Marina die Information über Selicas Verhältnis mit Branka? Wer hat davon gewusst? Als erstes fiel ihm Vera ein. Sie hatten wegen Belinda bestimmt Kontakt gehabt. Es konnte aber auch sein, dass es jemand in Morenas Firma mitbekommen hatte. So eine Verbindung bleibt nicht lange geheim. Wusste Sabrina vielleicht auch Bescheid? Prohaska beschloss, in den Supermarkt zu fahren und sie zu fragen.

Eine Viertelstunde später stand er vor der Theke in der Bäckerei und wartete, dass die Kunden vor ihm ihre Einkäufe erledigten. Sabrina kam kurz vor die Theke.

»Hallo«, sagte Prohaska und drückte ihr die Hand. »Mein Beileid.«

»Danke«, erwiderte Sabrina. »Sein Vater ist am Boden zerstört. Und Mario einfach nur sprachlos und total schockiert.«

»Tut mir leid. Ich hoffe, dass die Polizei den Täter bald findet.«

»Weiß nicht ... hätte er sich nur von diesen schrecklichen Leuten ferngehalten. Ich hab ihm immer gesagt, er soll sich eine Arbeit suchen, aber er wollte nicht auf mich hören.« Sabrina nickte. »Jetzt ist es zu spät.« Sie holte ein Papiertaschentuch aus der Hosentasche. Prohaska wusste nicht, was er sagen sollte. Sabrina steckte das Taschentuch weg und schaute ihn an.

»Ich gehe heute früher nach Hause. Und nächste Woche habe ich zwei Tage frei, wegen der Beerdigung.«

»Wann ist die?«

»Man gibt uns noch Bescheid, vielleicht nächsten Montag. Kommen Sie auch?«

»Wenn Sie es möchten?« Sabrina nickte.

»Ich komme sehr gerne«, sagte Prohaska leise. »Ich müsste Sie aber noch etwas fragen.«

»Was denn?«

»Sandro hat für Lorenzo Morena als Fahrer gearbeitet?«

»Ja, manchmal.«

»Dann kannte er sicher Rudi Selica und Branka Jakupić?«

»Das nehme ich an.«

»Hat er mal über die beiden gesprochen?«

»Mit mir nicht.«

»Und mit seinem Vater?«

»Keine Ahnung, vielleicht.«

»Könnten Sie ihn fragen und mich dann anrufen?«

»Ist es dringend?«

»Ja, und noch etwas. Sie haben mir erzählt, dass Sandro Spielschulden hatte, die sein Vater bezahlen musste.«

»Ja.«

»Könnten Sie ihn fragen, ob sich schon jemand bei ihm gemeldet hat beziehungsweise ihn bitten, falls sich jemand meldet, sofort die Polizei zu informieren?«

»Ich sag es ihm. Aber wenn das so dringend ist, fragen Sie ihn doch selbst. Ich kann Ihnen seine Handynummer geben.«

»Danke, aber ich möchte ihn jetzt nicht behelligen. Es genügt, wenn er es Inspektor Rossi sagt. Aber Sie könnten mir Ihre Nummer geben, falls ich noch Fragen hätte.«

»Nicht so gern ... aber okay, einen Moment.«

Sie ging hinter die Theke, schrieb die Nummer auf und reichte ihm den Zettel. Prohaska steckte ihn ein und als sich zwei Frauen hinter ihm anstellten, kaufte er ein Brot und ging hinaus. Der Regen prasselte auf den Asphalt vor der Eingangstür. Prohaska stellte sich unters Vordach, zündete sich eine Zigarette an und als er sie nach wenigen Zügen im Aschenbecher ausmachte, fiel im ein, dass er noch etwas vergessen hatte. Er ging zu Sabrina zurück.

»Kennen Sie Vera Davidović und ihre Tochter Belinda?«, fragte er, als sie einen Augenblick allein waren.

»Vom Hörensagen. Belinda geht mit Mario in die Klasse und Vera ist Sandros Cousine.«

»Wissen Sie, ob sie sich hier getroffen haben?«

»Nein, er hat sie aber mal erwähnt und sagte, dass sie ein Appartement hat und er wollte sie fragen, ob sie es ihm vermietet.«

»Hier in der Altstadt?«

»Nein, in Triest. Er wollte dort eine Firma oder ein Geschäft aufmachen. Aber ich weiß nichts darüber. Warum fragen Sie?«

»Nur so. Übrigens, dieser Mann, Sie wissen schon, der mit den Krücken ...« Sabrina nickte.

»Ich habe mit ihm gesprochen. Aber er ist kurz danach verschwunden.«

»Oh, ich dachte, er wollte Ihnen etwas antun?«

Prohaska zuckte die Schultern.

»Eine Frage noch: Warum waren Sie bei der Trauung von Rudi Selica und Marina Vizente?«

In dem Moment trat ein älteres Paar an die Theke.

»Weil ich sehen wollte, wer alles dabei ist«, flüsterte Sabrina und ging zurück an ihren Arbeitsplatz.

Prohaska nickte und ging in den Regen hinaus.

*

Als er nach Hause kam, zog er eilig die klammen Sachen aus, duschte heiß und schlüpfte dann in einen Jogginganzug. Dann ging er zu Enzo, um Bello abzuholen. Anschließend ließ er die Katze ins Haus, die miauend vor der Terrassentür wartete, gab ihr und Bello zu Fressen und aß ein paar belegte Brote. Dann warf er die Wäsche in die Waschmaschine, schloss die Haustür ab, löschte alle Lichter und nahm den Laptop mit ins Bett.

Die Morde in Istrien waren in mehreren Zeitungen Thema Nummer eins. Es wurde wild spekuliert, unter anderem, dass es sich um eine Abrechnung zwischen verfeindeten Banden im Drogenmilieu handeln könnte. Ein Reporter bezog sich auf Informationen aus »gut informierten Kreisen«, die behaupteten, dass sich eine kriminelle Organisation, deren Boss in Istrien lebt, mit der albanischen Mafia angelegt haben könnte. Im Artikel einer anderen Zeitung stand, dass sich Selica und Tomčić von früher kannten, da beide in Deutschland gelebt hatten. Deshalb sei das Motiv im persönlichen Umfeld der beiden zu suchen. Mord aus Eifersucht mit anschließendem Selbstmord. Prohaska stutzte, als er in einem Nebensatz las, dass die Frau, um die es ging, eine Mitarbeiterin der Polizei sei, die untertauchen musste, nachdem sie ein Privatschnüffler zu enttarnen drohte.

»Was für ein granadamäßiger Scheiß«, fluchte Prohaska und klappte den Laptop zu.

Bello, der es sich am Fußende bequem gemacht hatte, schreckte auf und kläffte kurz. Nur die Katze, die auf dem Kissen im Korbstuhl lag, blieb die Ruhe selbst. Sie öffnete die Augen, sah von einem zum anderen, gähnte und schlief weiter. Prohaska legte den Laptop auf den Boden und knipste die Lampe aus. Draußen regnete es immer noch. Zwei Minuten später war er eingeschlafen.

Er stand in seiner neuen Badehose am Rande der unglaublich hohen Klippe und schaute auf das türkisblaue Wasser, in dem sich die Sonnenstrahlen brachen. Das Wasser war so klar, dass er jeden einzelnen Stein erkennen konnte. Ein Schwarm Fische, und er wusste genau, es waren Doraden, drehte sich im Kreis zu einem riesigen golden schimmernden Knäuel. Um sie herum schwammen Haie. Sie kamen dem Schwarm immer näher und näher. Er war von diesem Anblick so fasziniert, dass er nicht den Stoß spürte, den ihm plötzlich jemand von hinten versetzte. Er taumelte, ruderte mit den Armen, verlor das Gleichgewicht und stürzte mit einem langen Schrei in die Tiefe. Bevor er auf dem Grund aufschlug, wachte er auf und schnappte laut nach Luft. Er war schweißgebadet, sein Herz raste. ›Na super, alter Mann, jetzt hast du auch noch Schlafapnoe‹, sagte die innere Stimme vorwurfsvoll. Zu allem Überfluss surrte das Smartphone auf dem Nachttisch. Prohaska setzte sich auf und atmete durch.

»Hallo, Kemal am Apparat.«

»Wer?«

»Kemal, der Taxifahrer.«

»Ah, hallo, was gibt es?«, fragte Prohaska verwundert und schaute zum Wecker. Es war zehn Minuten vor ein Uhr.

»Tut mir leid, falls ich dich geweckt habe, aber ich habe hier eine junge Dame, die unbedingt zu dir will. Wir sind schon auf dem Weg und in zehn Minuten da. Einen Moment, ich gebe sie dir.«

Was in aller Welt sollte das bedeuten, fragte sich Prohaska und knipste die Leselampe an. »Hallo, ich bin's, Belinda.«

»Belinda!? Was ist los?«

Prohaska wälzte sich aus dem Bett und ging ins Wohnzimmer.

»Könnte ich bis morgen bei Ihnen bleiben? Ich weiß nicht, wohin und ich habe nicht genug Geld fürs Taxi dabei. Könnten Sie mir helfen?«

»Ja, selbstverständlich, aber was ist passiert?«

»Erzähle ich gleich, okay?«

»In Ordnung.«

Prohaska stand auf, zog sich eilig an, nahm den Schirm von der Garderobe und ging vor die Tür. Der Lichtschein der Lampe über der Tür erhellte den Regen, die Tropfen fielen wie silberne Perlenschnüre aus der Dunkelheit.

»Was macht sie bei dem Sauwetter da draußen?«, fragte Prohaska und sah zu Bello, der zitternd auf der Schwelle saß und in die Nacht starrte. Als das Taxi vor dem Haus hielt, rannte Bello zum Tor, robbte darunter auf die Straße und bellte aus Leibeskräften. Prohaska spannte den Schirm auf und lief geduckt auf die Straße.

»Bello, aus, sei still, es ist gut!«, rief Prohaska streng. Bello blieb neben ihm stehen und knurrte leise.

Die hintere Tür des Taxis schwang auf, Belinda stieg aus, nahm ihren Rucksack vom Sitz und lächelte.

»Sorry, dass ich Sie so spät störe.«

»Kein Problem«, sagte Prohaska und drückte ihr den Schirm in die Hand. »Geh schon mal rein.«

Belinda nickte, nahm den Schirm und rannte ins Haus. Bello lief hinterher. Kemal stieg aus und reichte Prohaska die Hand.

»Hallo Joe, ich glaube, ich sollte dir noch etwas erzählen.«

»Ja, komm doch rein.«

»Danke, aber ich muss gleich zurück.«

»Dann stellen wir uns wenigstens unter.«

Sie gingen in den Hof und stellten sich unter den Carport. Prohaska bot Kemal eine Zigarette an und gab ihm Feuer. Dann zündete er sich auch eine an. Kemal nahm einen Zug, blies den Rauch durch die Nase und deutete zum Haus.

»Ich hab sie auf der Landstraße aufgegabelt, von Pula nach Rovinj. Lief am Straßenrand und hielt den Daumen hoch. Und das mitten in der Nacht, bei diesem Wetter. Das ist doch gefährlich, vor allem für ein Mädchen. Es waren kaum noch Autos unterwegs. Ich hab sofort angehalten und sie gefragt, ob ich sie mitnehmen soll. Sie war nass bis auf die Haut und wirkte verängstigt. Ich hab meinen Namen gesagt und ihr angeboten, sie nach Hause zu fahren, aber sie sagte, sie hätte kein Geld für ein Taxi. Ich dann: Egal, deine Eltern können ja nachher zahlen. Und sie: Ich kann nicht nach Hause und mein Akku ist total leer. Ich: Du kannst mein Handy benutzen. Sie nickt. Könnten Sie mich bitte nach Kloštar zu einem Freund bringen? Ich darauf: Und wie heißt dieser Freund? Sie sagt: Joe Prohaska. Na dann steig ein, hab ich gesagt. Ich war echt verblüfft, als sie deinen Namen nannte, und dachte mir, da stimmt was nicht. Also sage ich: Soll ich dich nicht lieber gleich zur Polizei fahren? Sie darauf: Nein, nein! Fahren Sie bitte nach Kloštar. Und dann dachte ich, es ist besser, dich vorzuwarnen. Immerhin ist es mitten in der Nacht und die Kleine ist sicher noch keine Achtzehn. Kennst du ihre Eltern?«

»Die Mutter. Hat sie gesagt, warum sie dort unterwegs war?«

Kemal schüttelte den Kopf.

»Nachdem sie mit dir gesprochen hat, hat sie kein Wort mehr gesagt.«

»Hm ... danke, dass du sie hergebracht hat. Ich kümmere mich um sie. Was bin ich dir schuldig?«

Kemal sagte es ihm. Prohaska gab ihm das Geld und ein großzügiges Trinkgeld. Kemal wollte es zuerst nicht annehmen, aber Prohaska drückte es ihm in die Hand. Kemal bedankte sich, rannte zu seinem Wagen und fuhr weg. Das wird eine kurze Nacht, dachte Prohaska, als er ins Haus ging. Belinda saß zusammengekrümmt auf der Couch und kraulte Bello hinter den Ohren, der vor ihren Füßen saß. Das ist wohl Liebe auf den ersten Blick, dachte Prohaska und räusperte sich. Belinda schaute zu ihm, stand auf und schlang ihre Arme um die Taille.

»Tut mir echt leid, aber ich wusste nicht, wohin.«

Prohaska nickte.

»Aber setz' dich doch. Hast du Hunger?«

»Ein bisschen«, erwiderte sie. Sie war blass, die nassen Haare waren zu einem Pferdeschwanz zusammengebunden, an der Stirn, am Hals und den Händen hatte sie unzählige rote Pusteln.

»Sind das Mückenstiche?«, fragte er und deutete auf ihre Hände.

»Ja, die blöden Viecher haben mich beinahe aufgefressen.« Sie setzte sich wieder.

»Ich bringe dir gleich eine Salbe.«

Prohaska ging ins Badezimmer, holte eine Salbe und reichte sie ihr. Dann holte er eine Wolldecke, machte Tee und belegte Brote und setzte sich dann in seinen Sessel.

»Also, was ist passiert?« Belinda trank einen Schluck Tee und erzählte aufgeregt, was vorgefallen war.

»Das hast du gut gemacht«, sagte er, als sie zu Ende erzählt hatte. »Du wirst es der Polizei noch einmal sagen müssen, aber da es sich um deinen Vater handelt, kannst du auch schweigen. Das hängt ganz von dir ab.«

»Das weiß ich.«

»Woher?«

»Das kommt in jedem Krimi.« Prohaska schmunzelte.

»Du musst das nicht gleich entscheiden.«

»Ich will aber aussagen.«

»Okay, ich frage einfach nach.«

Prohaska ging auf die Terrasse, zündete sich eine Zigarette an und rief Rossi an.

»Joe, was ist?«, murmelte Rossi.

»Ich wollte nur sagen, dass Belinda Davidović wohlbehalten bei mir angekommen ist und mir gerade erzählt hat, was passiert ist. Sie bleibt über Nacht hier.«

»Gut. Sag ihr, dass ich morgen Vormittag mit ihr sprechen will, falls Sie sich entschließt, gegen ihren Vater auszusagen.«

»Das habe ich ihr schon gesagt.«

»Okay.«

»Und war der Einsatz erfolgreich?«

»Ja und nein. Die Verdächtigen sind uns leider durch die Lappen gegangen. Außerdem hat es eine Weile gedauert, bis wir überhaupt rein konnten. Wir mussten die Tür in der Mauer und die Haustür aufbrechen, dann haben wir Leon aus dem Kabuff unter der Treppe herausgeholt. Er ist in Sicherheit. Aber ich muss jetzt auflegen. Wir sehen uns morgen um zehn.«

»In Ordnung.« Prohaska rauchte die Zigarette zu Ende und ging zurück. Belinda hatte inzwischen die Brote aufgegessen und fragte, ob sie auf der Couch schlafen könnte.

»Ich habe oben ein Gästezimmer. Das Badezimmer ist da hinten, zweite Tür links, die Handtücher liegen im Regal. Für die Nacht gebe dir ein T-Shirt. Du kannst deine nassen Sachen im Bad zum Trocknen aufhängen.«

»Danke. Gute Nacht.«

»Gute Nacht, Belinda.«

Während sie duschte, räumte Prohaska das Geschirr ab und als sie nach zehn Minuten nach oben ging, trippelte Bello hinterher. Prohaska ging ins Bett und wälzte sich noch eine Weile von einer Seite auf die andere. Als er endlich in einen unruhigen Schlaf sank, war es fast vier Uhr.

Am nächsten Morgen stand er um sieben Uhr auf, machte Kaffee und deckte den Tisch. Dann säuberte er Belindas Turnschuhe und legte sie draußen über eine Stuhllehne zum Trocknen auf. Das Thermometer an der Wand zeigte jetzt schon zweiundzwanzig Grad, die Sonne schien hell am wolkenlosen Himmel und die Vögel zwitscherten um die Wette. Dann fütterte er die Katze, die ihm in die Küche gefolgt war. Sie schmiegte sich an seine Beine und verschwand dann im Obstgarten.

Prohaska nahm seinen Kaffee ins Bad, duschte und zog sich an. Die ganze Zeit musste er an seine Tochter Anna denken. Er würde ihr heute noch schreiben oder sie anrufen und fragen, wie es ihr ging. Er hoffte, dass sie die Trennung von ihrem langjährigen Freund inzwischen überwunden hatte. Der Sommer stand vor der Tür und er würde ihr vorschlagen, ihn zu besuchen.

Als Belinda mit Bello auf dem Arm halb neun nach unten kam, machte er eine Pfanne voll Rührei mit Schinken, kochte Tee und sie frühstückten. Belinda war recht wortkarg und Prohaska ließ sie in Ruhe, da er vermutete, dass ihr die Situation unangenehm war. Bello spürte ihre Anspannung, hüpfte auf dem Sessel neben ihr und ließ sie nicht aus den Augen.

Nach dem Frühstück ging Belinda ins Bad. Prohaska brachte Bello abermals zu Enzo. Josefina wollte natürlich wissen, warum in der Nacht ein Taxi bei ihm gewesen war. Doch Prohaska erzählte nur das Nötigste und versprach, später zu erzählen, was sich in den letzten Tagen zugetragen hatte. Dass er Enzos Auto noch ein paar Tage brauchte, war in Ordnung. Prohaska hatte auch schon überlegt, sich einen etwas neueren Gebrauchtwagen zuzulegen, falls die Reparatur des Cabrios zu teuer werden würde, aber das würde er entscheiden, wenn er den Kostenvoranschlag bekam. Während der Fahrt starrte Belinda vor sich hin oder auf ihr Smartphone.

Als sie bei Inspektor Rossi eintrafen, saß eine Uniformierte am Besprechungstisch, vor ihr lag ein aufgeklappter Laptop, da sie Belindas Aussage protokollieren sollte. Außerdem war eine etwa vierzigjährige Frau anwesend, eine Vertreterin des Jugendamtes.

Rossi stellte sie gegenseitig vor und erklärte Prohaska kurzerhand zu Belindas Beistand. Dann setzten sie sich an den Besprechungstisch. Rossi an der Stirnseite, Belinda und Prohaska auf die linke, die beiden Frauen auf die rechte Seite. Rossi sah hundemüde aus. Wahrscheinlich hatte er nur ein paar Stunden geschlafen, wenn überhaupt. Dass er Belinda sofort befragen wollte, hieß wohl nur, dass er die Informationen sofort und aus erster Hand haben wollte. Er zog einen Ordner heran, legte die Unterarme darauf und beugte sich vor.

»Also, Belinda, bevor wir anfangen«, sagte er und lächelte, »muss ich dich belehren, dass du als Minderjährige und vor allem als nahe Verwandte eines der Tatverdächtigen nach dem Gesetz nicht verpflichtet bist, eine Aussage zu machen. Wenn du uns jedoch erzählen willst, was passiert ist, musst du die Fragen wahrheitsgemäß beantworten, nichts hinzufügen oder weglassen. Und wenn es dir zu viel wird, sag es bitte, dann machen wir eine kurze Pause. Alles klar?«

»Ja, natürlich.« Belinda schaute eine Minute im Raum herum, dann sah sie Rossi an und meinte leise:

»Ich möchte aussagen.«

»In Ordnung, dann erzähl uns der Reihe nach, was vorgefallen ist.«

Belinda schaute zu Prohaska. Er lächelte und nickte.

Belinda holte tief Luft.

»Es war so: Ich hab mich gestern Morgen gewundert, dass Leon nicht in die Schule gekommen ist und hab ihn über WhatsApp gefragt, was los ist. Er antwortete erst kurz vor zehn, dass er krank sei. Dann schrieb er, ich solle in der großen Pause unbedingt auf die Straße gehen, dort warte jemand, der mit mir sprechen will. Ich fragte, wer das sein sollte, aber Leon schrieb, ich soll bitte, bitte rausgehen. Das war irgendwie seltsam, also bin ich raus gegangen. In der Nähe stand ein älterer Mann auf Krücken. Als er mich sah, kam er und sagte, ich solle nicht erschrecken, aber er müsste mir etwas sehr Wichtiges sagen.«

Rossi warf Prohaska einen Blick zu.

»Und dann?«, fragte er in Richtung Belinda.

»Er sagte, er sei Mirko Ribar, mein leiblicher Vater. Ich dachte, ich falle tot um. Dann sagte er, er müsste mir dringend einiges erklären, weil er bald fortgehen müsse. Ich solle gleich mitkommen, er würde mich am Nachmittag in die Stadt zurückbringen. Ich sagte, ich könnte doch nicht so einfach mitgehen, ich müsste zumindest in der Schule Bescheid sagen oder er solle warten, bis der Unterricht vorbei ist. Aber er sagte, er könne nicht warten und er müsse sofort mit mir reden. Vera habe mich die ganze Zeit angelogen. Ich fragte, woher er das wisse, aber er sagte, ich müsste es ihm einfach glauben. Dann war die Pause zu Ende. Ich hab gesagt, er soll warten und bin ins Klassenzimmer gerannt, hab meinen Rucksack genommen und einer Freundin gesagt, dass mir schlecht geworden ist und ich nach Hause gehen muss. Dann bin ich zurück gerannt. Dann sind wir in ein Auto gestiegen und weggefahren.«

»Was war es für ein Wagen?«, fragte Rossi.

»Der Cayenne von Leons Vater.«

»Und dein Vater hat ihn gefahren?«

»Nein, nein, da war noch ein Mann, den ich noch nie gesehen habe.«

»Und du bist einfach eingestiegen?«

»Na ja, mein Vater war ja dabei.«

»Hat er dir seinen Ausweis gezeigt?«

»Nein«, sagte sie leise. »Ich habe es ihm geglaubt.«

Rossi murmelte etwas, klappte den Ordner auf und sah wieder zu Belinda.

»Wohin seid ihr dann gefahren?«

»Zuerst aus der Stadt raus Richtung Autobahn, auf eine Landstraße. Mein Vater hat mich abgelenkt, weil er mich dauernd etwas gefragt hat, deshalb hab ich nicht darauf geachtet, wohin wir genau fahren. Aber das Ortschild von Žminj hab ich gesehen, wir sind da durchgefahren und später ging es weiter durch irgendwelche Dörfer, wo ich noch nie im Leben war. Dann ging es durch einen Wald. Ich hab irgendwann gefragt, wohin wir überhaupt fahren. Mein Vater sagte, zu einem Freund von ihm und wir seien gleich da.«

»Wie lange hat die Fahrt gedauert?«

»Ich weiß nicht genau, vielleicht eine halbe Stunde. Dann sind wir auf einen schmalen Feldweg abgebogen, links und rechts waren Bäume und hohe Büsche, es ging ziemlich bergauf. Nach vielleicht einem Kilometer hat der Fahrer plötzlich vor einem Steinhaus angehalten.«

»War es alt oder neu?«

»Es sah ziemlich alt aus und war auf der Vorderseite mit wildem Wein und Efeu zugewachsen. Ich hab es zuerst gar nicht bemerkt, weil drum herum viele Bäume stehen. Wir sind ausgestiegen und ins Haus gegangen.«

»Hat euch jemand reingelassen?«

»Nein, nein, der Fahrer hatte einen Schlüssel.« Belinda holte tief Luft und starrte auf den Tisch. »Es ist schon ein komisches Haus.«

»Warum?«

»Na, von außen sieht es alt und verlassen aus, aber innen ist alles neu, die Möbel. Da war eine Wohnküche, ein schicker Herd mitten im Raum. Dahinter das Wohnzimmer mit großer Ledercouch und fetten Sesseln, ein Steintisch, rundherum dicke Balken. Auch das Bad war neu.« Rossi nickte.

»Auf der Rückseite ist eine große Terrasse mit Weinpergola, von der man einen Blick auf die Hügel hat. Wir haben uns auf die Terrasse gesetzt, mein Vater hat gefragt, ob ich etwas Essen oder Trinken will, aber ich wollte nur Sprudel. Der Mann, der uns gefahren hat, hat es mir gebracht. Dann sagte er zu meinem Vater, man sieht sich später, und ist gegangen. Mein Vater hat Kaffee gemacht und was zum Essen auf den Tisch gestellt, Brot und Käse und so.«

»Uhr ihr wart die ganze Zeit allein?«

»Ja.«

»Hast du eigentlich keine Angst gehabt? Immerhin hast du ihn nie zuvor gesehen.«

»Na ja, ich war schon etwas unruhig und hab überlegt, was ich machen sollte, falls ... er war irgendwie nervös, hat viel geredet und mir dann erzählt, was er getan hat und dass er im Gefängnis war. Ich war echt geschockt und wusste nicht, was ich sagen soll und hab mich die ganze Zeit gefragt, wieso er mir das überhaupt erzählt. Ich meine, er hat ja gewusst, wo ich bin, da hätte er doch viel früher ... aber ich hab mich nicht getraut zu fragen, warum er sich nicht viel früher gemeldet hat. Er hat gesagt, dass er einen großen Fehler gemacht hat und sich deswegen immer noch schämt und Vorwürfe macht. Aber er habe dafür genug gebüßt und wäre jetzt ein anderer Mensch. Ich dachte mir, na ja, so einfach ist das wohl nicht, ich meine, wenn man seinen besten Freund umbringt, dann kann man das nicht rückgängig machen. Ich wusste echt nicht, ob er das überhaupt ehrlich meint. Manchmal hatte ich so ein komisches Gefühl, ich meine, man merkt doch, wenn jemand auf die Tränendrüse drückt und übertreibt. Aber dann dachte ich, vielleicht bereut er es wirklich. Ich kenne ihn ja nicht ...«

»Das kann ich gut verstehen«, sagte Rossi leise. »Dann hat er sicher auch von deiner Mutter erzählt?«

Belinda schloss die Augen und nickte.

»Ja, klar, aber ich weiß nicht, ich kann es immer noch nicht glauben.«

»Was denn?«

»Er hat gesagt, sie hätte ihn immerzu nur belogen und betrogen, sie hätte ihn nur ausgenutzt und sei eine Hure gewesen und sie wäre es heute genauso. Sie würde die Männer nur für ihre eigenen Zwecke benutzen. Ich soll sie auf jeden Fall meiden, sie würde mich nur verderben. Er klang echt wütend, hat sich total aufgeregt und eine Zigarette nach der anderen geraucht. Ich hab echt Angst gekriegt, weil er so hässlich über sie sprach. Ich meine, immerhin redete er über meine Mutter, und die kenne ich ja auch nicht.«

»Und woher wusste er, wo du bist?«

»Von Sandro natürlich.«

Belinda zog ein Papiertaschentuch aus der Jackentasche und wischte sich damit über die Augen. Ihr Kinn zitterte.

»Lass dir Zeit«, sagte Prohaska.

Belinda nickte und sprach leise weiter.

»Sie kannten sich von früher. Sandro hat auch mal in Stuttgart gelebt, außerdem ist er mit Vera verwandt. Er hat ihm auch gesagt, dass Vera mich adoptiert hat.«

»Weißt du, wo Vera jetzt ist?«, fragte Rossi.

»Keine Ahnung, vielleicht ist sie in Triest. Als wir uns vorgestern gestritten haben, hat sie gesagt, dass wir wieder nach Italien zurückgehen. Aber ich will lieber hierbleiben.«

»Bist du den ganzen Tag in diesem Haus geblieben, oder anders gefragt, wie bist du dann später auf diese Straße gelangt, auf der dich der Taxifahrer angetroffen hat.«

»Wir waren den ganzen Tag dort oben. Mein Vater hat geredet und geredet und irgendwann am Nachmittag Spaghetti gekocht, aber weil er keine Tomaten in der Dose gefunden hat, haben wir sie nur mit Olivenöl und geriebenem Käse gegessen. Aber ich hatte überhaupt keinen Hunger und war total aufgeregt. Anstatt mich zu freuen, dass ich meinen Vater gefunden habe, fand ich ihn auf einmal total unausstehlich. Ich durfte mir aber nichts anmerken lassen. Er fragte, wie es mir so in der Schule geht, ob es mir hier gefällt und ob ich schon einen Freund hätte und lauter so Sachen. Und er fragte mich über Vera aus, wollte wissen, wo sie arbeitet, mit wem sie befreundet ist und ob sie mich gut behandelt. Ich hab gesagt, dass sie als Chemielaborantin arbeitet, ich aber nicht wüsste, wo genau. Das hat sie mir eingebläut, falls mich jemand nach ihr fragt.«

»Und was passierte dann?«

»Nach dem Essen hab ich die Küche aufgeräumt. Mein Vater saß auf der Terrasse und hat geraucht. Dann hat ihn jemand angerufen, er ist aufgestanden und ist ins Obergeschoss gegangen. Dort hat er telefoniert, aber ich weiß nicht, worum es da ging. Der Fahrer kam so um halb acht und wir sind dann zurückgefahren.«

»In die Stadt?«

»Nein, zum Haus von Leons Vater.«

»Weshalb dorthin?«

»Ich weiß nicht. Soviel ich verstanden habe, wollten sie da irgendwelche Papiere holen.«

Prohaska schaute zu Rossi, der einen Kugelschreiber nahm und anfing, damit zu klicken. Prohaska lag es auf der Zunge zu fragen, wie es überhaupt möglich war, dass sie mit einem so auffälligen Wagen ungehindert und ungesehen da hingelangt waren? Der Inspektor hatte ihm doch gesagt, man werde Morenas Anwesen beobachten.

Rossi hob die Augenbrauen und sah dann wieder zu Belinda.

»Wir haben das Haus observiert.«

»Echt?«

»Ja. Wie seid ihr auf das Anwesen gekommen?«

»Ich weiß nicht genau. Es war ja fast dunkel. Der Fahrer ist auf irgendwelchen Feldwegen gefahren, links und rechts waren Felder und so. Dann hat er die Lichter ausgemacht und ist in einen Olivenhain reingefahren. Wir sind ausgestiegen und zu Fuß zum Haus gegangen. In der Mauer ist eine kleine Tür, die man kaum sehen kann.«

»Und die war offen?«

»Nein, der Fahrer hat sie aufgesperrt. Dann sind wir über den Innenhof ins Haus gegangen.«

»Und was habt ihr da gemacht?«

»Ich gar nichts. Mein Vater sagte, ich solle kein Licht anmachen und warten, bis sie zurückkommen. Sie sind dann nach oben gegangen. Ich musste plötzlich dringend auf die Toilette, bin ganz leise in den Flur und habe das Badezimmer gesucht. Das Klo war am Ende des Flurs, neben der Treppe, die in den ersten Stock führt. Ich bin schnell aufs Klo und als ich danach zurück ins Wohnzimmer wollte, hörte ich, wie mein Vater oben schimpfte. Ich bin ein paar Stufen hoch gegangen, aber dann hatte ich Angst, dass sie gleich runterkommen. Und dann hab ich gesehen, dass hinter der Treppe eine niedrige Tür war.«

»Ich dachte, im Haus sei es dunkel gewesen.«

»Ja, natürlich, deshalb hab ich mein Handy angemacht.«

»Verstehe. Und dann?«

»Ich bin zu dieser Tür gegangen und wollte sehen, ob sie offen ist, weil ich dachte, dass es vielleicht ein geheimer Ausgang ist und ich weglaufen könnte. Ich hab die Klinke runter gedrückt, aber die Tür war zu. Und dann hörte ich ein seltsames Geräusch, so als würde da drin jemand weinen. Ich hab ganz leise geklopft und der von drinnen hat geantwortet, aber nicht mit Worten, sondern mit so einem ›Mhhh-Mhhh‹, als wäre sein Mund zugeklebt. Ich hab mich total erschrocken und bin ins Wohnzimmer gerannt.«

»Warst du schon mal in dem Haus?«, fragte Rossi.

»Ja, einmal, als mich Leon mit dem Moped mitgenommen hat, aber damals war niemand zuhause. Und wir waren auch nur ganz kurz drin.«

»Was ist passiert, als du wieder im Wohnzimmer warst?«

»Ich hab mich auf die Couch gesetzt und hab gewartet. Ich hatte echt Angst, vor allem, weil ich nicht wusste, ob die beiden wissen, dass da jemand eingesperrt ist oder ob sie das selbst gemacht hatten. Deshalb hab ich mich nicht getraut, meinen Vater zu fragen. Es war furchtbar. Ich habe hin und her überlegt, was ich machen soll. Und dann kamen sie auch schon runter, hatten einen schwarzen Plastiksack und einen großen Karton dabei und sagten, wir müssten sofort weg. Ich sagte, ich müsste aber dringend aufs Klo. Der Fahrer schimpfte, wieso ich das nicht längst gemacht hätte. Er war total sauer. Mein Vater sagte, ich soll mich beeilen, sie würden vorgehen und ich soll nachkommen, dann würde der Fahrer die Tür in der Mauer abschließen. Ich sagte, ich könnte sie doch auch abschließen, aber der Fahrer sagte, das käme überhaupt nicht infrage und mein Vater solle dafür sorgen, dass ich meinen Mund halte, sonst gäbe es Ärger. Mein Vater sagte zu ihm, er solle sich nicht so aufspielen. Als sie endlich weg waren, bin ich zu der Tür unter der Treppe gerannt, habe wieder geklopft und gesagt, dass ich jetzt ganz schnell Hilfe hole.

Dann bin zurück, hab meinen Rucksack geschnappt und auf dem gleichen Weg raus, wie wir gekommen sind. Ich hab zum Olivenhain geschaut, aber das Auto war so versteckt, dass ich es nicht gesehen habe. Ich bin an der Mauer entlang geschlichen, dann über die Straße gerannt und hab mich im Schilf versteckt. Der Boden war weich und matschig und ich hatte Angst, dass ich stecken bleibe. Aber ich bin immer weiter hineingegangen. Und dann hörte ich, dass sie mich rufen, aber ich habe nicht geantwortet. Der Fahrer hat geflucht und meinen Vater angeschrieen, warum er ausgerechnet heute mit mir reden wollte. Es hätte keinen Sinn, mich zu suchen, sie müssten sofort abhauen. Mein Vater hat gesagt, er solle endlich still sein, er habe sich geschworen, mich mitzunehmen. Und dann sagte der andere: ›Okay, dann ich holen wir einen Hund, der wird sie schon finden.‹ Dann sind sie zum Auto gelaufen. Und da ist mir aufgegangen, dass mein Vater ohne Krücken gerannt ist.«

»Wie lange hast du dich dann noch im Schilf versteckt?«

»Ich hab mich nicht getraut rauszugehen und bin immer tiefer ins Schilf geschlichen, weil ich dachte, wenn sie mit einem Hund kommen, würden sie mich bestimmt finden. Ich hab mein Handy ab und zu kurz angemacht, damit ich sehe, wohin ich trete. Aber ich hab mich nicht getraut, die Taschenlampe anzumachen. An einer Stelle, wo es trockener war, lag ein umgestürzter Baum. Ich hab mich darauf gesetzt und hab die Polizei angerufen. Der Polizist hat mich alles Mögliche gefragt und gesagt, ich soll warten, wo ich bin, sie würden bald kommen. Ich hab gezittert und geweint. Am schlimmsten waren die Stechmücken. Als ich wieder telefonieren wollte, hab ich gesehen, dass mein Akku total leer war. Ich hab echt Panik gekriegt und bin weitergegangen, aber irgendwann hab ich die Orientierung verloren und dachte, ich finde da nie wieder raus. Als ich endlich die Straße fand, hab ich mich zuerst neben der Fahrbahn im Gestrüpp versteckt, weil ich dachte, sie kommen zurück. Als es dann zu regnen anfing, bin ich doch auf die Straße und rannte weiter. Und irgendwann kam das Taxi.«

»Und spätestens als dich der Taxifahrer mitgenommen hat, hättest du zu uns kommen sollen.«

»Ich weiß, aber ich wollte einfach nur weg. Tut mir leid.«

Rossi lehnte sich zurück.

»Das geht schon in Ordnung, Hauptsache, dir ist nichts passiert. Wenn dir noch etwas einfallen sollte, dann sag es bitte.«

»Ich weiß nicht. Es ist alles so furchtbar. Wenn ich nur wüsste, was ich machen soll. Vera ist fort und zu meiner Mutter kann ich auch nicht. Ich kenne sie ja gar nicht.«

»Es wird sich schon eine Lösung finden.«

Belinda nickte.

»Und wer war in dem Haus eingesperrt?«

Rossi warf Prohaska einen schnellen Blick zu.

»Hat er es dir nicht gesagt?«

Belinda schaute von einem zum anderen.

»Nein.«

»Herr Prohaska hat uns noch in der Nacht angerufen und uns berichtet, was du ihm erzählt hast. Wir mussten sofort handeln, sind hingefahren und haben die Person befreit.«

»Und wer war es?«

»Erschrick jetzt bitte nicht«, sagte Rossi mit einem Seitenblick zur Vertreterin des Jugendamts. »Es war jemand, den du kennst.«

Belinda hielt die Luft an.

»Leon?«, flüsterte sie.

»Ja.« Belinda schlug sich die Hände vor den Mund und unterdrückte einen Schrei.

»Nein! Der arme Leon!«

»Es geht ihm soweit gut. Wir haben ihn zur Beobachtung ins Krankenhaus nach Pula gebracht und müssen ihn noch befragen, deshalb kannst du ihn vorläufig nicht besuchen und bitte auch nicht anrufen.« Belindas Augen füllten sich mit Tränen.

»Ich verstehe nicht, warum man ihm das angetan hat.«

»Solange die Ermittlungen laufen, darf ich leider nicht darüber sprechen.«

»War Leon allein daheim? Wo war sein Vater?«

»Er hat sich ins Ausland abgesetzt.« Belinda starrte ihn an.

»Er hat ihn da ganz allein gelassen? Waren die anderen nicht da?«

»Er wollte ihn bestimmt später nachkommen lassen, aber von welchen anderen redest du?«

»Na von Rudi Selica. Er wohnt dort und ist so eine Art Hausmeister.«

»Kannst du ihn beschreiben?«

Belinda nickte.

»Er ist ungefähr so groß wie Sie, hat ein rundes Gesicht, ganz kurze Haare und blaue Augen, glaube ich zumindest, weil er die meiste Zeit eine Sonnenbrille aufhatte.«

»Gut, wir machen jetzt eine Pause. Ich zeige dir nachher einige Fotos, vielleicht erkennst du den Mann wieder.« Rossi schaute kurz auf seine Armbanduhr, diktierte die Uhrzeit fürs Protokoll, lächelte und stand auf. »Entschuldigt, aber ich muss mit Herrn Prohaska noch etwas besprechen.«

Prohaska schob seinen Sessel zurück und stand auf. Rossi ging zur Tür und wandte sich an die uniformierte Kollegin.

»Mateja, sei so nett und bring Belinda etwas zum Trinken.«

»Mach ich«, sagte sie und stand ebenfalls auf.

»Wenn ihr Kaffee wollt, bedient euch bitte«, sagte Rossi und hielt Prohaska die Tür auf.

Sie gingen in den großen Besprechungsraum. Rossi öffnete ein Fenster, zündete sich ein Zigarillo an und legte den Aschenbecher auf den Fenstersims. Prohaska steckte sich eine Zigarette an.

»Mann, das war wirklich sehr knapp«, sagte Rossi und blies den Rauch weg. »Der arme Junge war völlig erschöpft, als wir ihn da rausgeholt haben.«

»Wo ist er jetzt?«

»Ich habe ihn im Notarztwagen nur kurz befragen können. Er kannte Mirko Ribar erst seit ein paar Tagen. Ribar hat sich in Morenas Haus, das heißt in der Wohnung von Rudi Selica aufgehalten beziehungsweise versteckt. Am Morgen hat er Leon gezwungen, Belinda diese Nachricht zu schicken, dass sie in der Pause nach draußen kommen soll. Als Leon in die Schule wollte, hat er ihn niedergeschlagen, gefesselt und geknebelt, dann in den Raum unter der Treppe geschleppt und eingesperrt.«

»Nicht zu fassen! Dann war er vielleicht auch an meiner Entführung beteiligt.«

»Wäre durchaus möglich. Wir werden das nachprüfen. Fingerabdrücke sind im System gespeichert.«

»Falls er keine Handschuhe getragen hat«, bemerkte Prohaska.

»Er hat sich länger in Selicas Wohnung und sicher auch in Morenas Haus aufgehalten. Da wird er nicht ständig Handschuhe getragen haben.«

»Was für ein gottverdammtes Arschloch! Und mir hat er vorgemacht, ein anderer Mensch geworden zu sein.«

Rossi blies den Rauch weg.

»Sobald es Leon besser geht, wird er vorübergehend im Kinderheim in Pula untergebracht. Die haben zwar keine freien Plätze mehr, aber für ein paar Tage wird es gehen. Seine Mutter ist bereits benachrichtigt. Sobald sie hier ankommt, schauen wir, wie es weiter geht.«

»Was ist mit Ribar und Selica?«

»Die sind uns durch die Lappen gegangen, aber sie kommen nicht weit. Die Fahndung läuft auf Hochtouren, der Haftbefehl ist in Kraft, also werden wir sie irgendwann schnappen.«

»Vielleicht sind sie in dem alten Steinhaus auf dem Land, von dem Belinda erzählt hat.«

»Wir haben Selicas Handy angezapft und werden sie finden, egal wo sie sind, darauf kannst du dich verlassen.«

»Was haben sie in Morenas Haus gesucht?«

»Leon sagte, sein Vater sei in irgendwelche kriminellen Machenschaften verwickelt. Die Spurensicherung ist vor Ort und stellt das Haus auf den Kopf. In einem der Telefonate, die Morena kurz vor seiner Flucht mit Selica geführt hatte über ein Handy, das in Bosnien oder Herzegowina registriert ist, hat Morena gesagt, es bliebe bei der getroffenen Vereinbarung. Selica versicherte, dass die Ware auf dem Weg sei. Aber vielleicht wurde die Aktion inzwischen auch abgeblasen. Ich hoffe, dass wir ihn und Ribar an einem der Grenzübergänge festnehmen können.«

»Verstehe. Und Vera?«

Rossi schnippte die Asche weg und setzte sich an die Tischkante.

»Streng genommen darf ich nicht darüber reden.«

»Dann lass es.« Rossi lächelte.

»Du musst mir versprechen, es strengstens für dich zu behalten.« Prohaska hob die Hand.

»Soll ich es schwören?«

»Nein, dein Wort genügt mir. Vera ist eine von uns.«

Prohaska nickte.

»Das weiß ich.«

»Offiziell arbeitet sie bei der Spurensicherung der Polizeidirektion Pula.«

»Und inoffiziell?«

»Sie ist eine Mitarbeiterin der DIA, der italienischen Antimafiabehörde.«

»Oh! Wie kam sie denn dazu?«

»Mehr darf ich leider nicht sagen.«

»Okay.«

»Jedenfalls hat sie sehr gute Arbeit geleistet.«

»Nur noch eine Frage«, sagte Prohaska.

»Aber nur eine.«

»Ist sie wirklich Belindas Tante?« Rossi zuckte mit den Schultern.

»Das musst du sie selbst fragen, falls du sie überhaupt noch einmal zu Gesicht bekommst.«

»Das mache ich ganz bestimmt. Aber was wird nun aus Belinda?«

»Das gehört auch zu den Dingen, über die ich nicht reden darf.«

»Ist sie gefährdet?«

»Leider ja, jedenfalls solange wir die ganze Bande nicht dingfest gemacht haben. Aber wir werden eine Lösung finden.« Rossi nahm noch einen Zug und drückte die Glut des Zigarillos aus. »Und jetzt zeige ich ihr die Fotos, vielleicht erkennt sie den Kerl.«

Prohaska drückte seine Zigarette im Aschenbecher aus.

»Und was ist mit Belindas Mutter Branka?« Rossi lächelte.

»Sie ist in Italien und kommt demnächst her. Aber das gehört auch zu den Dingen, über die ich nicht reden darf.«

»Wenn du sie siehst, frag sie, wieso sie mich reingelegt hat.«

»Mach ich.« Rossi schaute auf seine Armbanduhr und schloss das Fenster. »Ich muss jetzt wieder weitermachen.«

»Soll ich noch bis zum Schluss da bleiben?«

»Wie du willst. Von meiner Seite sind wir fertig. Ich zeige ihr noch die Fotomappe, dann kann sie gehen. Das Jugendamt kümmert sich dann um sie.«

»Dann verabschiede ich mich jetzt von ihr.«

»Natürlich«, sagte Rossi, als sie hinausgingen. Vor der Tür seines Büros blieb Rossi stehen. »Habe ich dir eigentlich gesagt, dass du dein Auto holen kannst?«

»Ja, aber du meinst wohl eher, dass ich es abschleppen lassen kann. Ich rufe nachher in der Werkstatt an, lasse mir einen Termin geben und melde mich.«

»In Ordnung, ich lasse deinen Autoschlüssel an die Pforte bringen, du kannst kommen, wann du willst und musst dann nur unterschreiben.«

»Gut, und falls meine Kamera doch noch auftauchen sollte, gibst du mir auch Bescheid?«

»Natürlich.«

Nachdem er sich von Belinda verabschiedet hatte, wobei er ihr versprach, dass sie in Kontakt bleiben und versicherte, dass alles gut wird, verließ er die Polizeistation, fuhr runter in die Stadt, stellte den Punto am Nordhafen ab und überlegte, was er tun sollte. Nachhause zu fahren, wäre eine Option gewesen, aber da er schon hier war, konnte er sich eventuell mit Martha treffen und das verpatzte Frühstück nachholen. Aber seine innere Stimme nörgelte, es sei jetzt kein guter Zeitpunkt für oberflächliche Plauderei mit einer Frau, die er immerhin zurückgewiesen und die außerdem nur ihren blöden Roman im Kopf hatte. Ihm war tatsächlich weder nach Small Talk noch nach Gesprächen über Literatur zumute. Er blieb an der Mole stehen, schaute eine Weile aufs Meer und die Altstadt. Dann rief er Ivo an und sagte, er sei in der Nähe und werde später vorbeischauen.

Auf dem Markt kaufte er bei seiner Lieblingsbäuerin zwei Hand voll Süßkirschen und ein Päckchen Himbeeren. Die Frau packte sie in eine Papiertüte und steckte noch zwei Zitronen hinein, lächelte und wünschte ihm einen guten Tag. Während er an den Ständen vorbeiging und ein paar Kirschen naschte, sah er die alte Roma in der Reihe vor ihm. Sie sprach gerade einen dicken Mann in kurzen karierten Hosen und einem knallroten T-Shirt an, offensichtlich ein Tourist, der sie keines Blickes würdigte und dann entschieden mit dem Kopf schüttelte. Die Frau sagte etwas, ging um die Marktstände herum und als sie Prohaska sah, kam sie näher und blieb vor ihm stehen.

»Schön Sie zu sehen. Wie geht's?«, fragte sie.

»Es könnte besser sein.«

»Ja, so ist das Leben, ein Auf und Ab. Die Zeit hilft, aber sie heilt nicht alle Wunden. Doch man muss das hinnehmen. Sie werden schon damit fertig werden, und die anderen auch. Man muss darauf vertrauen.« Prohaska lächelte.

»So ist es.«

Er zog zückte die Geldbörse, aber sie schüttelte den Kopf.

»Nein, nein, Sie haben mir schon so oft gegeben ...«

»Ach was, nehmen Sie nur.«

»Gott vergelt's«, flüsterte sie und wollte weitergehen.

»Warten Sie«, sagte er und als sie sich umdrehte, drückte er ihr die Tüte mit dem Obst in die Hand.

Als er auf der anderen Seite des Hauptplatzes am Brunnen stehen blieb, suchte er im Internet die Telefonnummer der Werkstatt, in der er schon einige Male war, rief dort an und vereinbarte einen Abschlepptermin für den nächsten Tag. Dann rief er Martha an, aber sie ging nicht ans Telefon. Vielleicht hatte sie das Handy stumm geschaltet, damit sie beim Schreiben nicht gestört wurde.

Zehn Minuten später betrat er den Fotoladen.

»Na, was gibt es Neues bei der Ermittlung? Weiß man schon, wer die beiden Männer umgebracht hat?«, fragte Ivo, nachdem ein Kunde, den er gerade bedient hatte, fort war. Sie gingen ins Hinterzimmer, tranken einen Kaffee und rauchten eine Zigarette.

»Die Ermittlungen laufen noch. Sobald der Täter gefasst ist, werden wir es in der Zeitung lesen.«

»Der Mörder läuft also immer noch frei herum.«

»Sieht ganz so aus.«

»Unglaublich! Was macht die Polizei eigentlich? Wieso dauert das so lange?«

»Was heißt hier lange? Immerhin muss man zwei Morde aufklären, die innerhalb weniger Tage verübt wurden«, sagte Prohaska mürrisch. »Aber ich hoffe, dass die Sache bald aufgeklärt ist.«

»Das hoffen wir alle. In der Stadt redet man seit Tagen über nichts anderes.«

»Ich weiß, aber es gibt Fälle, die nie oder erst nach Jahren oder Jahrzehnten aufgeklärt werden.«

»Aber du hast doch einen Verdacht, wer der Mörder sein könnte?«, fragte Ivo und trank einen Schluck Bier.

»Ja, aber es ist eben nur ein Verdacht.«

»Komm, lass uns essen gehen, ich habe Hunger. Aber diesmal zahle ich, klar?«

Zehn Minuten später saßen sie auf der Terrasse des *Fortunas*, bestellten Pizza und alkoholfreies Bier. Eine leichte Brise wehte vom Süden und machte die sommerlichen Temperaturen erträglicher. Auf der Uferpromenade war nicht viel los, was für die Mittagsstunde nicht ungewöhnlich war. Die Rovinjer hielten entweder eine kurze Siesta oder gingen ihrer Arbeit nach.

»Na komm, sag's schon, wer könnte es gewesen sein?«

Prohaska wollte etwas erwidern, doch in dem Moment brachte der Kellner ihre Pizzas, wünschte guten Appetit und ging wieder.

Sie begannen zu essen. Ivo wartete auf die Antwort. Doch Prohaska konzentrierte sich auf die Pizza.

»Und was ist mit diesen Männern, die dich gekidnappt und eingesperrt hatten? Hat man wenigstens sie gefasst?«

»Noch nicht.« Ivo schüttelte den Kopf.

»Echt frustrierend. Und diese Branka, die dir das eingebrockt hat?«

»Sie wird demnächst nach Rovinj kommen.«

»Dann zahlt sie dir hoffentlich auch das Honorar, das sie dir schuldet.«

»Ich werde sie daran erinnern, falls ich sie überhaupt zu Gesicht bekomme. Ich bin wirklich gespannt, was sie zu ihrer Entschuldigung sagen wird, wenn überhaupt. Eigentlich fand ich sie sympathisch. Übrigens, sie ist die leibliche Mutter von Belinda Davidović. Und das arme Mädchen hat gestern erst erfahren hat, wer ihr Vater ist.«

»Und wer?«

»Mirko Ribar, der Mann, der mir Rache geschworen hat.«

Ivo fiel die Gabel aus der Hand.

»Nein, echt?« Prohaska nickte.

»Tja, aber lassen wir das Thema lieber.«

Eine Weile aßen sie schweigend weiter. Prohaska schaute kaum von seinem Teller hoch.

»Huhu, hallo ihr beiden«, rief jemand von der Riva. Prohaska schaute sich um und lächelte. Martha kam auf die Terrasse zu und an ihren Tisch. »Schön, dich zu sehen. Setz dich zu uns.«

Prohaska stand auf und wollte ihr den Sessel zurechtrücken, aber Martha war schneller und setzte sich neben Prohaska. Sie lächelte Ivo an, der ihr kauend zunickte, dann den Bissen schluckte und sie begrüßte.

»Ich hab dich vorhin angerufen. Wollte fragen, ob wir das Frühstück nachholen«, sagte Prohaska.

»Ja, ich habe es gesehen, aber ich war unter der Dusche.«

Der Wirt, der in der Nähe herumwuselte, kam an ihren Tisch. Martha bestellte Fuži mit Trüffeln, Mineralwasser und ein Glas Weißwein.

»Na, Herr Kommissar, was gibt es Neues bei der polizeilichen Ermittlung?«

»Schon einiges, aber ich darf nicht darüber reden.« Martha hob die Augenbrauen.

»Oje, das hört sich aber arg wichtig an. Du bist jetzt wohl ein Geheimpolizist. Dann will ich lieber nicht weiter bohren.«

Prohaska ging auf ihre spitze Bemerkung nicht ein.

»Und wie läuft es mit dem Roman, Frau Autorin?«, fragte er stattdessen und schnitt ein großes Stück Pizza ab.

»Der ist so gut wie fertig. Ich bin am letzten Kapitel. Es fehlt nur noch die Schlussszene.«

»Gibt es nun ein Happy End oder nicht?«, fragte Prohaska und hielt ihr ein Stück Pizza hin.

»Geheimprojekt! Darf nicht drüber reden.« Martha lächelte, nahm die Pizza und biss hinein. »Hmmm, die schmeckt aber fein.«

»Also, ich finde ein Happy End schöner, es sollte nur nicht zu kitschig sein«, bemerkte Ivo.

»Mir gefällt ein offenes Ende viel besser«, sagte Prohaska.

Martha stützte das Kinn auf die Handflächen, sah ihn von der Seite an und lächelte.

»Schau'n wir mal …«

*

Sandro Tomčić wurde auf dem Rovinjer Friedhof bestattet. Die Beerdigung hätte im engsten Familienkreis stattfinden sollen, doch es kamen viele Nachbarn und Bekannte, um ihm das letzte Geleit zu geben. Sandros Vater schien um Jahre gealtert. Mit versteinerter Miene stand er zwischen Sabrina und Mario. Als der Sarg in die Tiefe herabgelassen wurde, schwankte er und weinte hemmungslos. Prohaska, der mit Martha, Ivo und Inspektor Rossi etwas abseits stand, zog es das Herz zusammen. Als er sein Beileid aussprach, schaute ihn Mario mit verweinten Augen an und wandte sich schnell ab, um seine Tränen zu verbergen. Die Einladung zum Totenmal, das in einem Lokal am Stadtrand stattfinden sollte, lehnten Prohaska und die anderen jedoch dankend ab.

*

Eine Woche später bat Rossi Prohaska zu sich ins Büro, damit er die Verschwiegenheitserklärung unterschrieb. Dann stellte er zwei Espressos auf den Tisch, zündete sich einen Zigarillo an und erzählte, was die Ermittlungen ergeben hatten.

»Am Tag nach Sandros Beerdigung kam Boris Zelenbor zu mir und gab zu Protokoll, dass Sandro mit Mirko Ribar ein Geschäft aufziehen wollte. Zelenbor und Ribar kannten sich, da Zelenbor in seiner

Jugend in Stuttgart gelebt hat. Er habe sich nach der Scheidung leider nicht um seinen Sohn Sandro gekümmert. Als Sandro nach dem Tod der Mutter zu ihm gezogen sei, habe er ihm viel durchgelassen, weil er ein schlechtes Gewissen gehabt habe. Bei dem Geschäft mit Ribar sollte es um die Vermittlung von Bauarbeitern für ein Bauvorhaben gehen, das Ribar mit Lorenzo Morena vereinbaren wollte. Doch das sei nur vordergründig. Tatsächlich ging es um Drogen in großer Menge, die Ribar über einen Mittelsmann aus Bosnien nach Kroatien und weiter nach Italien liefern wollte. Doch dann sei Mirko Ribar in Stuttgart angeschossen worden. Als Ribar nach Rovinj kam, habe er Sandro einen Zeitungsartikel über den Anschlag gezeigt und ihm erzählt, dass du ihn damals verhaftet hast. Sandro habe Ribar und wohl auch Selica gesagt, dass du hier lebst und als Fotograf arbeitest. Und weil sie wegen des Geschäfts kalte Füße bekamen, Selica kurz vor der Hochzeit stand und im Stress war, hat er vorgeschlagen, dich vorläufig aus dem Weg zu räumen. Er bestellte den vorgesehenen Fotografen ab und zwang Branka, dich in die Falle zu locken. Selica engagierte drei Männer, die dich entführten und im *Kažun* versteckten. Zelenbor sagte aus, dass Sandro spielsüchtig war und bei Rudi Selica fast zehntausend Euro Schulden hatte, die weder er selbst noch Zelenbor aufbringen konnten.«

Prohaska nickte.

»Und nun die gute Nachricht«, sagte Rossi, »wir haben sie alle! Rudi Selica und Mirko Ribar sind vor zwei Stunden in Morenas Steinhaus, von dem Belinda erzählt hat, festgenommen worden.«

»Gratulation! Wo liegt dieses Haus?«

»In der Nähe des Klosters Sveti Petar u šumi. Lorenzo Morena wurde gestern vor zwei Tagen festgenommen, als er nach Kroatien einreisen wollte, um sich der Polizei zu stellen. Er wurde nach Pula in die Untersuchungshaft gebracht und hat ein umfangreiches Geständnis abgelegt. Er hatte mit Alfonso Greco vereinbart, ihm eine große Lieferung Marihuana zu geben. Es ging um mindestens dreißig Kilo. Die Päckchen waren zum Teil in seinem Haus, in der Kammer unter der Treppe deponiert und im Safe eines Appartements, das zum Hotelkomplex der Roten Insel gehört. Morena hat es für die Treffen mit seinen wechselnden Geliebten genutzt, zu welchen unter anderem auch Branka gehörte. Nach außen hin spielte er den seriösen, viel beschäftigten Bauunternehmer und treusorgenden Vater. Als Greco mit dem Linienbus von Triest in Rovinj ankam, um die Lieferung zu übernehmen, wurde er von Sandro und Selica per Boot abgeholt. Bevor sie ihn zu Lorenzo Morena ins Appartement brachten, bot ihm Selica ein lukrativeres Geschäft an. Er hat gute Beziehungen zu einem bosnischen Drogenboss, und der arbeitet eng mit der albanischen Drogenmafia. Selica versprach Greco viel bessere Konditionen und ein Geschäft mit billigen Leiharbeitern aus Serbien an. Die Bauarbeiter sollten mit gefälschten slowenischen Papieren, die Selica beschaffen konnte, nach Italien und weiter nach Deutschland geschleust werden.«

Prohaska schnaufte durch: »Diese geizigen Millionäre, Mann Mann. Immer noch billiger – und selbst große Karren und Häuser haben.«

Rossi zuckte mit den Schultern und fuhr fort: »Eben. Selica wollte sie jedenfalls mit Arbeitsverträgen von Morenas Baufirma ausstatten. Greco schien interessiert, wollte jedoch zuerst das Drogengeschäft mit Morena abschließen, da er bereits eine größere Anzahlung geleistet hatte.

Als sie am Abend in Morenas Appartement ankamen, übergab Morena die Hälfte der dreißig Päckchen an Greco, die andere Hälfte, die in seinem Haus versteckt war, sollte Sandro Tomčić und Rudi Selica mit einem Firmentransporter, der Morenas Firma gehörte, nach Triest bringen. Greco sollte die Ware in Empfang nehmen und den Restbetrag übergeben. Selica sollte das Geld anschließend im Safe einer Bank in Triest deponieren.

Greco prüfte die Ware, packte die Päckchen in seine Reisetasche und wollte in der Nacht nach Triest zurückfahren. Morena bot ihm an, dass Selica, der einen Bootsführerschein besaß, ihn fährt. Bevor sie zum Boot gingen, das in einer abgelegenen Bucht der Insel lag, bestand Greco darauf, das Geld für die Lieferung erst beim Einsteigen zu übergeben. Morena wurde misstrauisch und fragte, was das sollte. Greco lachte und sagte, Morena solle aufpassen, mit wem er Geschäfte machte. Als Morena das Geld sofort verlangte, lehnte Greco abermals ab und sagte, er werde es erst bei der Abfahrt überreichen. Außerdem bestand er darauf, dass Sandro Tomčić und nicht

Selica ihn per Boot nach Triest bringen sollte. Morena erklärte sich zähneknirschend einverstanden, und weil er Greco nicht mehr verärgern wollte, gab er Sandro Geld für den Sprit. Greco sollte Selica das Geld vor der Abfahrt geben. Sie verabschiedeten sich. Morena blieb im Appartement.

Als Greco in Begleitung von Selica und Sandro in der Bucht ankam, stieg Sandro ins Boot und wartete, dass Greco Selica das Geld gab. Doch Greco stieg nicht ein, sondern zog eine Pistole mit einem Schalldämpfer aus der Jackentasche, bedrohte Selica und befahl Sandro, sofort den Motor zu starten. Sandro weigerte sich. Greco drohte, ihn niederzuschießen. Da stürzte sich Selica auf Greco, entriss ihm die Waffe und in dem anschließenden Gerangel löste sich ein Schuss. Greco war auf der Stelle tot. Selca nahm den Geldumschlag, den Greco in der Jackentasche hatte, und sagte zu Sandro, er solle ihm helfen, den Toten ins Boot zu hieven. Sandro schrie Selica an, ob er vollkommen irregeworden sei, er wolle mit Grecos Tod nichts zu tun haben. Selica erwiderte, er solle das Maul nicht zu sehr aufreißen, schließlich habe er einen Haufen Schulden bei ihm. Also half Sandro, den Toten ins Boot zu legen. Sie wickelten ihn in eine Decke, dann befahl Selica Sandro, den Leichnam im offenen Meer zu versenken und das Boot sofort zurückzubringen. Damit seien Sandros Schulden beglichen. Er werde inzwischen mit Morena sprechen und alles Weitere regeln. Dann schnappte er die Reisetasche mit dem Marihuana und rannte zurück zu Morena.«

»Doch als Sandro nicht zurückkam und Grecos Leichnam gefunden wurde, bekamen sie Panik«, sagte Prohaska.

»Ja. Selica erzählte Morena, was in der Bucht passiert war. Und als Sandro am nächsten Tag immer noch nicht auftauchte und wir schon eingeschaltet waren, verließen sie das Appartement.«

»Wie denn?«

»Mit einem Linienboot. Anschließend fuhren sie mit einem Taxi zu Morenas Anwesen und Morena veranlasste eine Suche nach Sandro. Einer seiner Leute entdeckte ihn schließlich in Vrsar, als er Proviant holen wollte. Er rief Morena an, der sich mit Ribar inzwischen in dem Steinhaus versteckt hielt. Morena beauftragte Selica, sofort nach Vrsar zu fahren und Sandro zu ihm zu bringen. Selica traf

Sandro in einer Kneipe an, wohin ihn der andere unter dem Vorwand gelockt hatte, dass Selica ihm von Morena eine größere Summe bringen werde, wenn er das Boot mit ihm in die Bucht zurückbringt. Danach würden sie sich alle nach Bosnien absetzen. Als Selica in Vrsar ankam, weigerte sich Sandro mitzukommen. Rudi Selica sollte ihm Geld für die Flucht geben und das Boot selbst zurückbringen. Doch Selica dachte nicht daran, sondern drohte Sandro, ihn als den Mörder von Greco bei der Polizei zu melden.«

Prohaska schaute aufmerksam. »Und?«

»Naja, Sandro fügte sich. Der Türsteher, er heißt übrigens Kristijan Nikolić, Spitzname Rocky, sagte, er fahre mit dem Auto zurück nach Rovinj.«

»Aber er tat es nicht«, sagte Prohaska.

»Nein. Selica hatte ihm schon zuvor am Telefon gesagt, er solle warten, bis er mit Sandro ein für alle Male fertig geworden sei. Sandro Tomčić und Rudi Selica bestiegen das Boot und fuhren los. Kurz darauf tötete ihn Selica.«

»Er hatte immer noch Grecos Waffe bei sich«, bemerkte Prohaska.

»Genau. Doch anstatt das Boot mit dem toten Sandro nach Rovinj zu fahren, fuhr Selica zur Insel Sveti Jurje, versteckte das Boot in einer kleinen Bucht und rief Rocky an. Dieser hatte inzwischen einen Fischer überredet, ihn zur Insel Sveti Jurje zu bringen. Als der Mann wissen wollte, was er dort wollte, sagte Rocky, das sei eine geheime und heikle Angelegenheit und er würde viel Geld bekommen, wenn er mitmachte.« Prohaska schüttelte den Kopf.

»Und das hat er ihm geglaubt?«

»Offensichtlich. Der Fischer bekam fünfhundert Kuna als Anzahlung. Sie holten Selica von der Insel ab und fuhren zurück nach Vrsar. Rocky und Selica fuhren anschließend zu Morenas Haus.«

»Das war an dem Tag, als ich sie dort ankommen sah.«

»Ja, da hätten wir sofort reagieren müssen«, sagte Rossi zerknirscht, »aber inzwischen hatte dieser Fischer Gewissensbisse bekommen und informierte die Polizei. Und während wir mit dem zweiten Mordfall beschäftigt waren, holten Selica und Rocky die andere Hälfte des Marihuanas aus der Kammer, Rocky brachte sie in das Steinhaus, wo sie Morena, der sich dort versteckt hielt, in einem

Schuppen vergrub. Dann fuhren sie zum Anwesen, Morena packte ein paar Sachen und floh mit Rocky nach Herzegowina. Rudi Selica und Mirko Ribar sollten am nächsten Tag mit Leon mit dem Cayenne nachkommen.«

»Aber sie hatten es sich anders überlegt.« Rossi nickte.

»Und als ich Ribar am nächsten Tag im Café zur Rede stellte, wollte er mir verraten, wer Greco und Tomčić getötet hat.«

»Ja, es war natürlich gelogen.«

»Aber da wusste er schon, dass Martha im selben Haus wohnte wie Vera und Belinda und fürchtete, dass seine Pläne scheitern würden.«

»Er war zu tief in die Sache mit Morena und Selica verwickelt.«

»Deshalb musste alles schnell gehen.«

»Ja. Er wollte unbedingt mit Belinda reden und sie wohl mitnehmen. Leon hatte mitbekommen, dass sein Vater geflohen war, und als Ribar und Selica ihm befahlen, Belinda diese Nachricht zu schicken, wollte er es nicht tun und sagte, er werde die Polizei anrufen. Also fesselten sie ihn, holten eilig die Drogen aus der Kammer und sperrten ihn dort ein. Dann holten sie Belinda vor der Schule ab und fuhren ins Steinhaus. Ribar und Belinda blieben dort, während Selica die Drogen im *Kažun* versteckte, in dem man dich eingesperrt hatte. Am Nachmittag holte er die beiden ab und sie fuhren zu Morenas Anwesen, wo sie aus Morenas Privatbüro, das im Obergeschoss des Hauses liegt, in aller Eile Ordner einpackten, in denen sich Unterlagen über die Drogengeschäfte und die illegalen Bauarbeiter befanden. Auch deine Kamera war übrigens dort. Sie schleppten die Sachen in den Audi und wollten anschließend Leon und Belinda abholen und noch in der selben Stunde nach Herzegowina abhauen.«

»Aber dann machte ihnen Belinda einen dicken Strich durch die Rechnung.«

»Zum Glück.«

*

Am selben Nachmittag saßen Prohaska und Martha in einem Café an der Riva und schauten dem Sonnenuntergang zu. Prohaska hatte seine Kamera wieder. Sie war in Morenas Haus gefunden worden.

Martha hatte den Roman beendet und bereits an den Verlag abgeschickt, ohne Prohaska das Ende verraten zu haben. Ihre Koffer waren gepackt und im Auto verstaut.

»Was ich dich längst fragen wollte«, sagte Prohaska und stellte sein Glas auf den Tisch.

»Ja?«

»Wie bist du zu diesem Appartement gekommen?«

»Ich habe einfach im Internet recherchiert und mir einige Ferienwohnungen angeschaut. Doch die meisten waren mir zu teuer. Ich brauchte aber keinen großen Balkon mit Blick aufs Meer. Ich musste ja arbeiten. Und dieses kleine Appartement war das hübscheste und recht günstig. Ich hab die Vermieterin direkt angerufen und das war's.«

»Und warum wolltest du mir nicht sagen, wo es ist?«

»Weil Vera mich darum gebeten hat.«

»Hat sie dir auch den Grund gesagt?«

»Sie sagte nur, dass sie in Scheidung lebt. Ihr Mann habe sie misshandelt, und als sie ihn verlassen hat, habe er gedroht, sie und Belinda umzubringen, wenn sie nicht zu ihm zurückkehrt.«

Prohaska sagte eine Weile nichts. »Hast du Kontakt zu ihr?«

»Nein, aber ich hoffe, dass es ihr gut geht.«

Prohaska nippte an seinem Wein.

»Das hoffe ich auch.«

Martha zündete sich eine Zigarette an. »So, die rauche ich noch, dann muss ich mich auf den Weg machen.«

»Und kommst du wieder?«

Sie blies den Rauch weg, schaute auf die Boote und seufzte.

»Ich weiß es nicht, vielleicht. Am liebsten würde ich hierbleiben.«

»Dann bleib.« Martha sah ihn an.

»Ach, wenn das so einfach wäre.«

Prohaska nickte.

»Que sera sera.«

www.wieser-verlag.com